Qiu Xiaolong est né à Shanghai en 1953. Lors de la Révolution culturelle, son père est la cible des révolutionnaires et lui-même est interdit d'école. Il soutient néanmoins une thèse sur le poète T.S. Eliot et poursuit ses recherches aux États-Unis. Les événements de Tian'anmen le décideront à y rester. Il choisit d'écrire en anglais. Ses livres sont traduits dans près de vingt pays.

Qiu Xiaolong

ENCRES DE CHINE

ROMAN

Traduit de l'anglais (États-Unis)
par Claire Mulkai

Liana Levi

TEXTE INTÉGRAL

Toutes les notes, sauf celle de la page 40, sont de Catherine Bourzat, que nous remercions vivement.

TITRE ORIGINAL
When Red is black

ISBN 978-2-02-079563-0
(ISBN 2-86746-351-3, 1re publication)

À la mémoire de mes parents Renfu et Yuee qui, comme de nombreux Chinois dans mon livre, ont souffert sous la Révolution culturelle parce qu'ils figuraient sur la liste noire.

Je tiens à remercier mes amis pour l'aide qu'ils m'ont apportée pendant l'écriture de ce livre : Charles Turner, qui est tout simplement Ouyang, nom sous lequel il figure dans *Mort d'une héroïne rouge*; Staci Rohn, qui m'a aidé à sauver ces fragments de l'oubli du temps ; Carole Wantz, qui se trouve être un dragon de feu en harmonie avec les éléments du roman ; et, naturellement, Laura Hruska, mon éditrice américaine, et Liana Levi, mon éditrice française, qui m'ont prodigué leurs encouragements, leur aide et leur soutien.

1

L'inspecteur Yu Guangming, de la Police criminelle de Shanghai, ne se remettait pas du choc. Il lui avait fallu un certain temps pour intégrer la nouvelle, mais après, quand il avait enfin compris, il s'était senti accablé. Ainsi, après des mois de négociations, l'appartement qu'on lui avait promis dans le Nouveau Village de Tianling lui échappait. Il s'agissait d'un logement neuf qui lui avait été attribué officiellement, et cet événement avait été salué par un tonnerre d'applaudissements au bureau.

Avec plus de treize millions d'habitants, la ville de Shanghai, surpeuplée, connaissait une grave crise du logement. Depuis des années, c'était « l'unité de travail » – la Police criminelle de Shanghai, dans le cas de Yu – qui décidait lequel de ses employés obtiendrait une chambre ou un appartement, sur le quota annuel qui lui était alloué par le gouvernement. En récompense de ses états de service exceptionnels, Yu s'était vu offrir un deux-pièces. Ou du moins les clés d'un deux-pièces. Mais, avant même qu'il ait eu le temps de s'organiser, l'attribution lui avait été retirée.

Yu était seul dans la petite cour jonchée d'objets divers, recouverts de poussière, mis au rebut par les habitants de l'ancien *shikumen*[1] qui n'abritait pas

1. Lotissement urbain construit à partir du milieu du XIXe siècle à Shanghai. C'est un ensemble de résidences à l'intérieur d'une enceinte que dessert un porche en pierre (*shikumen*).

moins de douze familles. Le désordre de la cour reflétait celui de l'esprit de l'inspecteur. Il alluma une cigarette.

L'explication – ou le prétexte – de ce retrait était une histoire de créances entre sociétés d'État: la société créditrice avait saisi un certain nombre de logements récemment construits dans le Nouveau Village de Tianling par l'entreprise de bâtiment du Dragon d'or. Parmi ces appartements figurait celui qui avait été attribué à Yu. Ce revers de fortune était absurde, un peu comme si un canard laqué s'était volatilisé dans les airs.

Quelques jours plus tôt, le secrétaire du Parti Li, de la Police criminelle de Shanghai, avait eu un long entretien avec Yu, avant de conclure, comme toujours, sur la note positive de rigueur: « La réforme économique conduit à de grands changements, dont beaucoup auraient été inimaginables il y a deux ou trois ans. Notre système de logement est lui aussi concerné. Bientôt, le peuple chinois ne dépendra plus de quotas imposés par le gouvernement. Mon beau-frère, par exemple, a acheté récemment un appartement neuf dans le quartier de Luwan. Et naturellement, vous restez en tête de liste chez nous. Le Service accordera une attention spéciale à votre situation. Enfin, au cas où vous voudriez acquérir un logement dans l'avenir, nous pourrons peut-être vous obtenir un prêt immobilier. »

Sacrée consolation !

Pour la première fois depuis 1949, la nouvelle politique du logement rendait possible l'accession à la propriété, mais, comme on disait, « la politique peut changer trois fois en un seul jour ».

Personne ne pouvait prédire l'avenir des réformes en Chine. Le beau-frère de Li, propriétaire de plusieurs restaurants et bars de luxe, avait pu s'offrir un appartement à quarante-trois mille yuans le mètre carré. Pour l'inspecteur Yu, policier d'un échelon inférieur dont le salaire mensuel ne dépassait pas quatre cents yuans, cela demeurait un rêve inaccessible.

– Mais on me l'avait déjà attribué, avait répété Yu avec entêtement. C'était une décision formelle du Service.

– Je comprends. Ce n'est pas équitable pour vous, camarade inspecteur Yu. Croyez-moi, nous avons fait tout notre possible. Nous sommes parfaitement conscients que vous êtes un excellent policier. Mais nous avons fait le maximum. Nous sommes désolés.

Les paroles lénifiantes de Li ne changeaient rien à la dure réalité. C'était aussi une terrible humiliation. Sa famille et ses amis étaient au courant; tous l'avaient félicité et certains se préparaient déjà à une joyeuse pendaison de crémaillère. Et maintenant?

Ce qui le tracassait le plus, c'était la réaction de sa femme, Peiqin. En quinze ans de mariage, ils avaient toujours cheminé «main dans la main, et parlé, parlé, parlé», pour reprendre le texte d'une chanson populaire. À l'époque où ils étaient «jeunes instruits» dans le Yunnan, puis mari et femme, parmi des millions d'autres couples ordinaires à Shanghai, ils avaient toujours été très proches l'un de l'autre. Or, ces derniers temps, Peiqin semblait plus distante.

Yu pouvait facilement comprendre sa réaction. Jusqu'à présent, il avait peu contribué à l'entretien de la famille. Il fallait le reconnaître, même si c'était assez intolérable : Peiqin gagnait davantage comme comptable d'un restaurant que lui en tant que policier. Et cet écart s'était creusé ces dernières années, car Peiqin avait reçu de nombreuses primes. Sans compter les petits plats gratuits qu'elle rapportait du restaurant. L'annonce de l'attribution avait fait monter Yu d'un cran, pour ainsi dire, dans leur estime à tous les deux. Peiqin, ravie, avait raconté à tout le monde qu'il avait obtenu cet appartement « grâce à son excellent travail ».

Depuis cette déroute, elle parlait à peine. Yu méditait là-dessus, tandis que son mégot de cigarette se consumait entre ses doigts. Un signe de plus que, dans la société d'aujourd'hui, son statut de policier d'échelon inférieur ne le menait nulle part.

Son père, le Vieux Chasseur, flic lui aussi, avait au moins eu l'honneur de participer à la « dictature du prolétariat », et avait pu se sentir pareil à tout le monde, sur le plan matériel, dans une société égalitaire. Maintenant, dans les années quatre-vingt-dix, la valeur d'un être humain dépendait de l'argent qu'il possédait. Comme l'avait dit le camarade Deng Xiaoping, « il faut que quelques-uns, d'abord, puissent devenir riches ». Quelques-uns l'étaient, sans aucun doute. Mais quant à ceux qui ne le devenaient pas, ils avaient beau travailler dur, le *Quotidien du Peuple* ne parlait pas d'eux.

À plus de quarante ans, un policier modèle comme l'inspecteur Yu n'avait même pas une chambre à lui. L'unique pièce dans laquelle il vivait avec Peiqin et leur fils Qinqin, depuis leur retour à Shanghai au début des années quatre-vingt, avait été à l'origine une salle à manger, située dans l'aile de la maison attribuée au Vieux Chasseur au début des années cinquante. Peiqin ne s'était jamais vraiment plainte. Une seule fois elle avait remis en cause son métier de policier, et encore, indirectement.

En ces temps de « réforme économique », il était possible, dans une certaine mesure, de choisir sa profession, même si cela impliquait parfois des risques. En tant que flic, Yu avait son « bol de riz en fer[1] » – ce qui, longtemps, avait signifié la sécurité d'un emploi à vie, dans l'utopie communiste du président Mao. Le « bol de riz en fer » assurait, en plus du travail, la garantie des ressources et du logement. Aujourd'hui, pourtant, cela ne présentait plus autant d'attrait. Geng Xing, un ancien collègue de Peiqin, avait démissionné pour gérer un restaurant privé et, d'après elle, il gagnait cinq ou six fois plus que lorsqu'il travaillait au restaurant d'État. Peiqin avait évoqué le choix de Geng comme si elle attendait une réaction de Yu.

Nous sommes en pleine crise, conclut sombrement l'inspecteur Yu, écrasant son mégot sur l'évier en béton de la cour avant de rentrer dans la pièce.

Peiqin se lavait les pieds dans une cuvette en plastique vert. Elle resta assise, penchée en avant, sans

1. Le bol de riz en fer désignait au temps de Mao la garantie de l'emploi et la prise en charge des travailleurs « du berceau au tombeau » par l'État Providence, en contrepartie d'un salaire modeste.

lever les yeux. Il y avait des flaques d'eau sur le sol. Inévitable. La cuvette était trop petite. Elle pouvait à peine y déplier les orteils.

Un jour, alors qu'ils étaient jeunes instruits dans le Yunnan – presque une autre vie –, Peiqin, assise près de lui, s'était trempé les pieds dans un ruisseau, un ruisseau clair et paisible qui coulait derrière leur cabane en bambou. À l'époque, leur seul et unique rêve était de retourner à Shanghai, et ils voyaient l'avenir se déployer devant eux comme l'arc-en-ciel dans un ciel d'azur. Un éclat de lumière avait illuminé les ailes d'un geai bleu. Puis une crevette avait pincé l'orteil de Peiqin, qui s'était blottie contre lui, paniquée.

Ils étaient revenus à Shanghai au début des années quatre-vingt, pour vivre dans cette unique pièce de douze mètres carrés et affronter les dures réalités de l'existence. Aucun de leurs espoirs, ou presque, ne s'était réalisé, à part la naissance de leur fils Qinqin, aujourd'hui un grand et beau garçon. Pour eux, l'arc-en-ciel s'était dissipé depuis longtemps.

Le nouvel appartement de Tianling comportait une petite salle de bains où il avait prévu d'installer une douche. L'inspecteur Yu secoua la tête. Inutile de ressasser cet échec.

Sur la table, derrière Peiqin, il aperçut un sachet de raviolis de porc à la vapeur, qui provenaient sans doute du restaurant de Geng. Les affaires marchaient bien. Peiqin avait aidé Geng pour sa comptabilité, et il l'avait payée en nourriture.

Yu pourrait-il, lui aussi, faire un second travail, pendant son temps libre ?

Le téléphone sonna. Le bureau sûrement, pensa-t-il. Il ne se trompait pas.

Le secrétaire du Parti Li ne parvenait pas à trouver l'inspecteur principal Chen Cao, patron de Yu et chef de la brigade des affaires spéciales. Une nouvelle affaire urgente venait de se présenter, raison pour laquelle il appelait Yu.

« Yue Lige. » Après avoir raccroché, Yu répéta le nom de la victime assassinée. Li ne lui avait guère fourni d'explications, sinon qu'il était impératif, sur le plan politique, de résoudre rapidement l'affaire. Yue devait être connue, supposa Yu, sinon l'enquête n'aurait pas été confiée à leur brigade.

– Yue Lige ! s'exclama Peiqin, ouvrant la bouche pour la première fois de la soirée.

– Oui. Tu la connais ?

– C'est l'auteur de *Mort d'un professeur chinois.* Le nom du professeur en question était Yang Bing.

Elle se sécha les pieds et ajouta :

– Que lui est-il arrivé ?

– Elle a été assassinée chez elle.

– Le gouvernement est impliqué ? demanda Peiqin d'un ton cynique.

Sa réaction déconcerta Yu.

– Le Service nous demande de résoudre l'affaire au plus vite. Ce sont les mots du secrétaire du Parti Li.

– Tout est sans doute *politique*, pour ton secrétaire du Parti Li.

Elle faisait probablement allusion à la manière dont certaines enquêtes étaient menées sous la direction de Li, mais elle insinuait aussi, peut-être, que l'histoire des créances entre sociétés d'État était un prétexte pour reprendre l'appartement. Yu n'avait aucun appui politique, au bureau.

Il avait nourri les mêmes soupçons, mais ce n'était pas le moment d'en discuter.

– De quoi parle son livre ?

– Il est basé sur son expérience personnelle. C'est l'histoire d'un vieux professeur qui tombe amoureux pendant la Révolution culturelle. Il a été très remarqué par la critique et a suscité pas mal de controverses à l'époque. (Peiqin se leva, la cuvette à la main.) Peu après sa publication, il a été interdit.

– Attends, je vais t'aider.

Yu emporta la cuvette jusqu'à l'évier de la cour. Peiqin le suivit, en pantoufles.

– Des tas de livres évoquent la Révolution culturelle. Qu'est-ce qu'il a de particulier, celui-ci ?

– Certains disent qu'il contient des descriptions trop réalistes, avec trop de détails choquants pour les autorités du Parti. De plus, il a retenu l'attention des journalistes étrangers. Du coup, les critiques officiels ont qualifié l'auteur de dissidente.

– Une dissidente, je vois. Mais son livre évoque la Révolution culturelle, le passé. Si elle n'était pas impliquée dans un mouvement actuel de « liberté et démocratie », je ne vois pas pourquoi le gouvernement aurait été obligé de se débarrasser d'elle.

– Eh bien, tu n'as pas lu le livre.

Peut-être Peiqin répugnait-elle encore à parler, pensa Yu après cette remarque un peu sèche. Ou peut-être n'avait-elle pas envie de discuter de livres avec lui.

C'était là une différence entre eux: elle lisait, lui pas, du moins en général.

– Je le lirai, dit-il.

– Et l'inspecteur principal Chen?

– Je ne sais pas. Li ne parvient pas à le joindre.

– Alors, c'est toi qui vas enquêter sur cette affaire.

– Je crois.

– Si tu as des questions au sujet de Yang... pardon, de Yue, je peux peut-être t'aider. C'est-à-dire, si tu veux en savoir davantage à propos du livre. Il faudra que je le relise, je pense.

Il fut surpris par sa proposition. En règle générale, il ne discutait pas à la maison des affaires dont il avait la charge, et quant à elle, elle ne s'y intéressait pas beaucoup.

Ce soir, elle offrait spontanément de l'aider, après lui avoir à peine adressé la parole pendant plusieurs jours. C'était un progrès.

2

Une offre impossible à refuser.

L'inspecteur principal Chen Cao, de la Police criminelle de Shanghai, ignorait tout de l'affaire qui venait d'être confiée à l'inspecteur Yu par le secrétaire du Parti Li, quand une réplique du *Parrain* lui vint à l'esprit. Il était assis dans un bar élégant, en face de Gu, PDG du groupe Shanghai New World, un nouveau riche qui était lié à la fois au gouvernement et aux triades.

Chen savoura une gorgée du vin rouge français qui scintillait dans son verre et médita sur l'ironie de la situation. De leur table près de la fenêtre, ils avaient une vue magnifique sur le Bund et le fleuve Huangpu. L'eau miroitait à la lumière changeante des néons. À la table voisine, un Européen et une jeune Chinoise parlaient dans une langue que Chen ne connaissait pas. Et Gu faisait à Chen une offre que celui-ci pouvait difficilement refuser.

Mais le parallèle s'arrêtait là, pensa aussitôt l'inspecteur principal, tandis que Gu lui resservait du vin. Il venait de se voir proposer une somme colossale pour une traduction que Gu lui présentait comme une faveur que Chen lui faisait, plutôt que l'inverse.

– Il faut que vous traduisiez le texte de ce projet, inspecteur principal Chen. Pas seulement pour moi, mais dans l'intérêt de la ville de Shanghai. Monsieur John Holt, mon associé américain, a dit qu'il paierait selon les tarifs en vigueur aux États-Unis. Cinquante *cents* par caractère chinois, en dollars.

– Cela fait beaucoup, fit remarquer Chen.

Pour avoir traduit plusieurs romans policiers à ses moments perdus, il connaissait les tarifs. Une maison d'édition payait normalement un traducteur l'équivalent de dix *cents* par mot en devises chinoises.

– L'opération concerne le New World, le dernier projet de notre groupe, un immense complexe consacré au commerce, aux loisirs et à l'habitation, qui sera construit en centre-ville, avec toute la splendeur de l'architecture des années trente. Les maisons seront conçues dans le style *shikumen*: murs en brique grise, portes noires avec encadrements en pierre brune, courettes, escaliers de bois en colimaçon. Bref, ce sera le retour au bon vieux temps, un vrai rêve.

– Pardonnez-moi, monsieur Gu. Un complexe moderne dans le centre de Shanghai, mais avec des constructions anciennes, désuètes… Pourquoi ?

– Eh bien, voyez-vous, lors d'un voyage en Italie, à Rome, l'année dernière, je suis tombé sur des magasins de marques connues dans le monde entier, situés dans des rues minuscules, tout à fait semblables aux ruelles de chez nous. Des rues pavées, trop étroites pour les camions. Pourtant, les boutiques les plus luxueuses y étaient installées, dans des maisons du XVIe ou du XVIIe siècle. De vieilles bâtisses recouvertes de mousse et de lierre, mais dans lesquelles des femmes et des hommes élégants venaient faire leurs achats et boire un verre. J'ai été tout simplement stupéfié, comme si un maître zen, avec son bâton, m'avait assené le coup qui provoque l'illumination. J'ai voyagé dans de nombreux pays. Faire du shopping ici ou dîner là ne change pas grand-chose pour moi. Mais, à Rome, j'ai été réellement bluffé. C'était une expérience unique, une immersion dans le passé, avec le luxe contemporain à portée de main.

– Cela semble fantastique, monsieur Gu. Mais Shanghai n'est pas Rome.

– Nous avons des *shikumen* à Shanghai. J'ai fait dessiner l'ensemble du complexe dans ce style-là. En fait, beaucoup de bâtiments existants ont été bâtis ainsi. Certains seront entièrement restaurés et réaménagés. Si nécessaire, on abattra les vieilles maisons, et de nouvelles seront reconstruites à l'identique. Pas de changement à l'extérieur, mais à l'intérieur, l'air conditionné, le chauffage et tout le confort moderne. Les constructions seront édifiées le long de ruelles qui s'entrecroiseront, exactement comme dans le plan des concessions étrangères...

– Il est vrai que l'architecture *shikumen* est caractéristique de l'époque des concessions étrangères.

– Et nous l'utiliserons pour les magasins, les bars, les restaurants et les night-clubs. Cela attirera les étrangers : ambiance exotique, coloniale, postcoloniale, tout ce qu'ils n'ont pas chez eux. Et cela attirera aussi les Shanghaiens. J'ai fait réaliser des études de marché. De nos jours, les gens sont de plus en plus nostalgiques. Savez-vous comment on appelait notre ville, autrefois ? Le Paris de la Chine. La perle de l'Orient. Les ouvrages sur la Shanghai de l'âge d'or se vendent comme des petits pains. Pourquoi ? La classe montante connaît une expansion rapide. Maintenant qu'elle a de l'argent, elle rêve d'une tradition, ou d'une histoire, qu'elle puisse revendiquer comme sienne.

– C'est un projet ambitieux. Avez-vous obtenu l'accord des autorités municipales ?

Gu était un homme d'affaires habile, Chen le savait. Il n'avait pas à s'inquiéter pour la stratégie du groupe New World. Mais le prix qu'on lui proposait pour traduire le projet était exorbitant. Un peu comme si un gâteau de lune était tombé des cieux. L'offre était trop alléchante pour que l'inspecteur principal Chen ne se méfie pas. Il fallait comprendre quelles en étaient les conditions.

– Naturellement, la mairie est tout à fait favorable au projet. Quand le New World surgira de terre, non seulement il rehaussera l'image de notre grande ville, mais il générera aussi d'énormes recettes fiscales.

Gu alluma une cigarette avant d'ajouter :

– Je vais vous confier un secret. J'ai déposé une demande pour disposer du terrain aux fins de conservation du patrimoine. Après tout, l'architecture *shikumen* fait partie intégrante de l'histoire culturelle de Shanghai. Nous pourrions inclure un ou deux petits musées dans le complexe. Un musée des monnaies anciennes par exemple ; j'ai déjà été contacté par quelqu'un à ce sujet. Mais la plupart des nouveaux *shikumen* seront destinés au commerce. Des boutiques haut de gamme, luxueuses.

– Comme à Rome ?

– Exactement. Dans ma proposition à la mairie, je ne me suis pas attardé sur ces détails, sinon le prix du terrain aurait grimpé. Or, ce projet œuvre réellement pour la préservation de la culture de Shanghai.

– C'est vrai. Un même sujet peut être vu sous différents angles, et l'on peut choisir celui à privilégier.

– La mairie a approuvé le plan. L'étape suivante consiste à obtenir des prêts auprès des banques d'affaires à l'étranger. Des prêts importants. Le pari est de taille, je le reconnais, mais j'y crois. L'entrée de la Chine dans l'Organisation mondiale du commerce va lui ouvrir encore plus largement les portes. On ne peut pas revenir en arrière. Plusieurs sociétés américaines de capital-risque sont intéressées par le projet New World, mais les unes comme les autres ignorent tout de la culture de Shanghai. C'est pourquoi je désire leur fournir un dossier détaillé, un document de cinquante pages en anglais. Tout repose sur la traduction. Vous seul pouvez mener à bien ce travail, inspecteur principal Chen.

– Merci, directeur général Gu.

C'était un grand compliment. Chen avait fait des études d'anglais à l'université, mais par un concours de circonstances, il s'était vu attribuer un poste dans la police criminelle de Shanghai. Au fil des années, il avait effectué plusieurs traductions, et il se sentait flatté que Gu l'ait choisi, lui.

– Shanghai compte de nombreux traducteurs qualifiés, dit-il. Des professeurs de l'université Fudan ou de l'université de la Chine de l'Est. Je n'ai pas besoin de vous en présenter un, je suppose.

– Non, ils ne sont pas vraiment à même d'effectuer ce travail. Je ne suis pas seul à le penser. En fait, j'ai sollicité un professeur retraité de l'université Fudan, et j'ai faxé son essai de traduction à mon associé américain. « Trop désuet, trop littéral », telle a été sa conclusion.

– Eh bien, j'ai étudié auprès de ces professeurs « désuets ».

– Si on ne vous avait pas attribué un poste dans la police quand vous étiez un jeune diplômé, vous seriez aujourd'hui un professeur renommé. Bien sûr, la situation a évolué très favorablement pour vous. Cadre montant du Parti, poète publié, traducteur réputé, vous êtes un objet d'envie pour ces professeurs. Et vous êtes différent. En tant que représentant du gouvernement, vous avez eu de fréquents contacts avec des visiteurs américains. Votre amie américaine, Catherine[1], je me souviens de son nom, dit que votre anglais est absolument remarquable.

– Exagération typiquement américaine. Il ne faut pas la prendre au mot. D'ailleurs, je n'ai représenté que l'Union des écrivains de Shanghai. Et encore, pas très souvent.

– Raison de plus pour avoir recours à vous. Mon projet touche de près à la culture et l'histoire de Shanghai. Le texte chinois est écrit dans un langage assez poétique. Et vous êtes poète. Ce n'est pas de l'exagération, si? Franchement, je ne vois pas de meilleur candidat pour cette traduction.

– Merci, dit Chen en examinant Gu par-dessus son verre.

L'homme d'affaires avait dû réfléchir sérieusement.

– Seulement, je suis débordé de travail au bureau.

– Je demande beaucoup, je sais. Prenez une semaine de congé pour moi. Mission urgente! Nous paierons une fois et demie le tarif proposé, pour l'urgence de la mission: soixante-quinze *cents* par mot. J'en informerai mon associé américain. Je sais que cela ne posera pas de problème.

Chen se livra à un rapide calcul. C'était une petite fortune. À soixante-quinze *cents* le mot, en comptant mille caractères chinois par page pour un total de cinquante pages, cela ferait plus de trente mille dollars américains, l'équivalent de trois cent mille yuans, une somme qu'il mettrait trente

1. Voir *Visa pour Shanghai*, Liana Levi, 2002.

ans à gagner avec son salaire d'inspecteur principal, toutes primes comprises.

Parce qu'il avait atteint le rang d'inspecteur principal à trente-cinq ans, on considérait que Chen avait réussi : il avait un avenir prometteur, une voiture avec chauffeur à sa disposition, un appartement pour lui seul, et sa photo de temps à autre dans la presse locale. Toutefois, son revenu mensuel d'environ cinq cents yuans, son « bol de riz en fer », suffisait à peine à ses besoins. Sans l'argent que lui rapportaient ses traductions de romans policiers, ni les quelques avantages liés à son poste, il ignorait comment il s'en serait sorti.

En tant que cadre montant du Parti, il éprouvait aussi le besoin de se conformer à certains usages. Quand il avait rendez-vous avec quelqu'un comme Gu, par exemple, il se sentait obligé de proposer de payer de temps en temps, même si ces hommes d'affaires insistaient toujours pour l'inviter.

Il lui fallait aussi faire face, depuis peu, aux frais médicaux de sa mère. En effet, l'ancien employeur de celle-ci, une société d'État, connaissait de très graves difficultés et ne remboursait plus à ses retraités les dépenses de santé. Chen les avait donc prises en charge. L'argent pour la traduction du projet New World arriverait comme une pluie bienfaisante en saison sèche.

– Il faut que vous m'aidiez, supplia Gu avec une sincérité non feinte. Je ne peux pas présenter un document illisible à un banquier américain. La traduction doit être excellente.

– Je ne peux rien garantir. Traduire cinquante pages demande du temps. Je doute de pouvoir le faire en une semaine ou deux, même si je prends un congé.

– Oh, j'oubliais. Pour un travail de cette envergure, vous aurez sûrement besoin d'aide. Que diriez-vous de Nuage Blanc, cette jeune fille avec qui vous avez dansé un soir au club de karaoké *Dynastie*, vous vous souvenez ? Elle est étudiante. Intelligente, compétente, et compréhensive. Elle sera pour vous une parfaite petite secrétaire.

Une « petite secrétaire », *xiaomi*, encore un terme actuel, qui signifiait en fait « petite maîtresse ». Les hommes d'affaires, ces nouveaux riches – les « Messieurs Gros-Sous » – comme Gu, aimaient s'afficher en compagnie de jeunes et jolies assistantes. Signe indispensable de leur statut social, sinon d'autre chose.

– Comment puis-je assumer des frais de secrétariat, directeur général Gu ?

– Il est dans l'intérêt du projet New World que vous ayez de l'aide. Je m'en charge.

Le parfum de ses manches rouges accompagne ton écriture au plus profond de la nuit... Un vers d'un poème de la dynastie des Tang surgit des recoins de sa mémoire, mais Chen se força à revenir au présent.

Une « petite secrétaire » gratuite. Comme une bouteille de Maotai en plus du gâteau de lune tombé des cieux.

Jusqu'à présent, l'offre était sans conditions. Un homme d'affaires rusé, du genre de Gu, ne dévoilait peut-être pas toutes ses cartes si tôt, ni aussi ouvertement, mais l'inspecteur principal pensait qu'il n'avait pas à s'inquiéter pour l'instant. Apparemment, la proposition était honnête. Si une embrouille se révélait ultérieurement, il déciderait alors de la marche à suivre.

Il y a des choses qu'un homme peut faire, et des choses qu'il ne peut pas faire. C'était une phrase de Confucius que son père, un universitaire néoconfucianiste, lui avait apprise à l'époque de la Révolution culturelle, alors qu'il refusait d'écrire une confession imposée incriminant ses collègues.

– Il faut que je parle au secrétaire du Parti Li, dit Chen. Je vous rappelle dans l'après-midi.

– Il ne vous refusera pas un congé, j'en suis sûr. Vous êtes une étoile montante, à l'avenir prometteur. Voici une avance. (Gu sortit de sa mallette une grosse enveloppe.) Dix mille yuans. Je vous ferai remettre le reste demain.

Chen prit l'enveloppe et décida de ne pas se faire de souci. Il avait d'autres préoccupations en tête. Il achèterait une boîte de ginseng rouge pour sa mère. Il ne pouvait pas faire moins, il était son fils unique. Peut-être pourrait-il aussi lui payer une aide ménagère : elle vivait seule dans une vieille mansarde et était en mauvaise santé. Il vida son verre.

– *Je bois avec vous, nous bavardons à cœur ouvert, mon cheval attaché à un saule, près d'un haut édifice.*

– Quelle est l'allusion ? Éclairez-moi, cher inspecteur principal poète.

– C'est juste une citation de Wang Wei, répondit Chen sans autre explication.

Les deux vers évoquaient une promesse donnée par un preux chevalier de la dynastie des Tang, mais Gu et lui n'avaient conclu qu'un simple contrat d'affaires, ce qui n'avait rien d'héroïque.

– Je ferai de mon mieux, ajouta-t-il.

3

Dans le bus bloqué par un embouteillage, les gens étaient serrés comme des sardines. L'inspecteur Yu, flic d'échelon inférieur, n'avait pas droit à une voiture de service, contrairement à son patron, l'inspecteur principal Chen. Ce matin-là, il s'estimait heureux d'avoir trouvé une place assise peu après être monté dans le véhicule bondé.

Il défit le bouton du haut de son uniforme. Maintenant il avait tout loisir de réfléchir à la nouvelle affaire de meurtre.

Le secrétaire du Parti Li l'avait appelé de bonne heure pour l'informer que, l'inspecteur principal Chen étant en vacances, il serait chargé de l'affaire. Chen aussi avait téléphoné pour expliquer qu'il était trop occupé à traduire chez lui une proposition commerciale pour venir au bureau. Yu devrait donc enquêter seul sur le meurtre de Yue.

On avait déjà réuni des informations sur Yue Lige et remis à Yu un épais dossier émanant du service des Archives de Shanghai, ainsi que d'autres sources. L'inspecteur Yu n'était pas surpris par cette preuve de l'efficacité bureaucratique. Un écrivain dissident comme Yue avait dû faire depuis longtemps l'objet d'une surveillance policière secrète.

Le dossier comportait une photo de Yue, une femme d'environ quarante-cinq ans, assez grande, mince comme un bambou, avec un grand front et un visage ovale creusé de rides profondes, le regard triste derrière des lunettes à monture argentée. Elle portait une veste Mao noire et un pantalon assorti. On aurait dit une carte postale ancienne.

Yue avait fait ses études à Shanghai et obtenu son diplôme en 1964. En raison de son engagement politique, elle avait été admise au Parti et, une fois diplômée, s'était vu attribuer un poste d'instructrice politique à l'université. Au lieu d'enseigner, elle donnait des conférences politiques aux étudiants. Son avenir semblait prometteur : elle deviendrait rapidement un membre important du Parti et travaillerait avec des intellectuels pour leur rééducation idéologique radicale et définitive.

Quand la Révolution culturelle avait éclaté, comme d'autres jeunes elle avait rejoint une association de gardes rouges, répondant à l'appel du président Mao qui voulait balayer tout ce qui était vieux et pourri. Elle se lança dans la critique des « monstres » contre-révolutionnaires ou révisionnistes et devint membre dirigeant du comité révolutionnaire de l'université. Forte du pouvoir que lui conférait ce nouveau poste, elle s'engagea à poursuivre « la révolution permanente sous la dictature du prolétariat ». Elle était loin de se douter qu'elle en serait bientôt elle-même la cible.

Vers la fin des années soixante, ses anciens rivaux politiques écartés, le président Mao jugea que les gardes rouges freinaient la consolidation de son pouvoir. Ceux-ci, à leur grand étonnement, commencèrent donc à avoir des ennuis. Yue se trouva en butte aux critiques et démise de son poste au comité révolutionnaire de l'université. On l'envoya à la campagne, dans une école de cadres – une nouvelle institution inventée par le président Mao un beau matin de mai, à la suite de quoi des « écoles de cadres du 7 mai » surgirent partout dans le pays. Pour Mao, l'un des objectifs de ces « écoles » consistait à garder sous contrôle les éléments politiquement peu fiables, ou à les écarter. Les « étudiants cadres » se divisaient en deux groupes. Le premier était composé d'ex-cadres du Parti : maintenant que leurs postes étaient occupés par les maoïstes d'extrême gauche, il fallait les contenir quelque part. L'autre groupe était constitué d'intellectuels, de professeurs d'université, d'écrivains et d'artistes, intégrés d'une manière ou d'une autre dans le système des cadres. Les étudiants cadres étaient censés se rééduquer par le dur labeur du travail de la terre et par des études politiques effectuées en commun.

Yue, qui avait été instructrice à l'université et également cadre du Parti pendant quelque temps, entrait ainsi dans les deux catégories. À l'école des cadres, elle devint chef de groupe. C'est là que Yue et Yang s'étaient rencontrés pour la première fois.

Yang avait été professeur à l'université de la Chine de l'Est. De retour des États-Unis au début des années cinquante, il s'était bientôt retrouvé sur la liste noire, étiqueté « droitier » au milieu des années cinquante, et « diable noir » dans les années soixante.

Yue et Yang tombèrent amoureux malgré leur différence d'âge, malgré les « temps révolutionnaires » et les avertissements des autorités de l'école des cadres. Ils furent persécutés pour leur liaison inopportune. Puis Yang mourut.

Après la Révolution culturelle, Yue retourna enseigner à l'université et écrivit *Mort d'un professeur chinois*, qui fut publié par les Éditions littéraires de Shanghai. Présenté comme un roman, ce livre était en fait largement autobiographique. Au début, puisqu'il ne comportait aucun élément vraiment nouveau ni particulièrement tragique, il ne se vendit pas. Tant de gens étaient morts, durant ces années-là. Et certains pensaient que ce n'était pas à elle, ex-garde rouge, de dénoncer la Révolution culturelle. C'est seulement lorsqu'il fut traduit en anglais, dans le cadre d'un échange interuniversitaire, que le livre attira l'attention du gouvernement. Officiellement, il n'y avait aucun mal à dénoncer la Révolution culturelle – le *Quotidien du Peuple* la dénonçait aussi. Mais, selon l'éditorial de ce journal, la Révolution culturelle avait été une erreur du président Mao. Pour le pays, les atrocités commises étaient une sorte de cadavre dans le placard. En connaître l'existence était une chose, mais le tirer du placard et le montrer aux Occidentaux en était une autre. Les critiques du Parti qualifièrent donc Yue de « dissidente ». Le roman passa aussitôt pour une attaque délibérée contre les autorités du Parti. Il fut interdit. Afin de discréditer l'auteur, articles et mémoires « dévoilèrent » ce qu'elle avait fait quand elle était garde rouge. Yue ne pouvait pas gagner cette bataille, et elle choisit le silence.

Mais tout cela s'était passé des années auparavant. Le livre, bourré d'un tas de détails spécifiquement chinois, n'avait guère captivé les lecteurs étrangers. Et Yue n'avait rien publié d'autre, hormis un recueil de poèmes de Yang qu'elle avait contribué à éditer. Puis elle avait été désignée membre de l'Union nationale des écrivains, ce qu'on interpréta comme un signe d'apaisement de la part du gouvernement. L'année précédente, elle avait reçu l'autorisation de se rendre à Hong Kong en qualité de romancière. Là-bas, elle ne s'était pas montrée trop radicale, ni dans ses propos ni dans ses agissements, d'après son dossier.

L'inspecteur Yu ne voyait pas en quoi le gouvernement pourrait être impliqué dans le meurtre de Yue. Il comprenait, en revanche, pourquoi les autorités du Parti tenaient à ce que l'affaire soit résolue rapidement. Tout ce qui pouvait impliquer un écrivain dissident risquait d'attirer l'attention, de manière déplaisante, aussi bien en Chine qu'à l'étranger.

Quand le bus arriva enfin à destination, l'inspecteur Yu s'aperçut qu'il n'était pas très loin du passage du Jardin au trésor, là où avait vécu Yue. Il s'agissait d'un ancien passage, pas très large, auquel on accédait par une grille en fer noire, peut-être un vestige de l'époque de la concession française. Situé dans un secteur peu en vogue, il s'était dégradé au cours des dernières années. Alors que des immeubles modernes surgissaient ailleurs, le passage offrait un spectacle peu reluisant.

Yu décida d'explorer un peu les lieux. Il allait travailler avec Vieux Liang, un surveillant de quartier établi là depuis plusieurs années. Ils avaient rendez-vous à neuf heures et demie au bureau du comité de quartier, situé près de l'entrée arrière du passage. Yu avait un quart d'heure d'avance.

L'entrée principale donnait sur la rue de Jinling. À l'intersection des rues de Jinling et de Fujian se dressait la résidence Zhonghui, une tour qui avait appartenu au Grand Frère Du, de la Triade bleue. L'entrée arrière débouchait sur un grand marché. Le passage comportait aussi deux accès latéraux dans la rue de Fujian, bordés de minuscules échoppes et étals. Outre le passage proprement dit, plusieurs ruelles s'entrecroisaient, formant un véritable dédale. La plupart des maisons étaient de style *shikumen*, comme celle où Yu habitait, une bâtisse shanghaienne typique avec son encadrement en pierre et sa petite cour intérieure.

L'inspecteur jeta un coup d'œil dans le passage et aperçut une vieille femme qui poussait d'une main une porte d'entrée peinte en noir, un pot de chambre dans l'autre main. Yu éprouva une sensation étrangement familière, comme s'il était transporté chez lui, sauf que le quartier du passage du Jardin au trésor était encore plus minable, avec ses ruelles plus tortueuses et labyrinthiques. Beaucoup plus bruyant, aussi. Près de l'entrée principale, un marchand ambulant de beignets aux pousses d'oignon hurlait pour attirer les clients et tapait sur une grande poêle avec une louche en métal. Une fillette de cinq ou six ans, debout au milieu du passage, pleurait à chaudes larmes, pour un motif que Yu ne connaîtrait jamais. Mener une enquête ici serait difficile. Avec ce flot continu de gens et cette activité incessante, un criminel pouvait s'éclipser aisément sans que personne ne le remarque.

Au moment où il tournait en direction du bureau du comité de quartier, il vit un petit homme aux cheveux blancs qui franchissait le seuil en agitant la main avec énergie.

– Camarade inspecteur Yu ?

– Camarade Liang ?

– Oui, c'est moi. Ici, on m'appelle simplement Vieux Liang, dit l'homme d'une voix tonitruante. Je ne suis qu'un surveillant de quartier. Nous avons vraiment besoin de vous pour mener l'enquête, camarade inspecteur Yu.

– Ne dites pas cela, Vieux Liang. Vous travaillez ici depuis de nombreuses années. C'est moi qui vais avoir besoin de votre aide.

Vieux Liang était chargé de l'enregistrement des résidents et de la tenue des archives. Parfois, son travail consistait à effectuer la liaison entre le comité de quartier et le commissariat du secteur. C'était probablement pour cette raison qu'il avait été désigné pour collaborer avec l'inspecteur Yu.

– Les choses ne sont plus comme avant, vous savez, du temps où l'obligation de s'inscrire était respectée.

Tout en parlant, Vieux Liang emmena Yu dans un petit bureau aménagé dans un coin qui avait dû à l'origine être un vestibule, et lui offrit une tasse de thé.

Vieux Liang avait connu des jours meilleurs dans les années soixante et soixante-dix, quand l'inscription des résidents était une question de survie dans une ville soumise à un système strict de tickets de rationnement. Il fallait des coupons pour les denrées de base, comme le riz, le charbon, la viande, le poisson, l'huile, et même les cigarettes. À l'époque, la théorie de la lutte des classes du président Mao s'appliquait à tous les milieux. Selon Mao, tout au long de la longue période du socialisme, les ennemis des classes ne cesseraient jamais d'essayer de saboter la dictature du prolétariat. Un surveillant de quartier devait donc toujours être en alerte. Il fallait voir en chaque personne un ennemi potentiel. La sécurité de quartier était extrêmement efficace. Si, un matin, quelqu'un emménageait dans le passage sans en référer aux autorités locales, le soir même un surveillant de quartier venait frapper à sa porte.

Mais la situation avait changé, de manière progressive dans les années quatre-vingt, plus radicalement dans les années quatre-vingt-dix. On avait pratiquement abandonné le système des coupons de nourriture, si bien que les résidents avaient moins besoin des cartes d'inscription. Et l'on n'appliquait pas strictement la réglementation des autorisations de résidence. Des milliers de travailleurs venus des différentes provinces de Chine envahissaient Shanghai. La mairie de la ville avait bien conscience du problème, mais la main-d'œuvre bon marché était très demandée dans les secteurs du bâtiment et des services.

En tout cas, Vieux Liang avait dû faire consciencieusement son travail. Certaines des informations que Yu avait passées en revue dans le bus émanaient sans aucun doute de ce vétéran.

– Permettez que je vous donne quelques renseignements sur Yue, inspecteur Yu. Et aussi sur les voisins.

– Excellente idée.

– Yue a quitté le dortoir de l'université où elle enseignait pour s'installer ici au milieu des années quatre-vingt. Je n'ai pas su grand-chose des circonstances exactes de ce déménagement. Selon certains, elle ne s'entendait pas avec ses voisines de chambre. Selon d'autres, en raison de la publicité faite autour de son roman, l'université avait décidé d'améliorer ses conditions de logement. Pas une amélioration spectaculaire : une *tingzijian*, un minuscule réduit aménagé sur le palier, dans la cage d'escalier, mais au moins une pièce pour elle seule, où elle pouvait lire et écrire sans être dérangée. Cela semblait lui suffire.

– Personne de la police ne vous a contacté à l'occasion de son installation ici ?

– J'ai été mis au courant de son passé politique, mais je n'ai reçu aucune instruction particulière. Avoir affaire à une dissidente pouvait se révéler délicat. Ma fonction ne me permettait que de la surveiller étroitement et d'obtenir de ses voisins toutes les informations possibles à son sujet. Le comité de quartier n'a rien tenté de spécial. Nous l'avons traitée comme n'importe quel autre résident.

– Comment étaient ses relations avec ses voisins ?

– Médiocres. Au début, les gens n'ont rien remarqué d'anormal. Ils savaient seulement qu'elle était professeur d'université et qu'elle avait écrit un livre sur la Révolution culturelle. Chacun possédait sa propre expérience du désastre national. Et personne n'avait vraiment envie d'en parler. Quand on a commencé à connaître les détails de son livre, certains se sont plus ou moins intéressés à elle. Une histoire déchirante, car elle était restée seule après toutes ces années. Quelques voisins se sont montrés compatissants, mais elle ne s'est liée avec aucun. Elle paraissait repliée sur elle-même, dans sa *tingzijian*, où elle léchait ses plaies en secret.

– Cela me semble compréhensible. Il s'agissait de malheurs personnels, peut-être trop douloureux pour qu'elle puisse les partager.

– Pourtant, ce qui caractérise la vie dans un *shikumen*, c'est le contact permanent avec les voisins, chaque jour, à chaque instant, dit Vieux Liang en avalant une gorgée de thé. On décrit parfois les Shanghaiens comme des magouilleurs-nés. Ce n'est pas vrai, mais les gens ici ont toujours vécu dans des microsociétés et c'est comme ça qu'ils ont appris à gérer les relations humaines. Une éducation permanente, en quelque sorte. Comme dit un vieux proverbe : *Les proches voisins comptent plus que les parents lointains*. Mais Yue semblait avoir mis volontairement une distance entre elle et ses voisins. Résultat, ils lui en voulaient et la traitaient comme une étrangère. Une de ses voisines, Lanlan, l'a souligné un jour avec justesse : « Son monde n'est pas ici. »

– Peut-être était-elle trop occupée à écrire pour se faire des amis, dit Yu en jetant un coup d'œil à sa montre.

Vieux Liang ressemblait au Vieux Chasseur sur

un point: tous deux étaient d'infatigables bavards et s'écartaient parfois du sujet.

– Avez-vous eu des contacts directs avec elle ?

– Eh bien, oui, quand elle est venue faire sa déclaration de domicile. Elle était plutôt froide, un peu hostile même, comme si j'étais l'un de ceux qui avaient persécuté Yang autrefois.

– Et son roman, vous l'avez lu ?

– Pas en entier, juste quelques extraits dans les journaux et les magazines. Vous voulez que je vous dise ?

Sans attendre de réponse, Vieux Liang poursuivit:

– Ce qu'elle a écrit m'a vraiment mis hors de moi: elle racontait qu'elle était devenue garde rouge par ferveur prolétarienne et que si elle s'était livrée à ce qu'elle appelait « quelques actes un peu trop passionnés », c'était au nom de la révolution.

– Ses voisins ont-ils réagi de la même façon ?

– Oh non. Je ne crois pas que beaucoup de gens ici aient lu le livre. Ils ont dû en entendre parler, mais ce que je sais, je l'ai appris grâce à mes propres recherches.

– Vous avez fait du bon travail, Vieux Liang. Allons voir sa chambre, maintenant.

4

L'inspecteur Yu s'arrêta devant la porte en chêne massif, peinte en noir, et effleura l'un des deux heurtoirs en cuivre étincelant, sans doute d'origine.

– La maison a deux issues. Ce porche à l'avant, et une petite porte à l'arrière, expliqua Vieux Liang. La porte de devant peut être fermée de l'intérieur avec un loquet. Normalement, elle est close après neuf heures. La porte de derrière donne sur un petit passage.

Cette explication n'était pas nécessaire à l'inspecteur Yu qui vivait depuis des années dans une maison semblable. Il traversa la cour et pénétra dans la cuisine commune, qui contenait les réchauds à charbon d'une bonne douzaine de familles, ainsi que leurs ustensiles de cuisine, des rangées de briquettes de charbon et des étagères accrochées au mur. Yu compta quinze réchauds. À l'extrémité de la cuisine se trouvait l'escalier, différent de celui de chez lui car une pièce supplémentaire avait été aménagée à l'entresol. Une *tingzijian*, au-dessus de la cuisine, entre le rez-de-chaussée et le premier étage, était généralement considérée comme l'une des pièces les plus inconfortables d'un *shikumen*.

– Montons à la chambre de Yue. Méfiez-vous, inspecteur Yu, les marches sont très étroites. Est-ce une coïncidence, reprit Vieux Liang, si tant d'écrivains ont vécu dans des *tingzijian* dans les années trente ? On parlait de « littérature *tingzijian* », je me souviens, pour évoquer les écrivains vivant dans la misère. Il y avait un « écrivain *tingzijian* » dans le quartier, avant 1949, mais j'ai oublié son nom.

Yu ne s'en souvenait pas non plus, mais il avait déjà entendu l'expression. Comment ces écrivains avaient-ils pu se concentrer sur leur travail, malgré ces allées et venues incessantes ?

– Eh bien, vous avez beaucoup lu, dit-il, de plus en plus convaincu que non seulement le vieux surveillant était un bavard impénitent, mais qu'il aimait les digressions.

On avait posé des scellés sur la porte. Vieux Liang les arrachait quand l'un des résidents appela d'en bas d'une voix plaintive :

– Camarade Vieux Liang, il faut que vous veniez à notre secours. Ce sans-cœur n'a pas donné un sou à sa famille depuis plus de deux mois.

Une querelle familiale, supposa Yu. Elle lui fournissait un bon prétexte.

– Inutile de m'accompagner, Vieux Liang. Vous avez tellement à faire. Il se peut que je reste un moment ici. Ensuite, il faudra que nous rencontrions les membres du comité de quartier. Pouvez-vous organiser un rendez-vous ?

– Midi au bureau, ça vous convient ? Avant de vous laisser, inspecteur Yu, voici un rapport détaillé concernant le lieu du crime. Trois pages en tout.

L'inspecteur Yu y jeta un coup d'œil, tout en regardant Vieux Liang disparaître au milieu des réchauds de la cuisine commune.

Le document qu'il avait parcouru dans le bus décrivait le théâtre du crime en une phrase, disant qu'il était « pratiquement anéanti ». Rien de ce qui se trouvait dans la chambre de Yue n'était resté intact, à cause de la manière dont le corps avait été découvert. Un assistant du docteur Xia était venu relever les empreintes, mais il avait déclaré qu'on ne pouvait en isoler pratiquement aucune, car il y en avait partout.

Voici ce que disait le rapport :

Le matin du 7 février, Lanlan, une résidente qui habite à l'extrémité de l'aile est, au premier étage, est revenue du marché vers six heures quarante-cinq. En montant l'escalier, elle est passée devant la chambre de Yue. En temps normal, la porte était hermétiquement close. On savait que Yue sortait généralement tôt le matin, pour faire du tai-chi dans le jardin du Peuple, et qu'elle ne revenait pas avant huit heures. Ce matin-là, sa porte était légèrement entrouverte. Cela ne regardait pas Lanlan, mais comme c'était inhabituel, elle l'a remarqué. Elle s'est baissée pour nouer son lacet et, en jetant un coup d'œil par la porte entrebâillée, elle a vu quelque chose qui ressemblait à une chaise renversée. Elle a frappé à la porte, a attendu une minute ou deux avant de la pousser, et a trouvé Yue étendue sur le sol, un oreiller blanc près de son visage. Malade, évanouie, tombée du lit, a pensé Lanlan. Elle s'est précipitée et a appuyé sur le sillon de la lèvre supérieure[1] de Yue, puis elle a appelé au secours. Aussitôt, sept ou huit personnes sont accourues. L'une d'elles a aspergé le visage de Yue avec de l'eau froide, une autre lui a pris le pouls, une troisième est sortie en courant pour appeler une ambulance, avant que tout le monde se rende compte que Yue ne respirait plus et que plusieurs tiroirs avaient été ouverts et fouillés. Bientôt, d'autres personnes sont entrées dans la chambre.

1. L'équivalent, en médecine chinoise traditionnelle, de la réanimation cardio-pulmonaire. On appuie sur un point d'acupuncture pour tenter de réanimer une personne qui a perdu connaissance. *(N.d.T.)*

Ensuite, Vieux Liang est arrivé avec les membres du comité de quartier, mais cela n'a pas contribué à préserver l'état des lieux. L'un des membres est même allé jusqu'à ramasser l'oreiller, à le remettre sur le lit, et à refermer tous les tiroirs.

Un élément n'était pas mentionné dans le rapport. D'après le secrétaire du Parti Li, peu après Vieux Liang, les agents de la Sécurité intérieure étaient également venus. Ils avaient effectué une fouille minutieuse de la pièce. Li ignorait tout de l'objet de leur fouille. Dans le cas d'un écrivain dissident comme Yue, leur intervention n'était cependant pas surprenante. La Sécurité intérieure avait demandé à être informée de l'évolution de l'enquête.

Yu se frotta le menton, rangea le rapport dans le dossier et entra dans la pièce. C'était un réduit nu et miteux. Comme l'indiquait le rapport, il n'y avait pas de trace de lutte ou, plus exactement, il n'en restait plus. Vingt-quatre heures plus tard, et à la lumière de la description qu'il venait de lire, l'inspecteur Yu n'espérait pas trouver grand-chose.

Yue avait dû acheter le mobilier quand elle avait quitté le dortoir; il était typique des années quatre-vingt, simple, de couleur marron foncé, fonctionnel, et consistait en un lit d'une personne, un bureau, une chaise, une armoire à glace, un canapé recouvert d'un tissu rouge décoloré, et un tabouret qui avait dû servir de table de nuit.

Dans un cendrier, sur le bureau, il vit plusieurs mégots de cigarettes. Des brunes, une marque américaine, More. Il y avait aussi un genre de machine à écrire. Pas un ordinateur, Yu en était sûr. Peut-être une machine à écrire électrique. Un minuscule placard accroché au mur contenait plusieurs boîtes de thé, un pot de café instantané, quelques bols grossiers, des baguettes en bambou dans un récipient creusé dans une racine d'arbre, une tasse et un verre. Apparemment, Yue recevait peu.

Le lit était fait. Une des voisines, sans doute, s'en était chargée. Pas de matelas sous le drap, mais une simple planche de bois. Le dessus-de-lit en coton matelassé devait avoir quatre ou cinq ans; il était couvert de taches et raide au toucher. L'oreiller, dépourvu de taie, était relativement blanc par rapport au dessus-de-lit.

Yu s'intéressa ensuite aux tiroirs du bureau. Celui du haut contenait des reçus provenant de divers magasins, des enveloppes vierges et un magazine de tourisme. Dans le deuxième, il trouva des carnets, un bloc de papier à lettres, une ramette de papier et un paquet de lettres, dont plusieurs comportaient des adresses en anglais. Le contenu du troisième tiroir était plus hétéroclite: quelques bijoux fantaisie – peut-être un souvenir du voyage de Yue à Hong Kong –, une montre avec un bracelet de cuir, et un collier exotique en os.

Les vêtements suspendus dans l'armoire correspondaient à ce qu'il attendait: de couleur terne, de coupe conventionnelle, pour la plupart bon marché et démodés. Il y avait cependant une robe neuve en laine, peut-être pas très coûteuse mais de bonne qualité.

Sur l'étagère se côtoyaient des dictionnaires d'anglais et de chinois, une collection de l'*Histoire des Han*, les *Œuvres choisies* de Deng Xiaoping, plusieurs exemplaires de *Mort d'un professeur chinois*, et des *Poèmes choisis* de Yang Bing. Yu découvrit aussi une pile de vieux magazines, dont certains dataient des années quarante et cinquante; des signets en dépassaient.

L'inspecteur Yu s'aperçut tout à coup que c'était l'heure de son rendez-vous avec les membres du comité de quartier.

Le camarade Zhong Hanmin, chef de la sécurité, proposa sa théorie sur le meurtre. D'après lui, le fait que les tiroirs aient été fouillés indiquait une seule possibilité.

– Le criminel avait l'intention de commettre un vol, mais Yue est revenue à l'improviste et il a paniqué, expliqua Zhong. Je ne crois pas qu'il s'agisse d'un résident de la maison, ni même du passage. C'était sûrement un inconnu qui a choisi la chambre de Yue au hasard. Comme dit le proverbe: *Le lièvre ne broute pas trop près de son terrier.*

Une telle hypothèse n'était pas dénuée de fondement. Depuis plusieurs mois, on voyait rôder dans le quartier des travailleurs venus de province, mais ils étaient nombreux partout à Shanghai.

L'inspecteur Yu pouvait comprendre que Zhong tente de l'empêcher de concentrer ses recherches sur le quartier. Si le criminel s'avérait être un des résidents du passage, le comité porterait une part de responsabilité.

Le camarade Qiao Lianyun, directeur général du comité, prit ensuite la parole. Il apporta une information qui semblait contredire la théorie de

Zhong. Cette information, il la tenait de Peng Ping, surnommée la « femme aux crevettes » car elle gagnait sa vie en décortiquant des crevettes devant sa porte, laquelle était située face à l'issue arrière du *shikumen*, à un mètre à peine. La femme aux crevettes avait un accord avec le marché. Les crevettes décortiquées devaient être livrées avant huit heures, car les ménagères de Shanghai préféraient faire leurs courses tôt le matin. En règle générale, elle commençait son travail vers six heures et quart.

Elle ne se rappelait pas avoir vu Yue revenir du taichi ce matin-là, mais elle avait bavardé avec Lanlan aux alentours de six heures et demie. Elle affirmait ne pas avoir bougé avant d'entendre le vacarme chez Yue ; elle était alors entrée dans la maison pour voir ce qui se passait. Qiao considérait le témoignage de la femme aux crevettes comme digne de foi, parce qu'elle était connue pour son honnêteté. D'ailleurs, où aurait-elle pu aller, avec ses mains sales d'avoir décortiqué les crevettes ?

– Si quelqu'un était sorti par la porte arrière, conclut Qiao, aussi vite et aussi discrètement que ce soit, Peng l'aurait remarqué, surtout s'il s'agissait d'un inconnu s'enfuyant à une heure aussi matinale. Quant à la porte de devant, plusieurs personnes se trouvaient dans la cour ce matin-là et auraient remarqué si quelqu'un était sorti.

Vieux Liang appuya l'argument de Qiao et se lança dans une analyse sur la sécurité du passage et de la maison. En raison de vols commis récemment dans le quartier, le comité avait pris des mesures préventives. Toutes les entrées du passage avaient été protégées par des grilles en fer forgé, qui étaient fermées le soir à onze heures et ouvertes le matin à cinq heures et demie. Les résidents devaient avoir leurs clés.

De plus, il existait un règlement pour les portes du *shikumen*. Les deux portes étaient fermées durant la nuit. La grande porte n'ouvrait pas avant sept heures du matin, et fermait vers neuf heures et demie le soir. Quant à la petite porte, les gens qui entraient ou sortaient par là, tôt le matin ou tard le soir, étaient censés la refermer à clé.

Yu écoutait et prenait des notes sur son carnet, sans faire de commentaires. Finalement, on pouvait reconstituer les événements de la façon suivante :

Yue était une lève-tôt. Le matin du 7 février, elle avait quitté la maison vers cinq heures et quart, en passant par la petite porte. Elle était allée faire son tai-chi au jardin du Peuple. Personne ne l'avait vue sortir, mais il n'y avait aucune raison de penser qu'elle avait changé ses habitudes. Elle faisait du tai-chi tous les matins depuis qu'elle habitait là, et elle était connue pour sa ponctualité.

Ce matin-là, Lanlan était sortie vers cinq heures et demie. Elle avait trouvé la petite porte verrouillée. Elle avait ouvert puis refermé à clé, et s'était dirigée vers le marché, plus tôt que d'habitude, dans l'intention d'acheter des fruits de mer car elle attendait quelqu'un qui arrivait de Suzhou l'après-midi. Peu après, deux autres résidents étaient sortis par la porte arrière : monsieur Ren, qui prenait son petit déjeuner de bonne heure dans un restaurant, et Wan, qui pratiquait le tai-chi sur le Bund. L'un et l'autre affirmaient être partis entre six heures moins le quart et six heures.

Vers six heures et quart, Xiong, une laitière qui était assise avec ses bouteilles de lait près de l'entrée principale du passage, vit revenir Yue. La laitière regarda sa montre car, d'habitude, Yue ne revenait pas si tôt. Lanlan arriva avec ses provisions vers six heures et demie. Cette fois, elle ne referma pas à clé la petite porte, bavarda quelques minutes avec la femme aux crevettes assise dans le coin, et traversa la cour pour aller retirer le loquet de la grande porte, selon son habitude. À peu près au même moment, d'autres résidents se levèrent et quelques-uns allèrent se laver à l'évier de la cour. Lanlan se souvenait qu'il y avait au moins trois ou quatre personnes ce matin-là.

Les heures concordaient. Selon le docteur Xia, Yue était morte, étouffée par un objet mou, entre six heures et quart et six heures et demie. Autrement dit, elle avait été assassinée peu avant que Lanlan ne découvre son corps inanimé.

Yu commença à noter quelques idées. Il y avait apparemment deux hypothèses. Dans le premier scénario, selon la théorie de Zhong, le meurtrier était étranger au quartier; il s'agissait d'un voleur qui, surpris par le retour inopiné de Yue, l'avait tuée. Mais il avait bien dû, à un moment ou à un autre, ressortir de la maison. Un inconnu ne serait pas passé inaperçu. Or, personne n'avait rien vu.

Dans la seconde hypothèse, Yue avait été assassinée par l'un des résidents du *shikumen*. Une fois son forfait accompli, le meurtrier était tout simplement retourné chez lui. Pourvu que personne ne l'ait vu entrer dans la chambre de Yue ou en sortir, on ne le soupçonnerait pas. Cela réduisait les possibilités. Il suffisait que Yu se limite aux occupants de la maison.

– J'ai établi une liste des suspects potentiels parmi les résidents, chuchota Vieux Liang à son oreille, à la fin de la réunion. Et j'ai aussi commencé à recueillir leurs empreintes.

– J'étudierai cette liste, répondit Yu en consultant sa montre. Merci, Vieux Liang. Nous débuterons les interrogatoires demain.

Si le coupable vivait dans le *shikumen*, Yu aurait à découvrir le mobile du crime. Vieux Liang avait insinué que Yue n'entretenait pas de bonnes relations avec ses voisins, mais ce n'était pas un motif suffisant pour commettre un meurtre. Qu'est-ce qui aurait pu pousser quelqu'un à tuer une voisine ?

L'inspecteur Yu décida de retourner au bureau à pied. Le trajet était long – trois quarts d'heure environ – mais il avait besoin de réfléchir. Il n'était pas pressé de décider de la marche à suivre. Il souhaitait exclure toutes les autres possibilités avant de concentrer son attention sur les résidents du *shikumen*.

Il s'arrêta devant une cabine téléphonique, non loin d'une librairie spécialisée dans les ouvrages en langues étrangères. Il voulait téléphoner aux Éditions littéraires de Shanghai pour savoir combien la publication de son roman avait rapporté à Yue. Après avoir passé dix minutes à essayer de trouver le bon interlocuteur, et épuisé presque toute sa monnaie, il tomba enfin sur Wei, l'éditeur de *Mort d'un professeur chinois*.

– J'ai pris un risque énorme en acceptant ce manuscrit, expliqua Wei. Nous pouvions perdre de l'argent en le publiant. À l'époque, personne ne s'attendait à ce que le livre déclenche une telle polémique. Quoi qu'il en soit, Yue a gagné environ trois mille yuans.

Ce n'était pas une grosse somme, même quelques années auparavant. Aujourd'hui, un marchand ambulant de pâtés impériaux gagnerait autant en un mois ou deux.

Wei ne connaissait pas le montant exact que Yue avait touché pour la traduction en anglais mais, d'après ses informations, ce n'était pas beaucoup. Le roman avait intéressé les sinologues mais n'avait pas connu le succès auprès du grand public.

– Par ailleurs, expliqua Wei, au début des années quatre-vingt, la Chine n'avait pas signé l'accord international de copyright. L'éditeur américain n'a versé qu'une petite somme forfaitaire.

Yu se rappelait pourtant les lettres avec des adresses en anglais, dont les dates étaient beaucoup plus récentes.

Il composa le numéro de l'inspecteur principal Chen.

5

Chen regarda par la fenêtre l'immeuble d'en face, grisâtre dans la lumière du matin, puis reprit le dossier posé sur sa table de travail et commença à taper sur sa machine à écrire électrique. Le projet New World était ambitieux. Le document, émaillé de nombreux termes d'architecture, n'était pas facile à traduire. Il lui faudrait un certain temps pour se familiariser avec le vocabulaire et pour que la traduction prenne son rythme de croisière. Chen avait déjà effectué quelques traductions techniques, pour des raisons pécuniaires, mais aucune ne s'était avérée aussi lucrative.

Le service de la Police criminelle de Shanghai lui avait accordé quinze jours de congé. Le secrétaire du Parti Li avait accepté, à contrecœur. Le Parti avait depuis longtemps promis à Chen qu'il pourrait prendre des vacances, mais, pour une raison ou pour une autre, cela ne s'était jamais concrétisé. Maintenant, Li pouvait difficilement opposer un refus à Chen, malgré l'urgence de l'affaire Yue.

Chen n'avait pas mentionné la traduction en demandant ce congé. D'autres raisons motivaient son besoin de décrocher pendant quelque temps. Il avait été très contrarié par la manière dont une affaire récente s'était conclue. Il avait fait son travail de policier le mieux possible, mais son action menée «dans l'intérêt du Parti» avait plongé une malheureuse femme dans la détresse. Le ministre de la Sécurité publique, Huang, lui avait téléphoné pour le féliciter personnellement de son «excellent travail sous la direction du ministère» et l'encourager à «progresser encore davantage comme cadre montant des nouvelles forces de la police chinoise». Le secrétaire du Parti Li n'avait pas été enchanté de ces éloges adressés à son ancien protégé. La démarche du ministre Huang, téléphonant à Chen plutôt qu'à Li, contenait peut-être un message sous-jacent, que Li fut prompt à décrypter. L'ascension trop rapide de Chen, aux dépens de Li, était inacceptable pour ce dernier. La tension était montée entre les deux hommes.

Chen avait d'autres sujets de contrariété au bureau. D'abord, d'innombrables réunions politiques et des montagnes de documents du Parti. Ensuite, plusieurs policiers, parmi lesquels un homme de la brigade des affaires spéciales, dont Chen était responsable, avaient été suspendus en raison de leur implication dans une affaire de contrebande. Enfin, un vieux cadre du Parti avait trouvé à redire aux poèmes de Chen, une fois de plus – ironie d'autant plus grande que son inspiration s'était presque tarie, ces derniers mois. Il n'avait eu ni le temps ni l'énergie d'écrire autre chose que quelques vers épars, et ne savait pas quand il réussirait à les rassembler.

Pour couronner le tout, après une longue suite de réunions et de négociations, Yu s'était vu refuser l'appartement moderne qu'on lui avait promis. Chen s'était senti personnellement atteint. Lui aussi soupçonnait que les raisons de ce retrait étaient plus compliquées qu'elles n'en avaient l'air. Tout le monde savait que l'inspecteur Yu était dévoué à Chen. L'affront était terrible pour ce dernier. Comme dit le proverbe : *Pense à la face de son maître avant de donner un coup de pied à un chien.* C'était Chen qui avait obtenu l'appartement pour Yu. Peut-être le secrétaire du Parti Li avait-il manœuvré en coulisses, pour se venger de Chen. Que cette interprétation fût juste ou non, Chen en avait conclu que son autorité n'était pas encore totalement établie au sein de la Police criminelle de Shanghai.

Pour ne plus penser à son travail de policier, il valait mieux qu'il se concentre sur autre chose. Il n'était pas du genre à se détendre en ne faisant rien, comme dans *Le Livre de la Voie et de la Vertu*, de Lao Tseu. En un sens, la traduction pour Gu était exactement le dérivatif dont il avait besoin, au-delà de son intérêt financier.

Le texte du projet New World débutait par une introduction qui racontait en détail l'histoire de l'architecture de Shanghai depuis le début du XXe siècle. Chen eut vite fait de comprendre que le succès du projet reposait sur un mythe – la nostalgie des années trente, avec leur éclat et leur faste – ou, plus exactement, la recréation de ce mythe, mêlant passé et présent pour le plus grand plaisir des clients des années quatre-vingt-dix.

Pourtant, les raisons du succès en affaires restaient mystérieuses pour lui. Quand Kentucky Fried Chicken s'était implanté à Shanghai, l'idée lui avait paru saugrenue. Les prix à eux seuls dissuaderaient les Shanghaiens, croyait-il. Il s'était trompé. Kentucky Fried Chicken rencontrait un immense succès. Plusieurs succursales s'étaient ouvertes en ville. La semaine dernière, il avait voulu discuter avec son cousin Shan des problèmes de santé de sa mère, et celui-ci avait suggéré qu'ils se retrouvent au Kentucky: « C'est super, très propre et il y a l'air conditionné. »

L'avantage de la traduction par rapport à l'écriture, c'était qu'il pouvait travailler sur un texte machinalement, en assemblant les mots comme les pièces d'un puzzle, sans se soucier pour le moment du résultat final. Il avait à peine fini une demi-page qu'on frappa un coup léger à la porte. Il ouvrit et se trouva nez à nez avec une jeune fille aux cheveux longs jusqu'aux épaules, un insigne de l'université épinglé à sa veste écarlate. La « petite secrétaire » promise par Gu, Nuage Blanc.

– Inspecteur principal Chen, je viens prendre mon service, dit-elle d'une voix aussi suave qu'un litchi fraîchement épluché.

C'était une créature délicieuse, avec un visage en forme de graine de pastèque, des yeux en amande et des lèvres couleur cerise.

– Le directeur général Gu n'avait pas besoin de vous envoyer ici. Il n'aurait pas dû.

Chen ne savait pas quoi dire d'autre mais il se sentait obligé de protester.

– Il me rémunère pour cela, répondit la jeune fille en feignant le désarroi. Vous ne voudriez pas que je perde mon emploi ?

Elle ne pouvait guère l'aider pour la traduction puisqu'elle étudiait la littérature chinoise, se souvint-il. Quel autre travail lui confier ? Répondre au téléphone, peut-être. Non, ce n'était pas une bonne idée. D'abord, il recevait peu de coups de fil à la maison. Et puis, une secrétaire chez lui, que penseraient les gens ? D'ailleurs, il perdrait plus de temps à donner des explications qu'elle ne lui en ferait gagner.

Mais elle semblait parfaitement à l'aise, comme chez elle. Elle retira sa veste et, sans plus attendre, se mit à laver les tasses et le cendrier qui se trouvaient sur le bureau.

Gu lui avait peut-être déjà donné ses ordres.

– Et votre travail à la fac ?

– Je n'ai qu'un cours ce soir.

– Pour le moment, je ne vois rien à vous demander. Il y a des magazines sur l'étagère, vous pouvez les lire, si vous voulez.

– C'est très aimable à vous, inspecteur principal Chen.

Il n'était pas très à l'aise, avec quelqu'un qui allait et venait dans son dos. Elle avait entrepris de ranger les livres sur les étagères. Soudain il eut une idée. Il ne connaissait pas bien les styles architecturaux des années trente. Elle pourrait prendre quelques photos d'un *shikumen* et d'un passage typique de cette période-là, dans les anciennes concessions étrangères, cela l'aiderait à les visualiser. Il lui demanda si elle pouvait faire cela pour lui.

– Bien entendu. Puis-je avoir votre clé ? Au cas où vous seriez sorti quand je reviendrai.

– D'accord.

Elle partit en faisant tournoyer le porte-clés autour de son doigt, sachant déjà apparemment où elle prendrait les photos. En la voyant s'éloigner, il pensa à « un nuage voyageur » – une image qui pouvait avoir différentes connotations dans la poésie chinoise, mais qui, pour l'instant, lui évoquait un poème de Feng Yansi qu'il avait lu récemment :

Un nuage voyageur
Qui oublie de revenir,
Ignorant que le printemps touche à sa fin.

Dans la littérature classique, très souvent, le mot « nuage », associé au mot « pluie », suggérait l'acte sexuel.

Chen essaya de se remettre au travail.

Nuage Blanc revint vers une heure et demie, avec une dizaine de clichés en couleur – elle avait dû les faire développer dans un service photo express – et un sac en plastique contenant des barquettes de porc grillé, d'anguille fumée et de minibouchées au jus.

– Avez-vous déjeuné, inspecteur principal Chen ?

– Non, je n'ai pas faim.

– Je suis désolée, je n'ai pas eu le temps de préparer à manger aujourd'hui. J'ai acheté ça dans un restaurant.

– Merci. Je vous dois combien ?

– Rien du tout. Monsieur Gu me remboursera.

Chen n'aimait pas beaucoup la façon dont Gu avait donné à la jeune fille ses instructions, et son argent aussi.

– Il n'a pas à m'offrir mon déjeuner.

– Monsieur Gu me paie très généreusement, vous le savez. Je vous en prie, aidez-moi à garder mon job.

Il examina les photos avec satisfaction. Elles étaient nettes, bien cadrées.

– Mangez donc pendant que c'est chaud, lui conseilla Nuage Blanc.

Les minibouchées étaient délicates comme des œufs de caille, presque transparentes; la farce, un mélange de porc et de crabe hachés, mêlait les saveurs de la viande et du poisson. Quand Chen croqua dedans, le jus exquis se répandit sur ses lèvres.

– Vous m'avez rendu un grand service, Nuage Blanc, dit-il en s'essuyant la bouche. Mais vous êtes étudiante, je ne crois pas que…

– Je suis obligée de payer mes études. Mes parents ont été licenciés tous les deux. J'ai besoin de travailler, soit comme petite secrétaire pour vous, soit comme *karaoke girl* au *Dynastie* ou ailleurs.

– Il n'y a que Gu pour inventer pareil emploi, commenta Chen en dégustant un morceau d'anguille fumée.

– Ce n'est pas lui qui l'a inventé. Petite secrétaire, *xiaomi*, vous avez sûrement déjà entendu ce terme ? Un Monsieur Gros-Sous doit avoir une petite secrétaire ; nous sommes un symbole, au même titre qu'une Mercedes.

– Eh bien…

Il était surpris du ton désinvolte avec lequel elle avait dit cela, comme si elle n'était pas concernée.

– Voici encore une nouvelle invention, un nouveau métier : « compagne de passion ». Toute une page d'annonces pour cet emploi est parue dans le *Wenhui*. Je n'ai pas besoin de vous expliquer de quoi il s'agit. Croyez-le ou pas, il faut être extrêmement qualifiée pour ce poste. Posséder au minimum un diplôme universitaire, être capable de tenir une conversation intelligente, être présentable en public et, naturellement, en privé.

– Je crains d'être un peu vieux jeu.

– Vous êtes spécial.

Elle se leva et commença à ranger les restes dans le réfrigérateur.

– Bon, il faut que je m'occupe, pour justifier l'argent que je coûte à monsieur Gu.

– J'ai une tâche à vous confier. Pourriez-vous chercher les définitions de ces mots pour moi ? Ce n'est pas nécessaire de vous y mettre tout de suite. Si vous avez le temps ce soir, après votre cours, ce sera parfait.

– Bien entendu. Cela me permettra d'apprendre du vocabulaire, par la même occasion.

Le téléphone sonna. Elle décrocha aussitôt, en véritable secrétaire.

– Ici, la maison Chen.

– Oh.

Il y eut un silence au bout du fil.

– Je suis l'inspecteur Yu. J'aimerais parler à l'inspecteur principal Chen.

– Ne quittez pas.

Elle se tourna vers Chen, une main sur le récepteur, et lui chuchota à l'oreille :

– L'inspecteur Yu. Vous voulez lui parler ?

– Bien entendu.

– Désolé de vous déranger, patron, dit Yu d'une voix hésitante.

– Je vous écoute, Yu. Qu'est-ce que je peux faire pour vous ?

S'adressant à voix basse à Nuage Blanc, il lui dit :

– Vous pouvez partir, maintenant. Je vous appellerai demain.

– Ce n'est pas nécessaire. Je serai ici pour préparer votre petit déjeuner. Au revoir.

– Ne vous inquiétez pas pour ça. Au revoir.

– Vous n'êtes pas seul? s'enquit Yu avec délicatesse.

– J'ai avec moi une petite secrétaire. Je travaille sur une traduction difficile. Elle va m'assister.

– Une *xiaomi*! s'exclama Yu sans chercher à cacher sa surprise.

– Gu a insisté pour qu'elle vienne m'aider. (Yu était peut-être la seule personne avec qui il n'avait pas besoin d'entrer dans les détails.) Avez-vous inspecté le lieu du crime?

– Oui. Mais, comme je vous l'ai dit, je n'ai pas pu découvrir grand-chose. Si l'on se base sur l'heure du crime et sur le fait que personne n'a vu d'inconnu entrer dans la maison ou en sortir à ce moment-là, il semble que l'assassin soit l'un des résidents. C'est aussi l'opinion de Vieux Liang.

– Avez-vous écarté toutes les autres possibilités?

– Pas encore.

– Bon, s'il s'agit d'un habitant de la maison, quel peut être son mobile?

– J'ai réfléchi à cela, également. J'ai vérifié auprès des Éditions littéraires de Shanghai. Yue n'a pas gagné énormément d'argent avec son livre. J'ai trouvé un peu d'argent dans ses tiroirs, et aussi des lettres de l'étranger. J'ignore si elle avait un projet en cours. Peut-être un autre ouvrage polémique.

Dans ce cas, il s'agirait vraiment d'une affaire politique. Travaillait-elle sur un sujet que le gouvernement, ou quelqu'un du gouvernement, aurait voulu étouffer?

– En ce qui concerne ses relations avec l'étranger, la Sécurité intérieure a sûrement un dossier. Ils peuvent être très efficaces, à leur manière.

Chen ne voulait pas en dire davantage par téléphone.

– Sans aucun doute. Ils m'ont précédé sur le lieu du crime et ont fouillé la pièce, mais ils ne nous ont pas dit ce qu'ils cherchaient.

– C'était peut-être une procédure de routine pour eux, dans la mesure où il s'agit du meurtre d'une dissidente. S'ils ont laissé les lettres dans le tiroir, c'est probablement qu'elles ne contenaient rien de particulier.

– Autre chose. Je n'ai pas trouvé de chéquier dans les tiroirs. Si le meurtrier l'avait emporté, il aurait aussitôt retiré de l'argent de son compte. Or, jusqu'à présent, ça ne semble pas être le cas.

– L'assassin a peut-être eu trop peur pour aller à la banque, ou bien Yue gardait ce qu'elle avait de précieux dans un coffre.

– Un coffre ? Je n'en ai jamais vu ailleurs que dans les romans policiers anglais que vous traduisez.

– Oh, on trouve tout aujourd'hui à Shanghai. Moyennant une certaine somme, la banque y garde vos objets de valeur.

– Je vérifierai. Mais d'abord, je vais passer à son université tout à l'heure, quoique son dossier là-bas ne comporte rien de spécial. Je vous tiens au courant.

Le reste de l'après-midi se déroula tranquillement pour Chen, à part quelques appels téléphoniques. Le premier venait de Gu qui, après s'être assuré que tout se passait bien avec Nuage Blanc, proposa :

– Que diriez-vous d'un dîner au *Dynastie* en ma compagnie ce week-end, inspecteur principal Chen ?

Nous avons un nouveau plat, les crevettes en sauna. Crevettes de rivière vivantes, naturellement.

– Des crevettes en sauna ? J'en ai déjà l'eau à la bouche. Mais attendons peut-être que j'aie terminé la traduction.

L'appel suivant fut une surprise. Il venait de Peiqin, la femme de Yu, une merveilleuse maîtresse de maison aux remarquables talents culinaires, également férue de littérature chinoise classique. Chen ne lui avait guère parlé depuis l'histoire de l'appartement et il avait l'impression d'avoir lâchement laissé tomber le couple.

– Yu travaille sur l'affaire Yue, comme vous savez. Il est très occupé. Je vais donc lire pour lui *Mort d'un professeur chinois*. Pas seulement le roman, mais aussi d'autres documents en rapport avec le livre, interviews ou critiques. Cela risque de prendre du temps de les chercher en bibliothèque. Je me demandais si vous connaîtriez un moyen pour obtenir ces documents plus rapidement.

– Je n'ai pas lu *Mort d'un professeur chinois*.

Il en avait entendu parler, avait lu un article, mais n'avait pas pris la peine de se procurer le livre. Ces histoires d'intellectuels persécutés n'étaient pas nouvelles. Son père, lui aussi, était mort dans des conditions tragiques pendant la Révolution culturelle.

– Je crains de ne pas pouvoir vous aider, ajouta-t-il.

– Yue était membre de l'Union nationale des écrivains, rattachée à la branche de Shanghai, n'est-ce pas ? L'auriez-vous peut-être rencontrée lors d'une réunion ?

– Non, pas que je me souvienne. (Chen réfléchit un instant.) Il y a une petite bibliothèque à l'Union des écrivains. Elle est située rue de Julu. Selon une règle tacite, les membres sont censés y apporter leurs livres et les articles qui s'y rapportent. Certains oublient de le faire et le bibliothécaire est obligé de les rassembler lui-même. Vous pourrez peut-être au moins trouver le catalogue de ses œuvres. Le bibliothécaire s'appelle Kuang Ming. Je lui passerai un coup de fil. Il sera peut-être en mesure de vous aider.

L'inspecteur principal Chen s'abstint au téléphone de préciser une chose. Yue étant un écrivain dissident, il existait sûrement des archives secrètes à la bibliothèque.

Peiqin n'aurait probablement aucun mal à trouver ce qu'elle cherchait.

– Merci, inspecteur principal Chen. Venez à notre restaurant, quand vous aurez le temps. Nous avons un nouveau chef excellent, spécialiste de la cuisine du Sichuan.

– Merci, Peiqin, de nous aider dans notre travail.

Après coup, il réfléchit au fait que Peiqin l'avait invité au restaurant où elle travaillait, plutôt que chez eux. Il pensait avoir fait tout son possible, au sein du comité du logement, mais ceux qui n'avaient pas obtenu d'appartement ne croiraient jamais qu'il avait suffisamment insisté, Peiqin y compris, sans doute.

Le troisième coup de téléphone venait de Lu le Chinois d'outre-mer, un vieil ami qui l'appelait régulièrement de son restaurant en pleine expansion, *Le Faubourg de Moscou.*

– J'ai appelé ton bureau. On m'a dit que tu étais en vacances. Maintenant, tu as certainement le temps de venir dîner dans notre restaurant.

– Pas cette semaine, Lu. Je dois terminer une traduction urgente pour monsieur Gu, du club *Dynastie*, également fondateur du groupe New World. Tu le connais, je crois.

– Oh, monsieur Gu. Il t'a demandé de faire une traduction pour lui ?

– Oui, un projet commercial. Comment vont tes affaires ?

– À merveille. Nous avons déniché un tas de vieilles photos et d'affiches représentant des filles russes dans la Shanghai des années trente. Les murs en sont couverts, maintenant. Impressionnantes, les photos : des night-clubs bondés, avec des Russes à moitié nues sur scène. On se croirait de retour aux années folles.

– Fascinant.

– J'envisage aussi d'installer une scène. Le *Peace Hotel* a un orchestre. Jazz classique, tu vois le genre. Nous ferons beaucoup mieux. Un orchestre de musiciens jeunes, avec des filles sur scène. Des Russes à la fois sur les photos anciennes et dans la vraie vie, ajouta Lu avec fierté.

– Alors, *Le Faubourg de Moscou* n'est plus seulement un restaurant réservé aux gourmets de ton espèce ?

– Si. Mais les gens ont du fric, maintenant. Ils veulent autre chose, en plus d'un bon repas. Une atmosphère. De la culture. De l'histoire. Une valeur ajoutée, en quelque sorte. Ce n'est qu'avec ça qu'ils ont l'impression d'en avoir pour leur argent.

– Cela doit coûter très cher.

– Eh bien, ils sont prêts à payer le prix. Il y a une nouvelle expression : la consommation ostentatoire. Et une nouvelle sorte de clients : la classe montante. *Le Faubourg de Moscou* est devenu un restaurant de prestige. Certains y viennent précisément pour cette raison.

– Tant mieux pour toi, Lu le Chinois d'outre-mer.

– Alors, qu'attends-tu, cher inspecteur principal ? Je viens de recevoir du caviar, de l'authentique caviar russe. Je commence à aimer ça. Tu te souviens, j'en ai entendu parler pour la première fois dans un roman russe. J'en avais littéralement l'eau à la bouche. Des perles noires, en vérité. Oh, et de la vodka aussi. Nous mangerons et boirons tout notre soûl...

Chen fut obligé de l'interrompre. En matière de cuisine, Lu était intarissable.

– Je dois me remettre au travail, Lu le Chinois d'outre-mer. J'essaierai de passer à ton restaurant la semaine prochaine.

Ces appels avaient tous un point commun, se dit Chen : l'art culinaire. Mais pas seulement cela : Lu avait également évoqué l'ambiance rétro de son restaurant. Résultat, Chen avait faim, maintenant. Il décida pourtant de continuer à travailler encore deux ou trois heures, histoire de prouver qu'il n'avait pas menti à son ami au téléphone.

Au bout d'un moment, il regarda de nouveau les photos prises par Nuage Blanc. Il n'y voyait pas le faste et l'éclat des années trente. Peut-être à cause de la poussière et de la saleté accumulées au cours des années de construction du socialisme. C'était sans doute incorrect de la part d'un cadre du Parti de réagir ainsi, mais il le pensait réellement.

Finalement, il prit ce qui restait dans le réfrigérateur, le fit réchauffer au micro-ondes et l'avala sans vraiment le déguster.

Il travailla tard ce soir-là.

Il se sentit fatigué et surtout, il se sentit soudain seul.

Quelques vers cités un jour par une amie lui revinrent en mémoire :

Essayant chacun des rameaux gelés,
L'oie sauvage choisit de ne pas se percher
Tandis que les feuilles d'érable tombent, glacées,
Sur la rivière Wu.

Ils étaient extraits d'un poème de Su Dongpo. Il s'agissait soi-disant d'un commentaire politique, mais on y voyait souvent une métaphore sur la difficulté de « choisir un rameau où se percher », quelle qu'en soit la raison. Son amie avait cité ces vers en référence à sa propre vie.

La pensée de Chen, pareille à l'oie sauvage au milieu des feuilles d'érable qui tombent, fut attirée ensuite par un bruit familier. Un grillon stridulait à l'extérieur de la vitre.

Un grillon n'avait pas d'autre raison de frotter ses élytres avec tant d'enthousiasme que celle de manifester sa victoire sur un ennemi, ainsi que l'avait appris Chen enfant. Mais à quoi bon être un grillon, victorieux ou pas, si l'on finissait toujours par se faire happer par une main d'enfant et être condamné à tourner en rond dans un petit pot de terre ?

6

Après avoir consulté la liste des suspects du *shikumen* établie par Vieux Liang, Yu débuta ses interrogatoires de bonne heure le lendemain matin au bureau du comité de quartier.

La première personne de la liste était Lanlan, la femme qui avait découvert le meurtre. Matériellement, elle avait eu l'occasion et les moyens de perpétrer le crime, et selon Vieux Liang, elle avait aussi un motif.

Lanlan n'aimait rien tant que fréquenter ses voisins ; elle pouvait devenir intime avec quelqu'un qu'elle avait rencontré trois minutes plus tôt. Elle avait pourtant perdu la face avec Yue, qui avait repoussé ses tentatives répétées pour lier amitié. Lanlan avait fini par abandonner, résumant pour les voisins son échec en une formule amère autant qu'imagée : « C'était comme tendre un visage chaleureux vers un cul froid. À quoi bon ? »

Cela n'aurait cependant pas suffi à provoquer l'explosion, mais un incident avait mis le feu aux poudres, ce qui, dans un *shikumen*, se produisait souvent, en raison des querelles constantes à propos de l'espace commun. Dans cet environnement surpeuplé, les familles s'efforçaient d'occuper le plus d'espace possible – « de manière équitable ». Vieux Liang donna un exemple. Yue possédait, dans la cuisine commune, un réchaud à charbon et une petite table. C'était son espace, hérité du précédent occupant de la *tingzijian*, et elle l'avait pris, même si elle cuisinait rarement. Elle avait gardé aussi le petit réchaud à essence de son prédécesseur, près de la porte de sa chambre. Comme les autres, elle ne cédait pas un pouce de l'espace qui lui revenait. Tout cela avait dû contrarier certains voisins.

Un soir, Lanlan, rentrant chez elle en hâte, avait trébuché contre le réchaud à essence. Une bouilloire était posée dessus et l'eau chaude, en se renversant, lui avait brûlé la cheville. Ce n'était pas entièrement la faute de Yue. L'appareil était là depuis des années. Lanlan aurait dû allumer la lumière, ou faire attention. Mais Lanlan, furieuse, avait insulté Yue à travers la porte.

– Pour qui vous prenez-vous ? Vous portez malheur à tous ceux qui vous approchent. Le Ciel a des yeux, et le malheur s'abattra sur vous aussi !

Yue s'était bien gardée de répondre à ces imprécations. D'être ainsi ignorée, Lanlan en avait conçu une rage plus grande encore. Elle avait exprimé son ressentiment lors des réunions de résidents. Certaines personnes, en l'entendant, avaient été surprises d'une telle animosité.

Cette inimitié était loin de constituer un motif de meurtre, selon Yu. D'ailleurs, l'accident s'était produit deux ans plus tôt.

L'inspecteur passa au deuxième nom de la liste. Wan Qianshen était un retraité qui vivait seul dans une pièce sous les combles. Il était absent au moment du meurtre. À cette heure-là, il avait pour habitude de pratiquer le tai-chi sur le Bund.

Le dossier de Vieux Liang comportait une courte biographie de Wan. Ancien ouvrier dans une aciérie, il avait été un travailleur « dévoué à la construction de la révolution socialiste ». Sous la Révolution culturelle, il était devenu membre de la prestigieuse Équipe de propagande de la pensée de Mao Zedong. À la fin des années soixante, quand les gardes rouges avaient réclamé davantage de pouvoir, le président Mao s'était arrangé pour contenir ces jeunes rebelles en envoyant dans les universités des équipes de travailleurs chargés de propager une nouvelle théorie révolutionnaire. Selon Mao, les étudiants, ayant subi l'influence des idées bourgeoises occidentales, devaient être rééduqués. Ils furent sommés d'apprendre ce qu'avaient à leur enseigner les travailleurs, le prolétariat le plus révolutionnaire. C'était un très grand honneur, à l'époque, d'être membre d'une équipe de propagande. Étudiants et professeurs étaient obligés d'écouter ce que disait Wan. Wan était un « camarade toujours juste politiquement », un modèle.

Naturellement, avec la mort du président Mao et la fin de la Révolution culturelle en 1976, tout avait changé. Les équipes de propagande avaient quitté les campus universitaires. Wan revint dans le quartier vers la fin des années soixante-dix. Il prit sa retraite, comme tout homme de son âge et, avec le temps, ses jours de gloire ne furent plus qu'un souvenir.

Dans une société de plus en plus matérialiste, Wan comprit sans doute tardivement qu'il n'avait tiré aucun profit de ses activités révolutionnaires. Après avoir consacré sa vie à sa mission, sans jamais penser à lui, il se retrouvait seul, dans une mansarde. Le montant de sa pension ne suivait pas l'inflation et la société d'État où il avait travaillé payait tout juste son assurance médicale. Wan se plaignait donc constamment de l'évolution des choses. Puis le destin lui fit croiser la route de Yue. Comme dit un vieux proverbe : *Le chemin de rencontre de deux ennemis doit être étroit, en vérité.* Dans leur cas, cette rencontre se fit dans l'immeuble, puisqu'ils montaient et descendaient chaque jour le même escalier étroit.

Dans *Mort d'un professeur chinois*, les descriptions des équipes de propagande étaient très dures. Wan découvrit avec indignation en parcourant le livre que l'université évoquée par l'auteur était précisément celle où il avait été affecté, même si Yue ne citait aucun nom. Fou de rage, Wan déchira l'ouvrage devant la porte de Yue. Celle-ci riposta à travers la porte :

– Il n'y a que la vérité qui blesse.

Furieux, Wan s'éloigna en hurlant :

– Espèce de garce ! Vous vous imaginez que la Chine est un pays pour les intellectuels bourgeois. Avec un esprit aussi obtus, vous mériteriez d'aller droit au cimetière. Le Ciel m'est témoin : j'y veillerai.

Plusieurs voisins l'entendirent, mais personne ne prit sa menace au sérieux.

On peut dire n'importe quoi dans un accès de colère, et l'oublier ensuite. Mais pas quelqu'un comme Wan, souligna Vieux Liang. Depuis cet incident, Wan n'avait plus jamais adressé la parole à Yue. Il lui vouait une haine profonde, le genre de haine qui fait que, selon les propres mots de Wan, « deux personnes ne peuvent partager le même coin de Ciel ».

Wan était d'autant plus suspect que son alibi pour le matin du 7 février n'avait pas été confirmé. Il prétendait avoir fait du tai-chi sur le Bund, mais il aurait pu descendre discrètement de sa mansarde, tuer Yue et ensuite, soit revenir dans sa chambre, soit se rendre sur le Bund sans que personne ne le remarque. Et il aurait pu prendre de l'argent dans les tiroirs de Yue, car l'aciérie avait plusieurs mois de retard dans le paiement des pensions de ses anciens employés.

Une entrevue fut organisée entre Yu et Wan au bureau du comité.

Wan ne paraissait pas ses soixante-cinq ans. De corpulence moyenne, plutôt grand pour quelqu'un de sa génération, il portait une veste Mao en lainage noir et un pantalon assorti. Dans un film des années soixante, Wan aurait pu jouer le rôle d'un cadre moyen du Parti, avec son col boutonné jusqu'au menton et ses cheveux peignés en arrière. Il avait dû avoir une légère attaque, car sa bouche tombait un peu d'un côté, ce qui ajoutait une tension intérieure à son expression.

Wan s'avéra plus enclin à parler que Yu ne l'avait craint. Une tasse de thé entre les mains, il déclara :

– Le monde est sens dessus dessous, inspecteur Yu. Qui diable sont ces fichus entrepreneurs privés ? Des capitalistes au cœur noir, aux mains noires, qui gagnent un argent monstre aux dépens des travailleurs. C'est pour cela que les compagnies d'État vont à vau-l'eau. Où sont passés les avantages de notre système socialiste ? Les retraites, les soins médicaux gratuits ? Envolés. Si le président Mao était encore en vie, jamais il n'aurait laissé faire ça.

Déclaration enflammée, toute prolétarienne, mais pas totalement loyale envers la politique actuelle du Parti. Néanmoins, Yu pouvait comprendre la frustration de Wan.

– Notre société traverse en ce moment une période de transition, et l'on ne peut éviter certains phénomènes passagers. Vous avez sûrement lu tous les documents et les journaux du Parti, je n'ai pas besoin de vous expliquer, dit Yu avant de revenir au sujet. Je suppose que vous connaissez la raison de cet entretien. Dites-moi, camarade Wan, quelles étaient vos relations avec Yue ?

– Elle est morte. Je ne devrais rien dire contre elle, mais si vous pensez que mon opinion importe pour votre enquête, je ne mâcherai pas mes mots.

– Je vous en prie, continuez, camarade Wan. Cela nous sera d'une grande aide.

– Elle faisait partie des forces noires du mal qui ont essayé de renverser l'histoire, de revenir en arrière, aux années vingt, trente, à ces années terribles où la Chine était opprimée par les impérialistes et les capitalistes, tandis que les intellectuels bourgeois se délectaient pitoyablement des os que leur jetaient leurs maîtres. Dans son livre, que vous avez sûrement lu, les travailleurs sont décrits comme des pitres ou des voyous, et elle passe sous silence l'essentiel: c'est nous qui avons renversé les « trois grandes montagnes » qu'étaient l'impérialisme, le féodalisme et le capitalisme, et qui avons construit la nouvelle Chine socialiste.

Yu comprenait pourquoi Wan était encore plus amer que les autres retraités. Il avait conservé les convictions politiques en vigueur dans les années soixante-dix. Vingt ans plus tard, ses idées étaient devenues obsolètes et lui, totalement déconnecté de la société.

– Elle aussi a beaucoup souffert sous la Révolution culturelle, fit remarquer Yu.

– N'importe qui d'autre pouvait se plaindre de la Révolution culturelle, mais pas Yue Lige. Qui était-elle ? Une garde rouge notoire ! Pourquoi envoyait-on des équipes de propagande dans les universités ? Pour réparer les dégâts causés par les gardes rouges.

– Bon, le passé est le passé. Je voudrais vous poser une autre question, camarade Wan. Aviez-vous remarqué quelque chose d'inhabituel chez elle récemment ?

– Non, je ne lui prêtais aucune attention.

– Quelque chose d'insolite concernant la maison ?

– Non, pas que je me souvienne. Je suis un vieux retraité. C'est au comité de quartier de remarquer ce genre de choses.

– Vous n'étiez pas là, le matin où Yue a été assassinée, n'est-ce pas ?

– Non, je faisais du tai-chi sur le Bund. La société d'État pour laquelle j'ai travaillé ne peut plus payer nos frais médicaux. Nous n'avons pas d'autre choix que de prendre soin de nous.

– Je vois. Vous pratiquez le tai-chi avec d'autres personnes ?

– Oh oui, avec beaucoup de gens. Certains font du tai-chi avec des épées, d'autres avec des couteaux.

– Avez-vous leurs noms ou leurs adresses ? Il s'agit d'une simple formalité. Je risque d'avoir besoin que l'un ou l'autre d'entre eux confirme votre présence.

– Voyons, camarade inspecteur Yu. Les gens font du tai-chi le matin pendant une demi-heure environ, puis ils rentrent chez eux. Nous n'avons pas de raison d'échanger nos noms ou nos adresses. Certains me saluent, mais ils ignorent mon nom, et j'ignore le leur. C'est comme ça.

Ce que disait Wan semblait logique, mais Yu crut percevoir une légère hésitation chez le vieil homme.

– Bien, si vous pouvez recueillir quelques noms, même un ou deux seulement, faites-le moi savoir.

– D'accord, si je vais sur le Bund demain. À présent, j'ai des choses à faire, à moins que vous n'ayez d'autres questions, camarade inspecteur Yu.

– Pas pour le moment.

Yu alluma une cigarette, tapota du doigt sur la table, cocha le nom de Wan sur la liste et passa au suivant. Monsieur Ren entrait dans la catégorie des « capitalistes ». Avant 1949, le *shikumen* appartenait à son père, exécuté comme contre-révolutionnaire au début des années cinquante, époque de la confiscation du bâtiment. Les Ren durent se contenter d'une petite pièce aménagée à l'extrémité de l'aile sud. Pour cette famille, en butte à la suspicion des gouvernements successifs, les années qui suivirent ne furent qu'une longue suite de malheurs. Mais, comme dans *Le Livre de la Voie et de la Vertu*, quand on a atteint le fond, on commence à remonter. Après le début des réformes, le fils de monsieur Ren partit faire ses études aux États-Unis et lança là-bas une société high-tech. Lors d'une récente visite au passage du Jardin au trésor, il avait proposé à son père de lui acheter un appartement dans le meilleur quartier de la ville, mais monsieur Ren avait décliné l'offre de son fils.

D'après Vieux Liang, le choix de monsieur Ren de rester avait quelque chose de suspect. Peut-être nourrissait-il un ressentiment secret à cause de toutes les souffrances qu'il avait endurées. Comme dit le proverbe : *Un homme peut chercher à se venger même au bout de dix ans*. Monsieur Ren, mû par une colère longtemps réprimée, voulait peut-être causer des problèmes aux autorités du Parti.

Lui non plus n'avait pas d'alibi confirmé. Le matin du crime, il s'était rendu dans un restaurant de nouilles qui s'appelait *La Bonne Vieille Assiette*. Il affirmait avoir pris son petit déjeuner en compagnie de plusieurs autres clients, mais n'avait pas conservé la note et ne pouvait pas non plus donner l'adresse de ses compagnons de table.

La théorie échafaudée par Vieux Liang paraissait inspirée du *Port*, un opéra de Pékin révolutionnaire composé au début des années soixante-dix, dans lequel un capitaliste, poussé par une haine farouche de la société socialiste, se livre à toutes sortes d'activités de sabotage. Mais, d'après Yu, un tel mobile ne correspondait plus à la réalité des années quatre-vingt-dix.

Yu décida d'interroger monsieur Ren, mais pour une raison bien différente. Dans le document le concernant, il n'était pas fait mention d'une confrontation ou d'un antagonisme quelconque entre lui et Yue. Rien n'indiquait quelles étaient ses relations avec ses voisins, ni s'il était considéré comme à part, ce qui aurait pu faire de lui un témoin plus objectif. En réalité, l'appellation « monsieur » précédant son nom soulignait son statut marginal au sein du *shikumen*. Sous la Révolution culturelle, le terme le plus communément utilisé était « camarade », mais depuis quelques années, « monsieur » avait fait son retour. Après avoir figuré sur la liste noire, Ren se voyait aujourd'hui gratifié de ce titre honorifique désuet. Les modes politiques changeaient, mais les gens n'oubliaient pas.

À soixante-dix ans environ, monsieur Ren semblait plutôt alerte. Avec son costume de style occidental et sa cravate en soie écarlate, il incarnait le personnage du capitaliste dans les opéras de Pékin modernes.

Yu fut surpris de lui trouver une ressemblance avec le père de Peiqin, qu'il ne connaissait que par une photo dans un cadre noir.

– Je sais pourquoi vous voulez me parler, camarade inspecteur Yu, dit monsieur Ren d'une voix distinguée. Le camarade Vieux Liang a déjà pris contact avec moi.

– Le camarade Vieux Liang remplit depuis longtemps les fonctions de surveillant de quartier. Peut-être connaît-il trop bien les discours du président Mao sur la lutte des classes et tout le reste. Je ne suis qu'un policier chargé de l'enquête, camarade Ren. Je dois interroger l'ensemble des résidents de la maison. Tout renseignement que vous pourrez me fournir au sujet de Yue sera utile pour mon travail. J'apprécie votre coopération.

– Je devine ce que Vieux Liang vous a raconté, dit monsieur Ren en examinant Yu derrière ses lunettes. Dans le passé, on a accroché à mon cou une pancarte avec les mots « capitaliste noir », alors que Yue portait au bras l'insigne des gardes rouges. Vieux Liang s'imagine que j'éprouve toujours du ressentiment. Mais c'est absurde. Pour moi, beaucoup de choses sont finies depuis longtemps, emportées par le vent, le vent de la politique. Un homme de mon âge ne peut se permettre de vivre dans le passé. Yue a été garde rouge, mais c'était le cas de millions d'autres. Beaucoup d'entre eux aussi ont souffert, comme elle. Pourquoi s'en prendre à elle en particulier ?

– Quelle impression vous donnait-elle ?

– Je crains de ne pas pouvoir vous dire grand-chose. Nos chemins ne se sont jamais croisés, même si nous habitions dans la même maison.

– Jamais ?

– Dans un *shikumen*, soit vous fréquentez en permanence vos voisins, soit vous ne les fréquentez pas du tout. Je figurais sur la liste noire, si bien que les gens me fuyaient comme la peste. Je ne peux pas le leur reprocher. Personne n'a envie de s'attirer des ennuis. Maintenant que je suis devenu plus fréquentable, j'ai conservé l'habitude d'être seul.

Monsieur Ren avait dit cela avec un sourire désabusé.

– Yue aussi gardait ses distances, reprit-il. Elle avait ses raisons. Cela ne devait pas être facile pour elle, une femme célibataire de quarante-cinq ans seulement, refermée sur ses souvenirs, telle une huître. Aucune lumière ne filtrait à travers sa coquille.

– Vous est-il déjà arrivé de discuter avec elle, monsieur Ren ?

– Je n'avais rien contre elle, mais je n'ai jamais pris la peine de lui parler. Elle non plus n'adressait la parole à personne. Nous avions autre chose en commun, ajouta le vieux monsieur après un silence. Ni elle ni moi n'utilisions souvent la cuisine commune. Peut-être était-elle trop occupée à écrire. Quant à moi, je suis en quelque sorte un gourmet frugal.

– Un gourmet frugal ? Pouvez-vous m'en dire plus, s'il vous plaît ?

– Eh bien, au début de la Révolution culturelle, les gardes rouges m'ont pris tout ce que je possédais. Il y a quelques années, le gouvernement m'a octroyé des indemnités pour compenser cette perte. Pas grand-chose, puisque ces indemnités ont été calculées sur la valeur des biens au moment de leur confiscation. Mes enfants n'ont pas besoin de cet argent, et je ne vais pas l'emporter dans mon cercueil. J'ai un faible, je dois le confesser, pour la bonne chère, et en particulier pour certaines spécialités shanghaiennes peu onéreuses. Par conséquent, je mange à l'extérieur aussi souvent que possible. De toute façon, c'est une trop lourde tâche, pour un vieillard, de faire démarrer chaque matin un réchaud qui fonctionne avec des briquettes de charbon.

– Une chose m'intrigue, monsieur Ren. Il y a un an environ, vous avez décliné l'offre de votre fils qui voulait vous acheter un appartement dans un beau quartier. Pourquoi ?

– Et pourquoi est-ce que je déménagerais ? J'ai vécu ici toute ma vie, et tout ici est empreint de souvenirs. Une feuille doit tomber là où sont ses racines. Mes racines sont ici.

– Mais le nouvel appartement aurait été bien plus confortable, avec le gaz, une salle de bains, tout le confort moderne.

– J'ai tout ce dont j'ai besoin ici. Pour un gourmet frugal, l'endroit est idéal, car proche d'une quantité de restaurants formidables, où je peux me rendre à pied. Sans doute savez-vous déjà que, le matin où Yue a été assassinée, je me trouvais dans un restaurant de nouilles, *La Bonne Vieille Assiette.* J'y vais deux ou trois fois par semaine. Il y a là-bas un groupe de vieux clients comme moi, certains y mangent tous les jours. *La Bonne Vieille Assiette* est l'un des rares restaurants d'État qui a conservé le même niveau de qualité sans augmenter ses prix. Délicieux et pas cher. Vous devriez l'essayer.

– Merci pour votre suggestion, camarade Ren. Si vous vous souvenez de quelque chose au sujet de Yue, appelez-moi.

– Je n'y manquerai pas. Allez goûter les nouilles ce week-end, si vous avez le temps.

Tandis que le vieil homme quittait le bureau, Yu consulta sa montre. Il envisageait de passer un coup de fil à l'inspecteur principal Chen, autre gourmet, peut-être pas nécessairement « frugal », quand Vieux Liang fit irruption dans la pièce.

– Le siège de la Banque populaire de Shanghai a téléphoné. Yue Lige a un coffre à la succursale du quartier de Huangpu.

Cela pouvait être important. Yu oublia son déjeuner et prit la direction de la banque.

7

Une odeur de pain grillé et de café, la sonnerie du téléphone sur la table de nuit, une main fine qui s'approche…

– Non !

Chen bondit du lit et saisit le récepteur tout en frottant ses yeux embués de sommeil.

– Je vais répondre.

C'était le secrétaire du Parti Li.

Sans sa réaction rapide, Chen aurait peut-être été obligé de lui fournir des explications. Nuage Blanc était sans doute arrivée et avait préparé le petit déjeuner pendant qu'il dormait encore.

Li voulait que Chen suive l'affaire Yue.

– Je suis en vacances, protesta l'inspecteur principal. En quoi a-t-on besoin de moi, secrétaire du Parti Li ?

– Certains affirment qu'il s'agit d'une affaire politique et que notre gouvernement a trouvé un moyen détourné de se débarrasser d'un écrivain dissident. Ce sont des bêtises, vous le savez.

– Oui, bien sûr. Les gens parlent à tort et à travers, mais nous ne sommes pas tenus de prêter attention à leurs propos.

– Les correspondants étrangers se sont joints à ce chœur malveillant. Le gouvernement a organisé une cérémonie à la mémoire de Yue, mais un journal américain a dit que c'était une façon d'étouffer l'affaire. Le maire a évoqué ce sujet avec moi. Nous devons clore l'enquête dans les meilleurs délais.

– L'inspecteur Yu est un officier de police expérimenté. J'ai discuté avec lui hier au téléphone. Il fait tout ce qui est en son pouvoir. Je ne crois pas que mon intervention puisse changer quoi que ce soit.

– Cette affaire est extrêmement compliquée et délicate, insista Li. Nous devons employer nos policiers les plus compétents.

– Mais ce sont mes premières vacances depuis trois ans et j'ai déjà fait des projets, dit Chen, bien décidé à ne pas mentionner la traduction. Ce n'est peut-être pas bon pour l'inspecteur Yu, ni pour le moral de la brigade des affaires spéciales, que je me mêle de tout.

– Allons, tout le monde sait que l'inspecteur Yu vous est entièrement dévoué. De plus, vous êtes écrivain vous-même, ce qui vous rend davantage apte à comprendre Yue.

L'argument de Li n'était pas faux. Sans la traduction, Chen aurait peut-être eu envie d'écourter ses vacances.

– Le maire doit me rappeler la semaine prochaine, inspecteur principal Chen. Si les circonstances de ce meurtre ne sont pas élucidées, que vais-je lui dire ? Il sait que l'enquête est menée par la brigade des affaires spéciales dont vous êtes responsable.

Chen frémit en songeant à ce que cela impliquait.

– Ne vous inquiétez pas outre mesure, secrétaire du Parti Li. L'affaire sera sans aucun doute résolue sous votre responsabilité.

– Nous ne devons pas en sous-estimer la portée politique. Il faut que vous aidiez l'inspecteur Yu de toutes les manières possibles, inspecteur principal Chen.

– Vous avez raison, secrétaire du Parti Li.

C'était une habitude chez Li d'évoquer la portée politique d'une affaire, mais Chen décida de composer.

– J'irai sur place jeter un coup d'œil dès que j'aurai un moment. Aujourd'hui ou demain.

Chen raccrocha et vit le sourire malicieux de Nuage Blanc. Puis il aperçut quelque chose qui ressemblait à un attaché-case sur le bureau.

– Qu'est-ce que c'est ?

– Un ordinateur portable. Il vous fera gagner du temps. Vous ne serez pas obligé de taper et de retaper sur votre machine à écrire. J'ai parlé à monsieur Gu de votre travail et il m'a demandé de vous apporter cet ordinateur aujourd'hui même.

– Merci. J'ai un PC au bureau, mais il est trop lourd pour que je le transporte ici.

– Je sais. J'ai aussi installé un logiciel : un dictionnaire chinois-anglais. Ce sera plus rapide de vérifier les mots à l'écran.

Elle avait également imprimé dans les deux langues la liste des mots qu'il lui avait demandé de chercher.

Elle était futée. Gu avait eu raison de la lui envoyer. Comme disait Confucius : *Vous lui dites une chose, elle en saura trois.* Mais était-ce bien Confucius qui avait dit cela ?

– Merci infiniment pour votre aide, Nuage Blanc.

– C'est un plaisir de travailler avec vous, inspecteur principal Chen.

– J'ai une autre tâche à vous confier. (Chen lui tendit une liste qu'il avait préparée la veille.) J'aimerais que vous alliez à la Bibliothèque de Shanghai et que vous empruntiez ces livres pour moi.

Ce n'était pas uniquement un prétexte pour l'éloigner. Il pourrait trouver dans ces ouvrages des renseignements sur la splendeur passée de Shanghai. Il avait besoin d'en savoir davantage sur l'histoire de la ville.

– Je serai de retour dans deux heures, affirma Nuage Blanc. À temps pour préparer votre déjeuner.

Chen s'efforça de reprendre le fil de la traduction. Sa conversation avec Li lui trottait dans la tête. Même s'il n'était pas d'accord avec le secrétaire du Parti, il ne pouvait s'empêcher de penser au fait que l'inspecteur Yu était seul face au problème du meurtre d'un écrivain dissident.

Vers une heure, il reçut un coup de téléphone de Yu.

– Quelles sont les nouvelles ?

– Nous avons découvert un coffre au nom de Yue à la banque. Il ne contenait que deux mille yuans et à peu près l'équivalent en dollars américains.

– Ce n'est pas beaucoup.

– Il y avait aussi un manuscrit. Du moins, une sorte de manuscrit.

– Que voulez-vous dire? Un autre ouvrage?

– Peut-être. Il est en anglais.

– Est-ce la traduction de son roman en anglais? Mais je ne vois pas l'intérêt de l'enfermer dans un coffre, alors qu'il a déjà été publié.

– J'ignore de quoi il s'agit. Comme vous le savez, mon niveau d'anglais est faible. Il me semble que c'est une traduction de poèmes.

– Intéressant. A-t-elle effectué des traductions du chinois à l'anglais?

– Je n'en ai aucune idée. Voulez-vous y jeter un coup d'œil? Les seuls mots que je comprenne sont des noms propres, comme Li Bai ou Du Fu. Je ne pense pas que Li Bai et Du Fu aient un rapport avec l'affaire.

– Je regarderai. On ne sait jamais.

Un poème avait un jour apporté à Chen un éclairage nouveau qui l'avait conduit à la résolution d'une enquête.

– La banque n'est pas loin de chez vous, dit Yu. Permettez-moi de vous inviter à déjeuner, patron. Il faut que vous fassiez une pause. Que diriez-vous de venir me retrouver au restaurant en face de la banque? *Petite Famille*, c'est le nom du restaurant.

– Très bien, acquiesça Chen. Je le connais.

Il sortit en laissant un mot pour Nuage Blanc.

Apparemment, le restaurant avait du succès. Yu était en uniforme, ce qui leur permit d'obtenir une table dans un coin discret. Ils commandèrent chacun un bol de nouilles recouvertes de tripes braisées à la sauce de soja. Sur la suggestion de l'aimable hôtesse, ils prirent en entrée une assiette de crevettes de rivière panées, accompagnées de poivrons rouges, et un plat de haricots de soja bouillis, le tout arrosé de bière Tsingtao gracieusement offerte par la maison.

Deux jeunes serveuses papillonnaient entre les tables. À leur accent, Chen jugea qu'elles n'étaient pas de Shanghai. Les réformes économiques actuelles attiraient aussi à la ville des jeunes filles de toutes les provinces. Shanghai avait été une cité d'immigrants au début du XXe siècle. L'histoire se répétait.

Le manuscrit que Yu avait apporté était constitué de deux dossiers : l'un contenait le texte écrit à la main, l'autre le texte tapé à la machine. Ce dernier ne comportait ni fautes ni corrections au Tipp-Ex ; apparemment, il avait été saisi à l'ordinateur. Les deux textes semblaient pratiquement identiques.

L'inspecteur Yu avait raison. Le manuscrit consistait en un choix de poèmes d'amour de la Chine classique, incluant des poètes tels que Li Bai, Du Fu, Li Shangyue, Liu Yong, Su Shi et Li Lu, et mettait l'accent sur les dynasties des Tang et des Song. Chen parcourut les premières pages. La traduction lui parut fluide. Il remarqua autre chose : la forme d'origine – des strophes de quatre ou huit vers – disparaissait dans la version anglaise, et certains poèmes étaient rendus avec une sensibilité d'une modernité étonnante.

Un ver à soie de printemps peut ne pas cesser de tisser
Jusqu'à la mort. Les larmes d'une bougie ne sèchent
Que lorsqu'elle est réduite en cendres.

Dans l'original en chinois, se rappelait Chen, ces vers célèbres évoquaient la passion dévorante d'un amoureux. Il ne pouvait pas, pour le moment, étudier le texte en entier, mais d'après lui la traduction n'était pas de Yue.

– En effet, il s'agit bien d'une traduction de poèmes.

– Je me demande pourquoi elle y attachait tant de prix.

– C'est sans doute quelqu'un d'autre qui l'a faite, Yang probablement. Attendez… il y a une postface, écrite par Yue. C'est bien cela, la traduction est de Yang, et Yue a préparé le texte pour la publication.

– Emportez-le, s'il vous plaît, et lisez-le quand vous aurez le temps. Peut-être y trouverez-vous un indice. Vous voulez bien, patron ?

Chen acquiesça, puis demanda :

– Vos interrogatoires ont-ils ouvert de nouvelles pistes ?

– Non, pas vraiment. J'ai questionné les résidents du *shikumen* toute la matinée. Cette hypothèse n'est guère convaincante.

– Vous voulez dire, la théorie selon laquelle Yue aurait été assassinée par l'un des résidents ?

– Oui. J'ai examiné la liste des suspects établie par Vieux Liang. Yue n'était pas très aimée, soit à cause de banales querelles de voisinage, soit en raison de son attitude autrefois, à l'époque de la

Révolution culturelle, mais dans un cas comme dans l'autre, cela ne constitue pas un motif suffisant pour commettre un meurtre.

– Autre possibilité : l'assassin avait peut-être l'intention de cambrioler sa chambre et il a paniqué quand elle est rentrée. Vous avez discuté de cette hypothèse avec Vieux Liang, je crois.

– En effet. Mais pourquoi s'en prendre à elle ? Tout le monde savait que ce n'était pas une riche femme d'affaires. D'ailleurs, le contenu de son coffre le prouve.

– Mais elle avait effectué un voyage à Hong Kong. À partir de là, quelqu'un a pu s'imaginer qu'elle avait de l'argent.

– En ce qui concerne son séjour à Hong Kong, j'ai contacté la Sécurité intérieure, dans l'espoir d'obtenir quelques informations. Eh bien, figurez-vous qu'on m'a claqué la porte au nez.

– La Sécurité intérieure ? Ce n'est pas facile de les amener à coopérer.

Le plat principal arriva : les nouilles croquantes baignant dans un jus assaisonné de poivron rouge séché, et parsemé de pousses d'oignon hachées, avec, par-dessus, les tripes cuites juste à point. Une agréable surprise, pour un petit restaurant familial. L'hôtesse se tenait près de leur table, tout sourire, comme si elle attendait leur approbation.

– Tout est parfait, dit Chen. Le service comme la nourriture.

– Nous espérons que vous reviendrez chez nous, dit la maîtresse de maison en s'inclinant légèrement, avant de passer à une autre table.

– C'est une entreprise privée, précisa Yu. Alors,

bien sûr, ils désirent plaire à leurs clients, qui sont leurs patrons, en quelque sorte.

– Exact.

– À propos, dit Yu, tandis que les nouilles dégoulinaient le long de ses baguettes, *La Bonne Vieille Assiette* est un bon restaurant ?

– Excellent, oui, connu en particulier pour les nouilles qu'ils servent tôt le matin. Pourquoi ?

– Monsieur Ren, un résident qui figure sur la liste des suspects, m'a dit qu'il y allait deux ou trois fois par semaine. Il se qualifie lui-même de « gourmet frugal ».

– Gourmet frugal. J'adore cette expression. Oui, beaucoup d'habitués se rendent à *La Bonne Vieille Assiette* tous les matins de bonne heure, c'est presque un rituel pour eux.

– Pour quelle raison ?

– Il se trouve que j'ai lu un article au sujet de ce restaurant. Le chef plonge les nouilles dans l'eau bouillante, dans une grande marmite, de telle sorte qu'elles acquièrent une consistance particulière. Mais l'amidon a vite fait d'épaissir l'eau et les nouilles perdent alors leur croquant. Comme ce n'est pas facile de changer l'eau dans une marmite aussi grande, le chef se contente d'ajouter de l'eau froide, mais le résultat n'est pas fameux. Pour les gourmets, ce sont les nouilles qui ont cuit le matin à la première heure qui sont les meilleures.

– Mon Dieu, je n'aurais jamais cru qu'on pouvait en apprendre autant sur un bol de nouilles !

L'expression stupéfaite de Yu amusa Chen.

– Le porc *xiao* est également une de leurs spécialités. Il est servi à part mais il fond, en quelque sorte, d'abord dans le jus des nouilles, puis sur la langue. Très particulier, et bon marché aussi. Vous devriez y aller ce week-end.

– C'est vous qui auriez dû interroger monsieur Ren, patron. Vous avez beaucoup de choses à vous dire, tous les deux.

– Un gourmet frugal, répéta Chen. J'ignore quel genre d'homme est ce monsieur Ren, mais d'après votre description, en voilà un qui ne vit plus dans l'ombre de la Révolution culturelle.

De retour chez lui, Chen trouva sur la table un petit mot de Nuage Blanc. « Désolée, je dois aller à la fac. Le déjeuner est dans le réfrigérateur. Si vous avez besoin de moi cet après-midi, appelez-moi. »

Le repas qu'elle avait préparé était simple mais appétissant. Le porc mariné au vin venait sans doute de chez un traiteur, mais le mélange de tranches de concombre à la crème et de nouilles aux haricots verts avait l'air frais et délicieux. Il y avait aussi du riz cuit à la vapeur. Cela ferait un bon dîner. Chen referma le réfrigérateur et s'efforça de ne pas penser à l'affaire Yue. À ce stade, la conduite à suivre était d'interroger les voisins de la victime ; c'est ce à quoi Yu s'employait, et il aurait agi de même s'il avait été chargé de l'enquête. Que pouvait-il faire de plus ?

Il contempla le projet New World, qui le contempla en retour.

8

Qinqin avait appelé pour dire qu'il resterait dormir chez son copain. Ce n'était pas si souvent que Yu et Peiqin avaient une soirée et une nuit pour eux seuls. Yu se sentait frustré à cause des interrogatoires de la journée. Il décida de se coucher tôt, en compagnie de Peiqin.

Il faisait froid, ce soir. Assis dans le lit, appuyés contre les oreillers, il fallut un moment avant que la chaleur de leurs corps, sous la couverture en coton matelassé, rende supportable la température de la pièce. Les pieds de Yu effleurèrent ceux de Peiqin, dont les orteils étaient doux mais un peu froids. Il passa son bras autour des épaules de sa femme.

Dans la douce clarté de la lampe, elle ressemblait à la jeune fille qu'elle avait été, dans le Yunnan, lorsqu'ils avaient partagé pour la première fois le lit de bambou grinçant, à la lueur vacillante d'une bougie – à l'exception des fines rides autour de ses yeux.

Mais Peiqin avait autre chose en tête ce soir. Elle voulait lui raconter l'histoire de *Mort d'un professeur chinois*. Elle posa le roman sur la couverture ; un marque-page en bambou, en forme de papillon, dépassait du livre.

Yu ne lisait pas beaucoup. Il avait tenté plusieurs fois de se plonger dans *Le Rêve dans le pavillon rouge*, le livre préféré de Peiqin, mais chaque fois il abandonnait au bout de trois ou quatre pages. Il ne parvenait pas à s'intéresser à ces personnages qui vivaient dans une vaste demeure des centaines d'années auparavant. En fait, c'était seulement à cause de la passion de Peiqin pour ce roman du XVIIIe siècle qu'il avait essayé de le lire. Quant aux ouvrages sur la Révolution culturelle, il n'avait lu que deux ou trois récits, qui lui avaient semblé totalement invraisemblables. S'il avait existé des héros aussi clairvoyants, au début des années soixante, pour remettre en cause ou défier le président Mao, le désastre national ne se serait jamais produit.

Avec l'affaire Yue, il pensait qu'il ne pouvait faire autrement que lire *Mort d'un professeur chinois* de bout en bout. Heureusement, Peiqin s'était chargée de cette tâche. Elle lui avait déjà fourni quelques éléments à propos de ce roman et souhaitait lui en faire ce soir-là un compte rendu détaillé.

– Ce que je vais te raconter, dit-elle en repliant les jambes, est peut-être influencé par ma propre vision des choses. J'insisterai d'abord sur le rôle de Yang, puisque tu connais déjà l'histoire de Yue, et ensuite je m'attarderai sur leur relation amoureuse.

– Commence où tu veux, dit Yu en lui prenant la main.

– Né dans une famille fortunée de Shanghai, Yang, après avoir fait ses études aux États-Unis dans les années quarante et obtenu un doctorat en littérature, s'était mis à publier des poèmes en anglais. En 1949, il revint au pays, la tête pleine de rêves d'une Chine nouvelle. Il enseigna l'anglais à l'Université de la Chine de l'Est, traduisit des romans anglais et écrivit des poèmes en chinois, avant de subir de sérieux revers à l'époque du mouvement antidroitier, au milieu des années cinquante. Condamné soudain comme droitier réactionnaire, abandonné par ses amis, il cessa d'écrire des poèmes, mais continua de traduire des livres approuvés par le gouvernement: les œuvres de Charles Dickens et de Thackeray, dont Karl Marx avait fait des commentaires élogieux, ou encore celles de Mark Twain et de Jack London. Il fut ensuite transféré au département de chinois de l'université, dans le but de l'empêcher de disséminer les « idées occidentales décadentes », à une époque où la plupart des responsables du Parti ne comprenaient pas un mot d'anglais.

Quand la Révolution culturelle éclata, Yang devint du jour au lendemain une cible. Ses années d'études aux États-Unis furent décrites comme un entraînement à l'espionnage, et ses traductions de littérature anglaise et américaine, comme des attaques contre la littérature et l'art prolétariens de la Chine socialiste. Au début des années soixante-dix, alors que cette révolution sans précédent découvrait sans cesse de nouveaux ennemis des classes, Yang devint un « tigre mort »: autrement dit, les révolutionnaires ne trouvaient plus si amusant de le passer à tabac. Comme d'autres « intellectuels bourgeois », on l'envoya alors dans une école de cadres à la campagne.

C'est là qu'il rencontra Yue. Tous deux étaient des « étudiants cadres », mais avec un statut politique très différent. Yang, droitier ayant connu de sérieux problèmes dans le passé, se situait au bas de l'échelle. Yue, garde rouge accusée seulement de

« fautes mineures » au cours de la Grande Révolution, se retrouvait chef de groupe.

Yue remarqua Yang. Il aidait à la cuisine. Son travail n'était pas trop pénible : il ramassait du bois, préparait le riz et les légumes, lavait la vaisselle. C'était un paysan du coin qui faisait le reste. Entre les repas, Yang avait donc le temps de lire – des livres en anglais – et aussi d'écrire.

Les étudiants cadres n'étaient pas censés lire, sauf les œuvres du président Mao ou des brochures politiques. Mais, un an plus tôt, il s'était produit un événement insolite. Le président Mao avait publié deux nouveaux poèmes dans le *Quotidien du Peuple* et il fallait les traduire en anglais. Le service de Traduction de la poésie de Mao, sous la direction du Comité central du Parti à Pékin, ou bien quelqu'un au sein de ce service, avait pensé à Yang et l'avait consulté pour certains termes. Il y avait une phrase particulièrement délicate : « Ne pétez pas. » C'était exactement ce que Mao avait écrit, mais les traducteurs officiels étaient gênés par la vulgarité de ce mot. Yang trouva des références dans Shakespeare, ce qui les soulagea grandement. Yang reçut alors l'autorisation spéciale de lire des livres en anglais.

Puis Yang tomba malade, sa grippe dégénéra en pneumonie aiguë.

Il n'y avait pas d'hôpital à proximité, seulement une clinique avec un « médecin aux pieds nus » : une femme dont le statut était celui d'une agricultrice qui travaillait à plein temps dans la rizière, toujours pieds nus, et qui n'avait pas étudié la médecine dans des « universités bourgeoises ». Aussi, en sa qualité de chef de groupe, Yue prit sur elle de s'occuper de

Yang. Elle le remplaçait à la cuisine, préparait à manger pour tout le monde et cuisinait des plats spéciaux pour lui. Elle se débrouilla pour faire venir des antibiotiques de Pékin. Yang se rétablit peu à peu, et elle continua de l'aider de son mieux, usant du peu de pouvoir dont elle jouissait encore à l'école des cadres.

Entre-temps, elle s'était mise à étudier seule l'anglais, lui posant parfois quelques questions. Après la visite du président Nixon en Chine, l'une des stations de radio officielles avait lancé un programme de cours d'anglais. Ce n'était donc plus une faute politique d'étudier cette langue, même si la démarche était plutôt inhabituelle au sein d'une école de cadres, où le lavage de cerveau était considéré comme la priorité numéro un.

Les visites de Yue à Yang donnèrent lieu à des commérages. Elle allait le voir souvent, ce qui dérangeait beaucoup les compagnons de chambre de Yang. Ils dormaient en effet à six dans une petite pièce, en lits superposés. Quand Yue rendait visite à Yang, les cinq autres se sentaient obligés de les laisser seuls et restaient dehors dans le froid. Les gens ne tardèrent pas à comprendre que les « questions d'anglais » étaient un prétexte. Yue et Yang parlaient aussi d'autre chose, et on les vit se tenir la main sous la table.

En étudiant avec Yang, de nouvelles perspectives s'ouvrirent à Yue. Ils discutaient de la langue, mais aussi de la littérature. L'école des cadres ne disposait pas de manuels, aussi Yang utilisait-il romans et poèmes comme matériel pédagogique. Yue, ayant consacré ses années d'études aux activités politiques, n'avait pas appris grand-chose en cours. Avec lui, elle assimilait maintenant des connaissances qu'elle n'avait pas acquises plus tôt. Elle releva dans un roman anglais, *La Moisson du hasard*, de John Hilton, une phrase qu'elle répéta à Yang avec des larmes dans les yeux: « Ma vie a commencé avec toi, mon avenir continue avec toi, rien d'autre ne compte. » Elle lut un passage de l'épigraphe de *Pour qui sonne le glas*, que Yang avait traduit: « Nul homme n'est une île, complète en soi; tout homme est un morceau de continent, une partie du tout. [...] La mort de tout homme me diminue, parce que je suis solidaire du genre humain. Par conséquent, n'envoie jamais demander pour qui sonne le glas: il sonne pour toi. » Il lui expliqua que c'était une citation de John Donne qui, dans un célèbre poème d'amour, avait comparé les amants séparés aux deux pointes d'un compas. La lecture d'un poème d'Ezra Pound permit à Yue de comprendre pour la première fois un poème chinois de Li Bai qui lui avait toujours paru obscur. Dans une nouvelle de O. Henry, elle découvrit le sens de la vie dans une feuille solitaire peinte sur le mur et, quand Yang se compara à cette feuille, elle le fit taire en posant la main sur sa bouche...

Pour Yue, ce fut le point de non-retour. La signification de tout ce qui lui avait échappé jusqu'alors, elle la trouvait avec Yang. Elle éprouvait une passion qu'elle n'avait jamais connue auparavant, et qui donnait un sens nouveau à son existence.

Quant à lui, cet amour était une preuve d'humanité en dépit de toutes les calamités politiques qu'il avait subies. À sa manière, il luttait pour l'amour, qui représentait l'un des idéaux pour lesquels il s'était battu pendant toutes ces années. À un moment de sa vie, il avait perdu ses illusions, et voilà que maintenant il débordait de certitudes.

L'amour arrivait peut-être tard, mais il changeait tout.

L'école des cadres était située dans une zone de marais à Qingpu. Il n'y avait ni bibliothèque ni cinéma aux environs. Plutôt que de rester dans le dortoir de Yang, tous deux commencèrent à se promener ouvertement, bras dessus, bras dessous. Quand on aime, ce qui compte, c'est d'être avec l'autre.

Yang avait cinquante-cinq ans. À part une paire de lunettes cassées, il avait l'aspect d'un vieux fermier au visage buriné, aux cheveux blancs, légèrement voûté. Yue, elle, n'avait qu'une trentaine d'années. Sans être une beauté, elle était animée par la passion et rayonnait auprès de lui. Les gens constataient avec perplexité que c'était elle qui s'accrochait à lui sans retenue.

Comme disait le proverbe : *Les cheveux blancs de l'un resplendissaient sur les joues roses de l'autre.* Mais ce proverbe avait une connotation négative, car il impliquait l'incongruité d'un tel couple. Ce que chacun trouvait en l'autre était affaire personnelle, naturellement. Tous deux étaient célibataires. Sur le plan légal, rien ne s'opposait à leur union et, de toute façon, cela n'avait aucune importance, puisque dès le début de la Révolution culturelle, le président Mao avait prôné la destruction du système juridique bourgeois.

Finalement, cette histoire ne regardait personne, et pourtant les autres s'en mêlèrent.

Yue n'était pas populaire. Certains, à l'école des cadres, avaient subi de mauvais traitements de sa part quand elle était garde rouge. Et elle mettait dans l'embarras les responsables de l'école. Un scandale politique risquait d'éclater. Au lieu de se rééduquer, les «étudiants cadres» tombaient amoureux. Politiquement, c'était un outrage, car l'amour romantique était considéré comme tabou au début des années soixante-dix: il représentait un signe de décadence car il empêchait les gens de se dévouer totalement au président Mao et au Parti.

Yue et Yang ne cherchèrent pas à garder leur amour secret, ce qui s'avéra bien naïf de leur part.

Peiqin se mit à tourner les pages du livre.

– C'est vrai, dit Yu, on ne trouve pas un seul couple marié dans les huit opéras modernes révolutionnaires, à l'exception de celui de madame A Qin, dont le mari est en voyage d'affaires, ce qui est bien commode. Il n'est question que de dévouement politique dans ces opéras, jamais de sentiments personnels.

– Ah, voilà, j'ai trouvé ce que je cherchais, dit Peiqin en changeant de position pour être plus à l'aise. Je vais te lire quelques paragraphes.

> Ils vivaient dans un monde où ils ne pouvaient compter sur rien. Aucune certitude. Aucune assurance. Aucune confiance. Sauf lui en elle, et elle en lui.
>
> Après une journée de travail, il lui lisait parfois des poèmes, en chinois, puis en anglais, derrière

la porcherie de l'école des cadres, ou sur un tertre dans la rizière, leurs mains couvertes de terre, tandis qu'un haut-parleur cassé répétait des citations du président Mao, et que de noirs corbeaux planaient au-dessus des champs désertés.
Ils comprenaient que la Révolution culturelle était un désastre national dans lequel chaque individu, sans exception, était brisé en mille morceaux, « réduit en cendres », comme dans un slogan révolutionnaire. Pour eux, cependant, c'était comme s'ils renaissaient de leurs cendres.
Une beauté formidable est née, disait-il. Il y aura un nouvel avenir pour le peuple, pour le pays.
Il aimait tout particulièrement un poème intitulé *Toi et Moi*, écrit par une poétesse du XIIIe siècle, du nom de Guan Daosheng. La passion y était exprimée d'une manière très directe, ce qui était rare, selon lui, dans la poésie chinoise classique.

Toi et moi nous sommes fous
L'un de l'autre,
Brûlants comme la braise du potier.
Le même bloc d'argile
T'a donné forme, m'a donné forme.
Redevenons poudre d'argile.
Mélangée à l'eau,
Elle te redonnera forme,
Elle me redonnera forme.
Ainsi tu seras en moi pour toujours,
Et pour toujours je serai en toi.

Après avoir lu ce long passage d'une voix empreinte d'émotion, Peiqin reprit son récit.

Une telle passion était incompréhensible au sein de l'école des cadres. Pis, l'un des dirigeants de l'école y vit un défi impudent lancé au Parti. Une séance de critique collective fut organisée. On amena Yang sur une estrade aménagée pour l'occasion, et on le dénonça comme intellectuel réactionnaire qui résiste à la rééducation idéologique en tombant amoureux. Yue ne fut pas mieux traitée. Outre un sévère avertissement au sein du Parti, on l'obligea à se tenir pieds nus sur l'estrade à côté de Yang. Elle portait autour du cou un collier de chaussures usagées, symbole séculaire de honte qui suggérait qu'elle avait été « utilisée » par une multitude d'hommes.

Une phrase célèbre de Mao dit: *Il n'y a pas d'amour ni de haine sans fondement, dans ce monde.* Il devait exister une raison pour que ces deux « éléments noirs » soient tombés dans les bras l'un de l'autre, estimaient leurs critiques révolutionnaires. Et cette raison, c'était sûrement leur haine commune de la Révolution culturelle, conclut l'assemblée.

Yue et Yang continuèrent à défier les autorités de l'école, malgré les avertissements répétés de celles-ci, en persistant à se voir aussi souvent que possible.

Yang fut alors placé dans une « cellule d'isolement », privé de tout contact avec le monde extérieur. On lui ordonna de rédiger à longueur de journée confessions et autocritiques. Il refusa, déclarant qu'il n'y avait rien de mal à ce que deux êtres humains s'aiment. Au bout d'une semaine, on l'obligea à travailler toute la journée dans la rizière, et à écrire le soir dans la « cellule d'isolement ».

Yue aussi souffrit atrocement. On lui rasa la moitié du crâne: un style de coupe particulier, réservé aux ennemis des classes et appelé « Yin-Yang », cruel jeu de mots sur leurs noms respectifs[1]. Elle ne prit même pas la peine de porter un chapeau, comme si elle était fière du prix à payer pour sa passion.

Le pire, c'est qu'elle n'avait pas le droit de voir Yang. Après sa journée de travail, elle pouvait juste se promener, seule, autour du baraquement où il était enfermé, dans l'espoir d'apercevoir sa silhouette derrière la fenêtre. Elle ne cessait de répéter les vers qu'il lui avait appris:

Quelle nuit étoilée que celle-ci,
Mais pas la nuit d'autrefois, depuis longtemps perdue.
Pour qui suis-je ici,
Dans le vent et le gel,
Au cœur de la nuit ?

Peu après, Yang tomba malade à nouveau. En raison de son manque de coopération, les autorités de l'école firent obstacle à ce qu'il soit soigné correctement. La doctoresse « aux pieds nus » croyait que l'acupuncture guérissait toutes les maladies, parce que le président Mao avait dit que la médecine traditionnelle chinoise pouvait faire des miracles. On interdit à Yue de rendre visite à Yang, sauf à la fin, quand il n'y avait plus d'espoir. Il faisait froid, ce jour-là, et les mains de Yang étaient

1. Allusion au diagramme du yin et du yang. Yue se prononce comme le caractère signifiant « lune », qui est un élément yin. Quant à Yang, ce nom de famille veut dire « soleil », qui, lui, est un élément yang.

glacées dans celles de Yue. Il resta conscient jusqu'au bout, même s'il n'avait plus la force de parler. Il mourut dans ses bras.

Si seulement mon corps pouvait, par sa chaleur,
Redonner vie au tien,
Froid comme la glace, froid comme la neige…

Ces vers, c'est Yang qui les avait écrits autrefois.

Deux ans plus tard, la Révolution culturelle prit fin. L'école des cadres fut fermée. Yue retourna dans son université. Elle se vit confier un poste de professeur d'anglais, grâce aux connaissances qu'elle avait acquises auprès de Yang. Elle entreprit en même temps la rédaction de son roman.

Quant à Yang, on déclara qu'il était décédé de mort naturelle. Il n'avait été ni exécuté ni battu à mort, comme certains intellectuels ; pas besoin, donc, d'entrer dans le détail des derniers jours de sa vie. Tant d'autres étaient morts, durant cette période. Personne ne se souciait de rétablir la vérité. Rien ne fut fait pendant les premières années qui suivirent la fin de la Révolution culturelle.

Puis, au début des années quatre-vingt, les autorités du Parti publièrent un document intitulé *Amendement du mouvement antidroitier des années cinquante*, dans lequel le fait d'avoir qualifié tant d'intellectuels de droitiers était reconnu comme une erreur, même si « à l'époque, un certain nombre d'entre eux nourrissaient des intentions malveillantes contre le gouvernement ». En tout cas, les survivants n'étaient désormais plus des droitiers, et on lança des pétards pour fêter l'événement. Un film sortit sur l'histoire d'un droitier qui avait eu la chance de trouver l'amour durant ces années-là et avait miraculeusement survécu, bien entendu, pour contribuer de manière nouvelle à la construction du socialisme.

Mais ce n'était pas l'histoire de Yang. Dans une cérémonie posthume à sa mémoire, on le délivra de l'étiquette « droitier » pour le nommer à nouveau « camarade Yang ». Plusieurs de ses anciens collègues assistèrent à la cérémonie. En réalité, certains y furent contraints car les responsables de l'université craignaient que les gens ne l'aient déjà oublié. On déclara que sa mort était « une grande et triste perte pour la littérature chinoise moderne ». L'événement fut relaté dans un court article d'un journal local.

L'article omit toutefois de rapporter un petit incident. Qiao Ming, l'un des anciens dirigeants de l'école des cadres, assista, lui aussi, à la cérémonie. Yue lui cracha rageusement au visage. On les sépara aussitôt. « Le passé est le passé », leur dit quelqu'un.

La vie continua. Yue contribua à l'édition d'un manuscrit de poèmes laissé par Yang. Le recueil fut publié par les Éditions littéraires de Shanghai. Mais c'est seulement après la parution de *Mort d'un professeur chinois* que l'on commença à reparler de Yang. Ou, plus exactement, de la liaison amoureuse entre Yue et Yang.

– Voilà l'essentiel de l'histoire, conclut Peiqin. Ce que je t'ai raconté est basé sur les informations que j'ai obtenues à la bibliothèque et dans les articles de journaux, mais aussi sur les souvenirs des gens.

– Que penses-tu du livre lui-même ?

– Quand je l'ai lu pour la première fois, j'ai éprouvé des sentiments mitigés. J'aimais certaines parties, et d'autres non. Pour dire la vérité, en tant que fervente admiratrice de l'œuvre de Yang, j'étais un peu déçue.

– Comment cela ? Ce n'était pas un livre de Yang, mais de Yue.

– C'est un peu bête, mais je trouvais qu'il méritait mieux.

– Tu veux dire, mieux que la femme sur la photo en quatrième de couverture, avec ses rides et ses lunettes ?

– Pas exactement, non. Je pense que le livre aurait pu être d'un meilleur niveau. Je n'ai pas apprécié l'introduction, beaucoup trop longue et inutile, sur les associations de gardes rouges. Plusieurs détails de leur liaison, aussi, m'ont gênée.

– En quoi ?

– Certains passages sont très touchants, mais d'autres tombent un peu dans le mélodrame. Par moments, on a l'impression qu'il s'agit de deux adolescents.

– Dans ces années-là, les gens se raccrochaient à ce qu'ils pouvaient, pour garder un semblant d'humanité. Cela a peut-être été le cas, pour lui comme pour elle.

– Tu as sans doute raison. Peut-être mon admiration pour les écrits de Yang m'a-t-elle influencée de façon négative. Cette fois-ci, j'ai relu le roman plus attentivement, en gardant à l'esprit le contexte de leurs vies respectives et de leur rencontre. Je crois que Yue a vraiment aimé Yang. Peut-être n'était-elle pas suffisamment détachée de ses émotions, et cela a nui à la qualité de son écriture. Au fond, cette femme suscite une certaine pitié.

– C'est aussi mon avis, dit Yu en tendant la main vers le paquet de cigarettes, sur la table de nuit.

– Non, je t'en prie, protesta Peiqin en jetant un coup d'œil au réveil. Nous avons passé tellement de temps à parler des autres.

Du bout du pied, elle lui caressa le mollet sous la couverture. Exactement comme autrefois, dans le Yunnan, avec le murmure du ruisseau derrière leur cabane.

Il comprit le message dans son regard. C'était l'une de ces rares nuits où ils n'étaient pas obligés de retenir leur souffle et d'éviter tout bruit ou tout mouvement intempestifs.

Après, ils restèrent un long moment main dans la main, paisibles.

Elle se mit à ronfler très légèrement. Cela lui arrivait parfois, quand elle était fatiguée. Elle avait dû lire tard, ces derniers jours. Pour lui.

Au bout de tant d'années, elle ne cessait de le surprendre.

Il se demandait quelquefois quel genre de vie elle aurait mené si leurs chemins ne s'étaient pas croisés à cause de la Révolution culturelle. Pour sa part, il n'avait pas à se plaindre. Bien après le désastre national, Peiqin était toujours à ses côtés, et elle l'aidait même dans une enquête.

Malgré toutes ses déceptions, Yu s'estimait un homme heureux.

Tout à coup, pourtant, il ressentit un vague malaise. Ce n'était pas seulement à cause de l'histoire de Yue et de Yang. Qui sait si, un jour, une nouvelle Révolution culturelle ne s'abattrait pas sur la Chine ?

Tandis que le sommeil le gagnait, d'étranges pensées se bousculèrent dans sa tête. Heureusement que Peiqin n'est pas un écrivain, songea-t-il juste avant de s'endormir.

9

L'inspecteur principal Chen émergea du sommeil avec une pensée désagréable, aussi agaçante que la sonnerie stridente du réveil sur la table de nuit.

Il se leva en se frottant les yeux. Dehors, le jour était encore blafard.

Ce n'était pas son enquête, après tout, se répéta-t-il une fois de plus. L'inspecteur Yu avait fait tout ce qui était en son pouvoir. S'il s'en mêlait, cela ne changerait rien, à ce stade. Sa priorité devait être la traduction du projet New World qui l'attendait sur sa table de travail.

Pourtant, il ne pouvait s'empêcher de penser qu'il lui fallait faire quelque chose, par rapport à cette enquête. Par rapport à Yang, aussi, avec qui il se sentait des affinités. Poète et traducteur comme lui. Sans le changement radical de politique, ce qui était arrivé à Yang aurait pu lui arriver.

Il prit le texte de la traduction de Yang que lui avait remis Yu. Plutôt que l'exemplaire tapé à l'ordinateur, il examina les feuillets écrits à la main. Dans ses recherches pour la rédaction d'un article sur *La Terre vaine*, de T. S. Eliot, quelques années plus tôt, Chen avait appris qu'un manuscrit peut permettre de saisir la démarche créatrice d'un écrivain.

Yang s'était efforcé de rendre le texte compréhensible pour des lecteurs anglophones contemporains, mais l'attention de Chen fut attirée par quelques notes abrégées, portées en marge : « ch 3 », « ch 11 », « ch 8 ou ch 26 », « ch 12 sinon ch 15 », « Pour la conclusion »...

Apparemment, ces références n'avaient de sens que pour Yang. Peut-être se rapportaient-elles aux ouvrages qu'il avait consultés pour sa traduction. La poésie chinoise classique pouvait donner lieu à une infinité d'interprétations. Universitaire de renom, Yang avait sans doute effectué de nombreuses recherches avant de se décider pour une version plutôt qu'une autre.

Mais ce n'était pas très logique. Il aurait dû noter les numéros de pages, pas de chapitres, ainsi il aurait pu vérifier ses citations plus facilement.

Le recueil comprenait un certain nombre de poèmes que Chen reconnut immédiatement, même en anglais, mais quelques-uns ne présentaient aucun indice permettant de retrouver l'original. Peut-être Yang les avait-il choisis dans des recueils plus anciens ou moins connus. Ce qui expliquerait les références en abrégé. Mais dans ce cas, pourquoi tous les « ch » au lieu des références habituelles à l'édition originale ?

Quant à « la conclusion », Chen avait une explication. Lui-même avait rédigé des conclusions pour des articles ou des ouvrages, et il citait parfois un vers ou deux. Yang avait peut-être eu le projet d'écrire une conclusion pour sa traduction, mais il était mort avant d'avoir terminé.

Même s'il ne voyait rien dans le manuscrit qui puisse se rapporter au meurtre, Chen ne l'abandonna pas pour autant. Il comprenait pourquoi Yue y accordait tant de prix. Le recueil contenait de magnifiques poèmes d'amour, comme elle le soulignait dans la postface, des poèmes qui évoquaient aussi la période la plus mémorable de leur vie à tous les deux. Peut-être avaient-ils éprouvé le sentiment que le poème de Su Dongpo avait été écrit pour eux, et qu'eux-mêmes étaient liés pour toujours à travers ces lignes.

Le veilleur de nuit a signalé la troisième veille.
Les vagues dorées du clair de lune s'évanouissent,
La poignée de jade du Chariot s'abaisse.
Nous calculons sur nos doigts
Quand viendra le vent d'est,
Oublieux du temps qui s'écoule comme un fleuve
dans le noir.

La préface était écrite intelligemment. Yue se contentait de présenter le contexte dans lequel Yang et elle avaient lu et commenté ces œuvres, à l'école des cadres. Elle finissait toutefois sur une scène où elle était seule et lisait un poème de Li Yu que Yang lui avait récité une fois, au cœur de la nuit.

Quand le cycle incessant
Des fleurs de printemps et de la lune d'automne
Finira-t-il ?
De combien de choses du passé
Un cœur se souvient-il ?
La nuit dernière, dans la mansarde revisitée
Par le vent d'est,
C'était insoutenable de regarder
Vers la maison dans la claire lumière de la lune.
Les balustrades sculptées et l'escalier de marbre sont
Sans doute inchangés, mais pas sa beauté.
Quelle est la mesure de ma douleur ?
Elle est comme la crue de printemps d'un long fleuve
Coulant vers l'est !

Ce manuscrit possédait une immense valeur sentimentale. L'inspecteur principal Chen le caressa doucement. Pas étonnant que Yue l'ait conservé dans un coffre à la banque.

Il se reprit et s'installa au bureau jonché de livres et de papiers.

Il avait de quoi occuper Nuage Blanc aujourd'hui à la Bibliothèque de Shanghai. Certains des poèmes traduits par Yang étaient sans doute parus dans des revues en anglais. À quelle date, Chen l'ignorait, peut-être avant le mouvement antidroitier, au milieu des années cinquante. Dans ce cas, des notes en bas de page pourraient jeter une lumière sur les mystérieuses abréviations. Cela n'apporterait peut-être aucun élément important, mais la curiosité de Chen était piquée. De plus, la bibliothèque possédait sûrement des catalogues d'éditeurs chinois et étrangers. Il pourrait contacter certains d'entre eux et voir si la publication du recueil les intéressait. Ce n'était pas urgent, mais Chen fut réconforté à l'idée qu'il tentait de faire quelque chose pour le poète mort.

– Je dois aider l'inspecteur Yu dans la mesure du possible, comme vous le savez, expliqua-t-il à Nuage Blanc dès qu'elle arriva. Mais je ne peux pas le faire et travailler en même temps à la traduction pour monsieur Gu. Aussi votre aide m'est-elle très précieuse. Cela risque de vous prendre plusieurs heures. Restez le temps qu'il faudra à la bibliothèque.

Il n'y eut pas d'appels téléphoniques ce matin-là. La traduction avançait doucement. Un moineau pépiait dehors, dans le vent froid, malgré les branches dépouillées. Transporté dans l'atmosphère de faste et d'éclat de la Shanghai des années trente, Chen en oublia de déjeuner. Comme les visiteurs du New World le seraient un jour, il était « ivre d'argent, ébloui par l'or ».

Peu avant quatre heures, Nuage Blanc revint, chargée de deux sacs en plastique. Elle s'était changée et portait un jean, un pull décolleté, une veste en cuir et des boots vernies noires.

– J'ai quelque chose pour vous, dit-elle en déposant l'un des sacs sur le bureau.

– Vous avez fait vite. Merci beaucoup. Je sais que je peux compter sur vous, Nuage Blanc.

– J'ai photocopié les traductions des poèmes de Yang. Vous pourrez les lire tranquillement. J'ai à faire à la cuisine.

– Qu'est-ce que vous tenez à la main ?

– Une surprise !

Il n'avait aucune idée de ce que pouvait contenir le second sac en plastique, d'où semblait provenir un faible bruit.

Il se mit à étudier les feuillets photocopiés. Les traductions de Yang avaient été publiées dans un certain nombre de revues d'études anglaises, principalement au cours des dernières années. Ces magazines étaient très lus en Chine, où beaucoup de gens apprenaient l'anglais. Chen constata avec surprise que dans la plupart des cas, les rédacteurs en chef de ces publications expliquaient en quelques phrases pourquoi il fallait lire les poèmes traduits par Yang.

D'après l'un d'eux, c'était un bon moyen d'impressionner les Américains. Selon un autre, cela deviendrait une mode, notamment chez les amoureux, de citer ces vers le jour de la Saint-Valentin, qui commençait à s'implanter en Chine. Chen trouva également quelques courts textes d'introduction de Yue sur les techniques employées pour la traduction des poèmes, qui pourraient être utiles aux débutants.

Mais rien, hélas, pour éclairer les mystérieuses abréviations.

Nuage Blanc s'activait à la cuisine. Au bout d'un long moment, elle émergea, le sourire aux lèvres, un grand plateau entre les mains.

– De la part du *Dynastie*, annonça-t-elle en disposant sur la table pliante un repas somptueux.

Chen découvrit des mets qu'il ne connaissait pas. Une assiette de gésiers de moineaux frits, croustillants à point – combien de moineaux avait-il fallu pour composer ce plat ? – et une recette de canard très originale : les têtes sans le crâne, de sorte qu'on pouvait aisément saisir la langue, ou aspirer la cervelle. Mais ce furent les crevettes en sauna qui l'impressionnèrent le plus. Nuage Blanc posa sur la table un récipient de verre dans lequel des crevettes de rivière, encore vivantes, sautaient et se tortillaient. Elle apporta aussi un petit seau en bois dont le fond était recouvert de pierres brûlantes. Elle versa du vin dans le récipient de verre pour y baigner les crevettes, les ressortit et les jeta ensuite dans le seau. On entendit un crissement, un sifflement et, deux ou trois minutes plus tard, apparut un plat de crevettes en sauna.

Gu avait dû abreuver la jeune fille de recommandations. Elle n'était peut-être pas une cuisinière hors pair, mais elle savait comment arranger des plats délicieux et c'était amplement suffisant.

– C'était ce que vous vouliez ? interrogea-t-elle en désignant les pages photocopiées.

– Il s'agit peut-être d'une des pièces du puzzle. Il faudra que je trouve où elle s'insère.

– Vous trouverez. J'espère que vous aimez les crevettes.

– Oui, merci. Vous me gâtez.

– Pas du tout. C'est un grand honneur pour moi de travailler avec vous, monsieur Gu ne cesse de me le répéter.

Chen entendit autre chose derrière cette phrase : une façon de lui rappeler qu'il devait se concentrer sur la traduction du document New World, et aussi que leurs relations étaient des relations de travail.

C'était la moindre des choses de montrer qu'il appréciait. Il saisit une autre crevette avec les doigts.

10

L'inspecteur Yu se rendit de bonne heure au bureau du comité de quartier. Il voulait lire un peu, même après que sa femme lui eut raconté l'histoire du livre de Yue. Peiqin avait d'ailleurs souligné certains passages pour qu'il les examine de près. Le premier décrivait une scène où Yang lisait le soir pour Yue, derrière la porcherie, avec les grognements des cochons en fond sonore.

Le nuage semble changer de forme.
Léger, doux, il s'enroule autour de l'autre,
Il se love. Puis vient la pluie...

Yu mit une minute à se représenter la métaphore. C'était astucieux de la part de Yue d'employer un langage aussi suggestif, sans être explicite. Il se demanda toutefois si Yue et Yang avaient réellement pu passer à l'acte quand ils étaient à l'école des cadres. Ils vivaient chacun dans un dortoir, qu'ils partageaient avec plusieurs personnes. Même si leurs camarades de chambre sortaient une heure ou deux, cela aurait présenté de gros risques, pour elle comme pour lui. À l'époque, un couple surpris à avoir des relations extraconjugales risquait des peines d'emprisonnement de plusieurs années. Yu relut la strophe en entier. À la seconde lecture, l'image était encore plus provocatrice. L'inspecteur principal Chen, qui écrivait des poèmes plus ou moins dans ce style, apprécierait sûrement.

Les quelques autres paragraphes soulignés avaient surtout un caractère politique. Un long passage concernait les dirigeants de l'école des cadres, un autre, l'équipe de propagande. Certains pouvaient facilement s'imaginer que les personnages s'inspiraient d'eux. Yu ignorait pourquoi Peiqin voulait qu'il lise ces passages.

Il fut distrait par un coup de téléphone du secrétaire du Parti Li, qui avait appris où il se trouvait. La raison de cet appel était un article assez long, publié dans le dernier numéro d'un magazine populaire et qui, sous prétexte d'annoncer la mort de Yue, parlait surtout de celle de Yang. L'article citait plusieurs extraits substantiels de *Mort d'un professeur chinois*, et notamment une phrase prononcée par Yue au moment de la mort de Yang, et qui figurait à la fin du livre: « À partir de ce moment, elle vivrait pour lui, et mourrait pour lui, aussi. »

Allusion subtile au fait que le décès de Yue avait peut-être des implications politiques.

Tous les exemplaires du magazine s'étaient vendus sur-le-champ, signe de l'intérêt croissant du public pour cette affaire. Or, cet intérêt était loin de plaire aux autorités du Parti.

– L'affaire doit être résolue dans les plus brefs délais, répéta une fois de plus le secrétaire du Parti Li. Sinon, cela risque d'alimenter les rumeurs et de provoquer des pressions intolérables sur la mairie, et sur notre service également.

– Je comprends, camarade secrétaire du Parti Li. Je m'y emploie de mon mieux.

– Que fait l'inspecteur principal Chen ? J'ai du mal à comprendre. Il insiste pour prendre ses vacances malgré l'urgence de l'affaire, et j'ignore combien de temps durera son congé.

– Moi aussi, répondit Yu, sachant que Chen n'avait pas parlé à Li de la traduction.

Mais il n'aimait pas beaucoup l'allusion, volontaire ou pas, du secrétaire du Parti, qui semblait le juger incapable de s'occuper d'une « affaire spéciale » sans être supervisé par l'inspecteur principal Chen.

Au sein de la brigade, c'était généralement sur Chen qu'étaient braqués les projecteurs, et à lui que revenait le mérite. Rien d'étonnant : il était un cadre montant du Parti et avait des relations jusqu'à Pékin. Et Chen faisait du bon travail, il fallait le reconnaître. Cela ne gênait pas Yu de ne pas recevoir personnellement des compliments pour la résolution d'une affaire conduite avec Chen. C'était le travail de toute l'équipe qui était récompensé. Yu ne s'était jamais plaint d'être dans l'ombre de Chen, il considérait même qu'il avait de la chance d'avoir un patron comme lui. Mais cela ne signifiait pas que seul Chen était capable de résoudre une affaire.

Yu se rendit compte que les paroles du secrétaire du Parti Li l'avaient blessé.

À croire que la terre s'arrêtait de tourner quand Chen était absent.

Mais qu'est-ce que l'inspecteur principal aurait pu faire de plus? Ils avaient discuté ensemble de tous les aspects du problème.

– Ne vous inquiétez pas, secrétaire du Parti Li. Je m'en occupe. Le meurtre sera vite élucidé.

– J'ai donné ma *junling zhuang* au maire, camarade inspecteur Yu.

Le serment de la *junling zhuang* engageait jadis les généraux chinois, qui se trouvaient démis de leurs fonctions s'ils dérogeaient à leur parole.

– Eh bien, je vous donne ma *junling zhuang*, secrétaire du Parti Li.

Après coup, Yu regretta cette réponse impulsive. Mais peut-être lui était-elle dictée par son subconscient. Peut-être était-il temps pour lui de songer à changer de métier. L'affaire Yue Lige prenait soudain une autre dimension.

Il avait toujours cru que, même comme simple flic, il pouvait jouer un rôle significatif dans la société. De plus, sa tâche avait de la valeur puisqu'elle importait à Peiqin, pour qui l'œuvre de Yang avait tant compté.

L'aspect politique de l'affaire ne le concernait pas. Cela soulignait simplement le fait que tout était politique en Chine, ce qu'il savait depuis longtemps. Le problème était: comment progresser au *shikumen*? Au lieu de poursuivre les interrogatoires des résidents, il fallait d'abord reconsidérer avec Vieux Liang la stratégie adoptée.

Ils s'étaient concentrés sur l'hypothèse que Yue avait été tuée par un habitant de la maison, et avaient exclu la possibilité que le meurtrier soit quelqu'un d'extérieur, car on n'avait vu aucun inconnu entrer dans la résidence ni en sortir, ni par la porte de devant, ni par celle de derrière. Mais s'il y avait eu des complicités ? Si un témoin ou plusieurs avaient menti ?

Les trois personnes présentes dans la cour à l'heure supposée du meurtre appartenaient à trois familles différentes. Même si les relations entre voisins, à l'exception de celles avec Yue, étaient aussi harmonieuses que le prétendait Vieux Liang, on imaginait difficilement que trois familles différentes soient complices d'un meurtre. La possibilité que quelqu'un soit sorti par la grande porte était donc pratiquement nulle. Quant à la petite porte, la femme aux crevettes n'en démordait pas : elle n'avait pas bougé de sa place. Mais disait-elle la vérité ?

Tandis que l'inspecteur Yu analysait ainsi la situation, Vieux Liang s'accrochait à sa théorie d'un assassin habitant dans la maison.

– Vous devriez continuer à interroger les résidents, insista le vieux surveillant. Si vous voulez que je participe aux interrogatoires avec vous, très bien, mais il me semble nécessaire de poursuivre mes investigations parallèlement.

– Vos investigations sont utiles, mais nous devons absolument accélérer le mouvement. Plus de quinze familles habitent ici. Le secrétaire du Parti Li réclame des résultats.

– Dans ce cas, nous manquons de temps.

– Nous devons faire un tri plus rigoureux parmi les personnes à interroger. Jetons un coup d'œil sur la liste des suspects.

Le cinquième nom sur cette liste était celui de Lei Xueguang.

– Oh, ce Lei ! Croyez-le ou non, mais Yue l'a aidé à sa façon, dit Vieux Liang sur un ton dramatique qui rappela à Yu son propre père, le Vieux Chasseur. Mais, comme on dit, *aucune bonne action ne reste impunie.*

Au début des années soixante-dix, Lei, alors étudiant, avait commis un vol dans un camion municipal ; pris sur le fait, il avait été condamné à dix ans de prison parce que, manque de chance, cette année-là, le gouvernement avait lancé une grande campagne de « répression sévère des crimes ». Résultat, ceux qui se faisaient prendre étaient condamnés à des peines beaucoup plus lourdes qu'auparavant. Une fois libéré, Lei se retrouva sans travail, et dans l'impossibilité d'obtenir un emploi dans une société d'État. La création d'entreprises privées venait tout juste d'être autorisée, mais de façon très limitée, comme un « supplément non essentiel à l'économie socialiste ». Si Lei avait disposé d'une pièce en rez-de-chaussée ouvrant sur la rue, il aurait pu la transformer en une minuscule boutique de traiteur. Plusieurs personnes du quartier avaient ainsi converti leur logement à des fins commerciales. Lei ne possédait pas un tel espace et n'avait pas de relations. Ses efforts pour obtenir une licence échouèrent.

À la surprise de tout le voisinage, Yue évoqua Lei dans un article publié dans le *Wenhui*, pour montrer l'insensibilité des comités de quartier. « Ce jeune homme doit trouver le moyen de subvenir à ses besoins, sinon il risque de retomber dans une situation délicate », écrivit-elle. Les membres du comité de quartier lurent sans doute l'article. Lei reçut l'autorisation d'ouvrir une échoppe à l'entrée du passage pour vendre des beignets aux pousses d'oignon. Personne n'y vit réellement d'objection, sauf les cyclistes téméraires qui circulaient à longueur de journée dans le passage. Le nouveau commerçant eut sans doute vent de l'article de Yue ; la première fois qu'elle vint lui acheter quelque chose, il refusa qu'elle paye.

Les affaires marchaient plutôt bien. Un peu plus tard, Lei engagea une jeune fille du coin, qui devint sa compagne. Et il ne tarda pas à élargir son activité. En plus des beignets aux pousses d'oignon, il proposa des repas à emporter, composés d'une large variété de spécialités populaires – porc grillé, bœuf à la sauce d'huître, filet de poisson séché, tofu épicé façon Tante Ma –, toutes servies sur une portion de riz à la vapeur et accompagnées d'une coupelle de soupe aigre et chaude. Puisqu'il ne payait pas de loyer, Lei pouvait offrir de la nourriture de bonne qualité à très bon prix. Les barquettes en plastique et les baguettes jetables plaisaient particulièrement aux cols blancs qui travaillaient dans les nouveaux immeubles de bureaux tout proches. La réputation de Lei s'étendit, et les clients faisaient la queue pour ses paniers-repas. Il installa un autre gros réchaud à charbon à l'entrée du passage, et engagea deux jeunes provinciales pour le seconder.

– *Les bonheurs engendrent des malheurs et les malheurs engendrent des bonheurs.* Voilà ce qu'a dit Lao Tseu dans *Le Livre de la Voie et de la Vertu,* il y a quelques milliers d'années, commenta Vieux Liang. Comme c'est vrai, même aujourd'hui, même pour Lei.

– Un homme qui a depuis peu une compagne et un commerce en pleine expansion n'est guère susceptible d'assassiner une de ses voisines, fit remarquer Yu.

– Mais il a besoin d'argent, plus que jamais, pour développer son affaire. Où peut-il trouver les capitaux ? D'après sa déclaration de revenus, il équilibre à peine ses comptes.

– Oh, sa feuille d'imposition. En avez-vous discuté avec lui ?

– Oui. Il nie être impliqué de quelque manière que ce soit dans le meurtre, bien entendu, mais il n'a donné aucune explication sur la façon dont il envisage d'obtenir des fonds.

– Et son alibi ?

– Lei allume ses fourneaux chaque jour vers cinq heures et demie du matin. Plusieurs personnes se rappellent l'avoir vu au travail le jour du crime.

– Il a donc un alibi solide.

– Malgré cela, il reste suspect. Il a très bien pu quitter ses fourneaux pendant une minute ou deux, sans que personne ne le remarque. Il stocke la plupart de ses denrées dans la cour ou dans sa pièce, il effectue donc souvent des allées et venues.

– C'est possible. Néanmoins, il doit éprouver de la gratitude envers Yue pour l'aide qu'elle lui a apportée. L'article du *Wenhui* a changé le cours de sa vie.

– De la gratitude, de la part d'un tel homme? Non, sûrement pas, rétorqua Vieux Liang en secouant vigoureusement la tête. Et il y a autre chose. Lei est le seul, parmi les voisins de Yue, à être allé chez elle deux ou trois fois pour lui livrer des repas. Dieu seul sait ce qu'il a pu remarquer dans sa chambre.

– Vous avez raison, Vieux Liang. Je parlerai avec lui, dit Yu après un silence. Bon, qui est le suivant?

– Il s'appelle Cai. Ce n'est pas exactement un résident, du moins il n'est pas inscrit en tant que tel. Vous voyez, nous n'avons écarté aucun suspect.

– D'accord, mais pourquoi l'avoir mis sur votre liste?

– Encore une longue histoire, répondit Vieux Liang en allumant une cigarette pour Yu, puis une pour lui-même. Cai est le mari de Xiuzhen. Xiuzhen vit avec sa mère, Lingdi, et son frère, Zhengming, dans une pièce à l'extrémité de l'aile nord. Quand elle a épousé Cai, celui-ci dirigeait l'un des rares hôtels privés du quartier de Jinan et parlait d'acheter un appartement de standing.

– C'était donc un Monsieur Gros-Sous?

– À l'époque, peut-être. Xiuzhen n'avait alors que dix-neuf ans, mais presque tout le monde pensait qu'elle avait fait le bon choix, même si Cai avait dix-huit ans de plus qu'elle et avait passé plusieurs années en prison pour avoir participé à des jeux d'argent. Ils ont passé leur lune de miel dans une suite de l'hôtel parce que Cai était domicilié chez sa mère, dans un taudis du quartier de Yangpu. Il n'avait pas le temps de chercher un nouvel appartement, expliqua Xiuzhen enceinte à ses voisins. En réalité, la situation n'était pas aussi rose qu'il le lui avait dit. L'hôtel croulait sous les dettes. *Le riz est cuit, ce qui est fait ne peut être défait.* Après la naissance du bébé, la perspective d'emménager dans un bel appartement s'évanouit totalement. Le domicile de Cai était situé dans un périmètre destiné à la construction d'immeubles neufs, et la plupart des maisons avaient déjà été démolies. Quelques familles ont refusé de partir à moins d'être relogées, et elles y sont toujours. On leur coupe l'eau ou l'électricité de temps en temps, pour les forcer à s'en aller, et quand cela se produit, Cai vient habiter avec Xiuzhen au passage du Jardin au trésor.

– Drôle d'histoire d'amour, commenta Yu, qui avait hâte que Vieux Liang en vienne à l'essentiel. Et que fait Cai, maintenant ?

– Rien. L'été, il gagne de l'argent en organisant des combats de grillons. Ou, plus exactement, en pariant sur des combats de grillons. On dit qu'il a des liens avec les triades, ce qui doit beaucoup l'aider dans ce genre d'activité. Le reste de l'année, allez savoir à quoi il est occupé ! Il n'a pas l'air au chômage, comme son beau-frère Zhengming, qui traîne toute la journée. Quant à Xiuzhen, toujours jeune et belle, elle ressemble à une fleur qui pousse sur un tas de fumier.

– L'expression me semble appropriée. Est-ce que son mari organise des combats de grillons ici ?

– Non. Pour pouvoir en vivre, il fréquente ces nouveaux riches prêts à parier des milliers de yuans sur un minuscule insecte. Monsieur Gros-Sous un jour, Monsieur Gros-Sous toujours. Les gens du coin pensent qu'il gagne davantage que la plupart des autres habitants du quartier.

– Et Zhengming ?

– C'est un bon à rien. Il n'a jamais vraiment travaillé. Je ne sais pas comment il s'en sort. Maintenant il a une petite amie qui vit avec lui et qui ne travaille pas non plus.

– Sa famille l'entretient ?

– Oui. Je ne comprends pas ces jeunes. Vraiment, le monde va à vau-l'eau. Mais nous n'avons pas à nous occuper de lui : il s'est cassé la jambe il y a dix jours et il ne peut pas bouger de chez lui.

– Et Cai ? En dehors de son histoire ?

– *L'histoire, tel un miroir, peut refléter la vérité d'un homme.* Criminel un jour, criminel toujours.

– Encore une citation du président Mao, observa Yu d'un ton neutre.

– Cai affirme que le matin du meurtre, il était chez sa mère.

– Nous vérifierons ses déclarations.

L'inspecteur Yu se demandait toutefois si l'interrogatoire de ces deux suspects, Lei et Cai, mènerait à quelque chose. Quand Vieux Liang fut parti, une idée lui traversa l'esprit et il décida de téléphoner à Qiao Ming, l'ancien directeur de l'école des cadres, sur qui Yue avait craché lors de la cérémonie à la mémoire de Yang.

Peiqin et lui avaient discuté de l'hypothèse selon laquelle Qiao aurait pu avoir un motif pour tuer Yue. Même si celle-ci n'avait cité aucun nom, bien des gens, à la lecture du roman autobiographique, avaient pu éprouver de la gêne ou de l'indignation. Wan, son voisin du dessus, en était un exemple. Ceux qui avaient fait partie de l'école des cadres avaient dû être inquiets. En outre, nul ne pouvait dire si Yue ne publierait pas un deuxième livre, avec d'autres détails embarrassants. Tout était possible.

– Ne croyez rien de ce que vous avez lu dans *Mort d'un professeur chinois*, dit aussitôt Qiao. C'est un tissu de mensonges.

– Il s'agit d'un roman, si j'ai bien compris. Mais je travaille sur une affaire d'homicide, camarade Qiao, et je ne dois négliger aucune piste.

– Camarade inspecteur Yu, je sais pourquoi vous désirez me parler, mais laissez-moi d'abord préciser une chose. Nous devons placer la Révolution culturelle dans une perspective historique. Personne ne pouvait prévoir les changements. À l'époque, on avait simplement foi dans le président Mao !

– Oui, tout le monde avait foi dans le président Mao, je ne conteste pas ce point, camarade Qiao.

– Le livre insiste sur les persécutions dont Yue et Yang ont fait l'objet à l'école des cadres. Mais ce n'était pas un endroit où l'on pouvait tomber amoureux, pas durant cette période. L'objectif principal, selon le président Mao, c'était la rééducation des masses. En raison du fameux coup de téléphone de Pékin au sujet des poèmes de Mao, nous avons tenu à ce que Yang soit autorisé à avoir des ouvrages et des dictionnaires. C'était un vrai privilège. Quelqu'un a rapporté qu'il écrivait un livre, et nous n'avons pas tenté d'intervenir au début. Vous voyez, pour Yang ces années n'ont pas été complètement perdues.

– Avez-vous découvert quel genre de livre il écrivait ?

– Nous avons cherché dans son dortoir quand nous l'avons placé en cellule d'isolement, mais nous n'avons rien trouvé. Il s'agissait probablement d'un manuscrit en anglais.

– Racontez-moi les circonstances de la mort de Yang, je vous prie.

– Cet été-là, il faisait une chaleur étouffante. Nous travaillions tous dans la rizière, comme les paysans de la région. Yang n'était pas le seul à y travailler. Beaucoup de gens étaient malades. Évidemment, maintenant, avec le recul, si nous avions su qu'il était si gravement atteint... Mais peut-être ne s'en rendait-il pas compte lui-même. Comment l'école pourrait-elle être tenue responsable de sa mort tragique ?

– C'est peut-être exagéré de dire qu'il est mort parce qu'il a été persécuté, mais on peut comprendre la réaction de Yue. Elle a beaucoup souffert, durant ces années-là.

– Moi aussi ! Pendant toute cette période, je suis resté à l'école des cadres, où j'ai travaillé. Y ai-je gagné quelque chose ? Non, rien. À la fin de la Révolution culturelle, j'ai été soumis à un « examen politique » deux ans durant. Ma femme m'a quitté, elle m'a laissé tomber comme une vieille chaussette.

– Juste une dernière question. Où étiez-vous le matin du 7 février ?

– Je me trouvais au Anhui, où je collectais des créances pour mon entreprise. Plusieurs personnes, dont les gens de l'hôtel, peuvent en témoigner.

– Je vous remercie, camarade Qiao. Je ne crois pas avoir d'autres questions pour l'instant.

Cette conversation téléphonique n'avait rien donné, mais elle n'avait pas été totalement inutile. D'une part, Yu avait appris que pendant les dernières années de sa vie, Yang avait continué à travailler, probablement à la traduction en anglais des poèmes d'amour de l'époque classique chinoise. D'autre part, cet entretien confirmait la maxime selon laquelle « le passé est toujours présent ». Vingt ans après, les gens considéraient encore la Révolution culturelle selon les critères de l'époque.

Yu retira la cassette sur laquelle il avait enregistré la communication. Cela pourrait intéresser l'inspecteur principal Chen. Puis il composa le numéro de son patron.

– On peut soupçonner tous les résidents, conclut Chen après avoir écouté le rapport succinct de Yu, mais quand tout le monde est suspect, personne ne l'est.

– En effet. Vieux Liang ne voit que ce qu'il a envie de voir.

– Il est surveillant de quartier depuis trop longtemps. Son rôle a été très important pendant la période de la lutte des classes, mais il n'a plus guère d'utilité de nos jours. Seulement, Vieux Lang voit toujours le monde comme il le voyait alors. Et selon Su Dongpo : *On ne peut voir le vrai visage de la montagne Lu / Quand on se trouve encore au sein de la montagne.*

Cela ressemblait bien au patron, de citer un poète mort depuis des lustres, au beau milieu d'une enquête. Ce penchant était parfois vraiment agaçant.

L'inspecteur Yu se mit en route pour le *shikumen.*

Cai n'était pas là. Lingdi, une femme d'une cinquantaine d'années, aux traits délicats, se trouvait dans la cour, occupée à ouvrir des coquillages en forme de spirale à l'aide de ciseaux rouillés. Wan était là, lui aussi, assis sur un tabouret de bambou, et il buvait du thé qu'il versait d'une théière en grès mauve. À cette époque de l'année, observa Yu, les gens, en principe, ne restaient pas dehors sans rien faire.

En l'apercevant, Wan marmonna quelques mots et s'éloigna.

Yu se présenta et Lingdi le conduisit jusqu'à une petite pièce située à l'étage. On imaginait difficilement une famille entière confinée dans une pièce unique comme celle-ci. Pourtant, cette femme vivait là avec son fils et la compagne de celui-ci, sa fille, un bébé hurlant et, la plupart du temps, son gendre Cai. Heureusement, la pièce était haute de plafond, ce qui avait permis l'adjonction de deux mezzanines auxquelles on accédait par une échelle commune. En comparaison, songea l'inspecteur Yu avec ironie, il pouvait s'estimer spacieusement logé.

Selon Lingdi, Cai était absent le matin du 7 février.

– Personne ne peut dire ce qu'il fait vraiment, soupira-t-elle. J'avais pourtant prévenu Xiuzhen, mais elle ne m'a pas écoutée.

– Je suis au courant. Et votre fils Zhengming?

– Ici, pour lui, c'est un hôtel gratuit. Un restaurant gratuit, aussi. Il vient quand il en a envie. Et maintenant, il amène quelqu'un avec lui.

– Dites-moi ce que vous savez au sujet de Yue, camarade Lingdi, je vous prie.

– Elle était différente.

– Comment cela?

– Elle avait une chambre pour elle toute seule, alors qu'ici nous sommes trois générations dans une même pièce. Elle a souffert pendant la Révolution culturelle? Qui n'a pas souffert? Mon mari est mort dans la «lutte armée», croyant combattre pour le président Mao. Jusqu'à verser son sang pour lui. Après sa mort, il n'a même pas eu droit à une cérémonie commémorative.

Langdi se tut un moment, puis reprit:

– L'une des raisons pour lesquelles Xiuzhen a épousé Cai, c'est qu'elle avait perdu son père à l'âge de quatre ans. Ce n'était pas pour son argent, il n'en avait pas tant que cela d'ailleurs.

– Je comprends, dit Yu, surpris de cette analyse.

– Je suis désolée, je ne peux pas vous dire grand-chose à propos de Yue. La Révolution culturelle a laissé tant de drames dans son sillage. Yue était un écrivain, elle a publié un livre sur le sujet, mais elle n'avait pas envie d'en parler avec nous.

L'inspecteur Yu remercia Lingdi et redescendit

l'escalier, complètement déprimé. Les habitants de ce *shikumen* semblaient tous recouverts par la poussière du passé, comme le bâtiment lui-même. Pour être plus précis, ils semblaient vivre encore dans l'ombre de la Révolution culturelle. Le gouvernement incitait la population à regarder vers l'avenir, sans se retourner en arrière, mais c'était extrêmement difficile pour certaines personnes, dont Lingdi, Wan, presque tous ceux que Yu avait interrogés, à l'exception de monsieur Ren. Yu se demandait d'ailleurs si monsieur Ren pouvait réellement oublier et noyer ses souvenirs dans un bol de nouilles fumantes.

En sortant de la maison, il aperçut l'échoppe de Lei. L'inspecteur Yu n'était guère pressé de l'interroger. Il consulta sa montre et décida d'acheter un panier-repas pour son déjeuner. Il y avait la queue et il attendit patiemment son tour. Malgré le personnel qu'il avait récemment engagé, Lei s'activait, remuant sans cesse le contenu d'un grand wok. Quelques tables et bancs en bois brut étaient disposés près de l'entrée du passage. Certains clients emportaient leur repas avec eux, mais d'autres préféraient le consommer sur place. Yu décida de s'asseoir.

Le repas était très bon : une grosse part d'anguille frite aux pousses d'oignon et au sésame, sur du riz blanc cuit à la vapeur, plus une soupe avec des légumes marinés au vinaigre et du porc en lamelles, le tout pour seulement cinq yuans.

Après avoir déjeuné, il téléphona à Peiqin pour lui poser une question.

– Non, je ne pense pas, répondit-elle. Tu ne peux pas te fier à sa déclaration d'impôts. Les restaurateurs privés gagnent beaucoup d'argent en fraudant le fisc. C'est un secret de polichinelle. Tout est réglé en liquide. Personne ne demande une facture pour quatre ou cinq yuans. Et les propriétaires se gardent bien de déposer tout leur argent à la banque. C'est une pratique courante.

– Exact. Je n'ai pas réclamé de note pour mon repas.

Yu ne mettait pas en doute les affirmations de Peiqin. Elle parlait en connaissance de cause.

11

Assise dans son réduit, Peiqin bouclait les comptes. On était à peine à la mi-février. Elle venait chaque jour à son « bureau » et s'installait devant les livres et les papiers étalés sur la longue table, même s'il n'y avait plus rien à faire. La pièce, à l'origine une *tingzijian*, présentait l'avantage d'être séparée de la salle de restaurant et de la cuisine, en bas. Peiqin partageait cet espace avec Hua Shan, le directeur du restaurant, en rendez-vous à l'extérieur pour la journée.

Elle retira ses chaussures, mit les pieds sur une chaise, puis les reposa au sol. Ses bas avaient deux petits trous.

– Peiqin, c'est l'heure du déjeuner, cria Luo, le nouveau chef, depuis la cuisine située juste au-dessous du bureau.

Sa voix résonnait à travers les fentes du parquet usé. L'air était chargé de fines particules de poussière qui dansaient dans la lumière en formant d'étranges motifs.

– Il y a de la soupe aux têtes de poissons et aux poivrons rouges, aujourd'hui.

– Formidable. Je descends dès que j'ai fini.

La première année où elle avait été embauchée, Peiqin descendait de temps en temps donner un coup de main. Elle avait vite cessé de le faire. Dans une entreprise d'État, les employés recevaient le même salaire, indépendamment du temps et des efforts qu'ils fournissaient. Le travail de comptable de Peiqin ne lui prenait normalement qu'une semaine sur le mois. Si elle restait ensuite à ne rien faire, personne ne s'en souciait. Aussi, ces dernières années, elle avait pris l'habitude d'étudier les manuels de Qinqin, cachés sous les livres de comptes. Pour l'aider dans ses devoirs, elle s'était mise à l'anglais, afin de pouvoir le pratiquer avec lui à la maison.

Il fallait que son fils acquière des bases solides, et qu'il fréquente une excellente université. Dans la société chinoise en pleine mutation, une formation universitaire pouvait tout changer. L'inspecteur principal Chen, par exemple, avait obtenu son poste – en partie, du moins – parce qu'il avait fait des études supérieures, même si Peiqin reconnaissait qu'il était l'un des rares cadres du Parti à mériter sa situation par ses qualités personnelles.

Parfois aussi, elle lisait des romans. Comme beaucoup de gens de sa génération, Peiqin s'était plus ou moins formée elle-même par les lectures romanesques. Le gérant du restaurant avait dû se rendre compte qu'elle lisait, mais il n'avait rien dit. Lui aussi vaquait à ses affaires personnelles, mais ce dont il s'agissait, Peiqin n'en avait aucune idée.

De temps en temps, elle se demandait avec perplexité comment elle avait atterri dans ce minuscule bureau, à lire simplement parce qu'elle n'avait rien d'autre à faire. Allait-elle passer ainsi le reste de sa vie ? À l'école primaire, elle avait été une très bonne élève, même si on la tenait à l'écart en raison du statut de ses parents. Son père, propriétaire d'une petite entreprise d'import-export, avait été déclaré « capitaliste » après 1949, ce qui avait jeté le discrédit sur la famille entière. Discrédit qui devait se transformer en persécution sous la Révolution culturelle.

Faisant partie des jeunes instruits – elle venait de commencer le lycée – à la fin des années soixante, Peiqin avait dû quitter Shanghai pour le Yunnan. C'est alors que son chemin avait croisé celui de Yu. Là-bas, dans cette campagne lointaine, ses rêves de jeune fille envolés, Peiqin avait appris à apprécier l'homme en Yu. Quand ils furent autorisés à retourner à Shanghai, à la fin des années soixante-dix, elle s'estima heureuse d'avoir un foyer. Yu était un bon mari, et Qinqin un garçon merveilleux, même s'ils étaient obligés de s'entasser à trois dans une unique pièce. Et si son travail au restaurant était monotone, elle se considérait malgré tout un niveau au-dessus de ceux qui travaillaient en cuisine – au propre comme au figuré. Elle avait depuis longtemps adopté le précepte selon lequel le bonheur, c'est de se contenter de son sort.

D'ailleurs, d'une certaine façon, ce travail ennuyeux et peu motivant lui convenait, car il lui permettait de se consacrer davantage à sa famille. Elle avait perdu les meilleures années de sa jeunesse à cause de la Révolution culturelle, mais à quoi bon maudire le destin ou se lamenter ? Elle s'était satisfaite du rôle traditionnel de bonne épouse et de bonne mère.

Depuis peu, pourtant, le statu quo commençait à lui peser. Le monde changeait autour d'elle. Certaines valeurs, le sens qu'elle avait cru trouver à sa vie, semblaient lui échapper. Elle se souvenait d'un vers : *Je ne sais dans quelle direction souffle le vent.* Il lui paraissait approprié, aujourd'hui. Il faudrait qu'elle trouve autre chose, en plus du restaurant. Le fiasco de l'appartement était la goutte d'eau qui avait fait déborder le vase. Peiqin était résolue à ce que Qinqin ait une vie différente. Dans sa classe, presque tous les gamins avaient des Nike. Elle voulait pouvoir lui en acheter une paire, à lui aussi. De son temps, les marques n'existaient pas, et tout le monde portait des caoutchoucs kaki, sur le modèle des chaussures militaires. Dans le Yunnan, elle marchait parfois pieds nus, parce qu'elle avait envoyé à sa nièce, à Shanghai, la paire qu'on lui avait attribuée là-bas. Aujourd'hui encore, elle ne se maquillait jamais, malgré les publicités toujours plus tentantes à la télévision. Lors d'une réunion d'anciens élèves, récemment, l'un de ses camarades de classe d'autrefois était arrivé en Mercedes, provoquant l'envie de la plupart des autres. À l'époque, c'était un cancre, qui copiait parfois sur Peiqin. Oui, vraiment, le monde n'était plus le même.

De manière inattendue, l'enquête sur l'affaire Yue Lige avait commencé à revêtir pour elle une signification particulière. Plus précisément, cela l'avait ramenée à ses années de lycée. À l'époque, elle lisait en secret, car seule la lecture des œuvres du président Mao était officiellement autorisée. Les bibliothèques fermées, romans et poésie restaient inaccessibles. De plus, une jeune fille comme elle, dont la famille figurait sur la liste noire, devait être prudente : elle transportait les livres cachés sous son aisselle, sous son manteau en coton matelassé. Peiqin, comme les autres, essayait de se procurer des ouvrages récents, qui continuaient à circuler clandestinement. « Riche » d'une demi-douzaine de livres qu'elle avait réussi à sauver des griffes des gardes rouges, elle avait formé avec plusieurs camarades un réseau secret d'échange. Il existait une sorte de barème : *Le Père Goriot* de Balzac contre *Les Temps difficiles* de Dickens, plus un roman chinois comme *Le Chant de la jeunesse*, ou *L'Histoire du drapeau rouge*. Si l'un des membres du réseau parvenait à obtenir un nouveau livre grâce à un contact extérieur, l'ouvrage passait alors d'un membre à l'autre, mais chacun ne pouvait le garder qu'un seul jour.

Peiqin avait une préférence pour certains écrivains. Yang, grand traducteur contemporain, était l'un de ses favoris. Selon elle, aucun auteur chinois moderne ne lui était comparable sur le plan de l'innovation stylistique, peut-être parce qu'il possédait une sensibilité unique à la langue et introduisait en chinois des expressions, et parfois aussi une syntaxe, occidentales. Peiqin avait remarqué que dans l'histoire de la littérature chinoise contemporaine, la plupart des intellectuels de formation universitaire étaient devenus traducteurs plutôt qu'écrivains, pour des raisons politiques faciles à comprendre.

Dans le Yunnan, Peiqin avait emporté avec elle quelques-uns de ces livres « dangereux ». Elle n'en parla pas à Yu, non qu'elle eût l'intention de lui cacher quelque chose, mais elle craignait que cette passion des livres ne l'éloigne d'elle. D'ailleurs, Yu était très occupé au dur labeur des champs, assumant souvent une part du travail de Peiqin en plus du sien. Elle trouva un court poème de Yang dans une vieille anthologie, le recopia dans un carnet et l'apprit par cœur.

C'est seulement après son retour à Shanghai que le recueil de poèmes de Yang édité par Yue fit son apparition dans les librairies. Peiqin n'était plus une jeune fille sentimentale, mais elle admirait ces poèmes.

Peiqin prit le recueil et chercha le poème intitulé *Bonhomme de neige.*

Il faut être un bonhomme de neige
Pour rester dans le froid
À écouter le même message
Du vent hurleur
Avec une patience imperturbable,
À regarder la scène

Sans s'y perdre
Tandis qu'un corbeau rôdeur, affamé,
Commence à picorer votre nez rouge,
Qui ressemble à une carotte.

Elle n'était pas certaine de comprendre totalement ce texte mais elle se sentait en empathie profonde avec le poète. Il avait dû être tellement solitaire, désespéré, glacé, tout seul dehors, comme le bonhomme de neige. Ce n'était pas bien difficile de deviner ce que signifiait « le même message du vent hurleur », ou le « corbeau rôdeur, affamé ». Le bonhomme de neige ne s'était cependant pas perdu ; paradoxalement, il avait conservé sa forme humaine.

Elle regarda la date inscrite sous le poème. Yang l'avait sans doute composé avant de faire la connaissance de Yue.

Peiqin comprit à quel point la rencontre avec Yue avait compté dans la vie de Yang.

Pourtant, ce n'était pas seulement à cause de Yang qu'elle s'intéressait à l'affaire Yue Lige, ni même pour aider son mari. C'était aussi à cause d'un vague désir qu'elle avait délaissé depuis longtemps. Le désir de donner un sens à sa vie.

Geng, son ancien collègue, lui avait proposé de s'associer avec lui, quand il avait agrandi son affaire. Elle n'en avait pas parlé à Yu. Peut-être était-il encore trop tôt pour qu'elle lâche son « bol en fer ». Personne ne pouvait prévoir l'avenir des réformes économiques en Chine. De plus, ce genre d'entreprise ne l'intéressait pas réellement, mis à part l'aspect financier.

Peiqin avait déjà aidé son mari et l'inspecteur principal Chen, dans une affaire sur la mort d'une travailleuse modèle de la nation, mais elle n'aurait jamais imaginé s'impliquer un jour à ce point dans une enquête.

Pourrait-elle découvrir un indice qui aurait échappé à Yu ? En aucun cas elle ne pouvait mener l'enquête de la même façon que lui. Elle devait être au bureau toute la semaine, et le week-end était réservé aux devoirs de Qinqin. Mais il y avait une chose qu'elle pouvait faire. Lire. Yu avait souvent plaisanté sur le nombre incalculable de fois où elle s'était plongée dans la lecture du *Rêve dans le pavillon rouge*. Eh bien, maintenant, c'était la *Mort d'un professeur chinois* qu'elle allait relire avec attention.

– Peiqin, la soupe sera froide si tu ne viens pas, cria quelqu'un depuis la cuisine.

Elle repoussa les livres et descendit.

Le restaurant était plein. Parmi les nouvelles spécialités figurait du porc braisé à la sauce de soja accompagné de riz gluant, un plat populaire. Alors que de nombreux restaurants d'État souffraient de la concurrence sévère des restaurants privés, *Les Quatre Mers* s'en sortait très honorablement, sans doute parce qu'il était bien situé.

Peiqin s'installa sur un banc près de l'entrée de la cuisine. Elle eut droit à une portion de porc et de riz, en plus du bol de soupe aux têtes de poissons. Le riz était cuit à point, le porc tendre, et la soupe, agrémentée de petits morceaux de poivron rouge, délicieuse. Dommage qu'elle ne puisse pas en rapporter à la maison : froide, la soupe sentirait mauvais.

Xiangxiang, l'une des plongeuses, elle aussi ex-jeune instruite, vint s'asseoir à côté de Peiqin. Elle était obligée de porter des bottes en caoutchouc qui crissaient quand elle se déplaçait, car le sol était toujours mouillé autour de l'évier. Elle retira une botte, son pied était trempé. Xiangxiang était légèrement voûtée à force de se pencher à longueur d'année pour laver la vaisselle, et ses doigts rouges, crevassés et gonflés ressemblaient à des carottes. Selon un arrangement spécial, elle travaillait sept jours sur sept. Son mari était au chômage et c'était elle qui devait faire vivre toute la famille.

– On se crève le cul pour quoi ? grommela Xiangxiang en s'essuyant les mains sur son tablier gris. La viande, c'est pour les gros bonnets. À nous, on ne laisse que le bouillon.

Pour faire face à la concurrence, le restaurant restait désormais ouvert le soir. Le chiffre d'affaires avait augmenté, mais les employés n'en voyaient guère les retombées, à l'exception de quelques maigres avantages en nature.

– Nous ne nous en sortons pas si mal, fit remarquer Peiqin. Nous sommes bien situés, et nous sommes connus.

– Geng est sacrément futé. Il est son propre patron, maintenant.

– La soupe est délicieuse, dit Peiqin.

Elle le pensait. Au Yunnan, un tel repas aurait été considéré comme un véritable banquet. Soudain, elle se trouva une ressemblance avec Ah Q, un personnage célèbre créé par l'écrivain Lu Xun.

Quelqu'un qui voyait toujours le bon côté des choses, en toutes circonstances.

– Il faut que je retourne travailler, Xiangxiang.

– Avec tout le boulot de comptabilité supplémentaire, maintenant qu'on bosse à deux équipes au lieu d'une, tu dois encore te débrouiller toute seule. C'est pas juste.

– Rien n'est juste. La vie n'est pas juste.

De retour dans son petit bureau, Peiqin décida de rentrer tôt chez elle. Elle avait quelque chose à faire, se souvint-elle.

12

Depuis le début de son travail de traduction, l'inspecteur principal Chen s'était habitué aux surprises. La surprise du jour vint sous la forme d'un ouvrier dégingandé, censé installer un chauffe-eau électrique et un radiateur dans l'appartement de Chen. L'installateur fut aussi étonné que l'inspecteur quand celui-ci lui affirma n'avoir jamais commandé aucun appareil.

Chen se rappelait avoir lu quelque chose au sujet des chauffe-eau électriques. La plupart des nouveaux immeubles de la ville n'avaient pas encore de système de production d'eau chaude. Le chauffe-eau électrique offrait donc une solution. Une solution très onéreuse. Chen n'avait jamais songé à en acheter un : après tout, il pouvait prendre des douches au bureau.

Quant au chauffage électrique, il n'osait même pas en rêver.

Devinant qui avait eu l'idée de ces améliorations, il décrocha le téléphone.

– Je ne peux rien accepter de vous, monsieur Gu. C'est une question de principe, vous comprenez.

– Nuage Blanc dit qu'il fait froid, chez vous. Ce n'est pas bon pour votre travail. J'ai plusieurs lots d'appareils au *Dynastie*, autant qu'ils servent.

– Non, c'est trop.

– Pourquoi ne pas me les racheter, dans ce cas?

– Je n'en ai pas les moyens.

– Je les avais achetés en gros, j'avais donc obtenu une remise. Et puis, ils se sont dépréciés, depuis trois ans. Que diriez-vous de neuf cents yuans? Vous n'êtes pas obligé de me payer maintenant, je déduirai cette somme du prix de la traduction.

– Vous vous donnez du mal pour moi, monsieur Gu.

– Non, je suis un homme d'affaires. Ces appareils restent là, en stock, inutilisés. Et pour être franc, je pense qu'un cadre de votre niveau devrait posséder ce type d'équipement depuis longtemps. Vous êtes un homme intègre, et je vous admire pour cela.

Gu changea brusquement de sujet.

– Ah ! si je pouvais obtenir des Américains qu'ils investissent dans mon projet, grâce à la proposition que vous êtes en train de traduire, ce serait la concrétisation de mon rêve.

– Je ne sais quoi dire, monsieur Gu.

– Ce que je peux vous dire, moi, inspecteur principal Chen, c'est que vous me rendez un grand service.

Après cette conversation, Chen contempla un long moment le document sur sa table de travail. Il était perturbé, et pas seulement à cause du bruit que faisait l'ouvrier dans la salle de bains. L'installation du chauffe-eau paraissait très compliquée, il fallait raccorder de longs tuyaux, et manifestement cela risquait de prendre du temps.

Si les nouveaux riches faisaient fortune dans les affaires, les dirigeants et les cadres du Parti commençaient eux aussi à bénéficier de nombreux avantages. Cette corruption généralisée sautait aux yeux des gens, qui désignaient du doigt, avec colère, les quelques privilégiés. Chen lui-même avait déploré cette situation. Toutefois, il fallait bien reconnaître l'existence d'une zone de flou. Un cadre montant du Parti était obligé d'avoir des relations. Des relations comme monsieur Gu. Et de là découlaient d'autres choses. En Chine, les relations – *guanxi* – étaient essentielles.

L'inspecteur principal Chen empêcha ses pensées de continuer dans cette voie. Pour l'instant, il n'avait pas d'autre choix que de se concentrer sur la traduction du projet New World. Il se rendit compte que sous la pression, il pouvait être efficace, même s'agissant d'une traduction non littéraire. Il traduisit deux pages avant de s'accorder un court répit.

Le chauffage fonctionnait déjà avec un léger ronronnement. Les doigts de Chen couraient prestement sur le clavier. Son regard se porta sur un immeuble semblable au sien, de l'autre côté de la rue. Un arbre solitaire tremblait dans le vent glacial. Chen tourna résolument les yeux vers l'écran de l'ordinateur.

Le complexe New World serait peut-être à l'image de la Chine d'aujourd'hui, pleine de contradictions. Au-dehors, le système socialiste, sous l'autorité du Parti communiste ; à l'intérieur, le capitalisme sous toutes ses formes.

La combinaison des deux pouvait-elle fonctionner ?

Peut-être. Personne ne pouvait le dire, mais jusqu'à présent, cela marchait plutôt bien, malgré la tension entre les deux systèmes. Et malgré le prix à payer : l'écart toujours plus grand entre riches et pauvres.

Les riches adoptaient déjà le mythe de Shanghai – « Paris de l'Orient », cité de faste et d'éclat –, mythe qui faisait partie intégrante de la superstructure qui devait être édifiée sur les fondements d'une économie socialiste, la première justifiant la seconde, et vice versa, selon les principes marxistes que Chen avait étudiés en classe, des années auparavant.

Pour des gens comme Gu et les clients qu'il espérait conquérir, une fois l'assise économique établie, un merveilleux monde nouveau pouvait, et devait peut-être exister. Et les pauvres, ceux qui dans le monde réel avaient du mal à faire bouillir la marmite ?

Chen n'était ni un philosophe ni un économiste, il ne devait pas l'oublier. Il n'était rien d'autre qu'un policier que le hasard avait conduit à traduire un document d'affaires qui relatait l'histoire de sa ville.

Quand l'installateur eut terminé, il prit la cigarette que Chen lui offrit et se la colla derrière l'oreille. Après son départ, le rythme de la traduction ralentit sensiblement. Un long passage concernait des projets de marketing dans le contexte de la globalisation. Chen comprenait sans peine le texte chinois, mais il n'était pas sûr des termes exacts en anglais. Il ne suffisait pas de chercher les mots dans un dictionnaire ; en fait, il s'agissait de concepts nouveaux qui, jusqu'à présent, n'existaient même pas dans la langue chinoise. Dans l'économie socialiste, par exemple, le concept de « marketing » était inconnu. Les entreprises d'État se contentaient de fabriquer des produits en suivant un plan établi par le gouvernement. Il n'y avait pas de place pour le marketing. Longtemps les Chinois avaient cité ce proverbe : *Si l'odeur du vin est vraiment alléchante, les clients viendront même si le chemin est long.* Cette façon de voir n'était plus adaptée au monde actuel des affaires.

Peut-être était-ce l'une des raisons pour lesquelles, si Gu avait dit vrai, le premier traducteur avait échoué.

Chen se prépara une tasse de thé. L'atmosphère de la pièce était confortable, presque intime, maintenant que le chauffage ronronnait près des étagères à livres.

Il était prévu que Nuage Blanc vienne dans l'après-midi. Chen consulta ses notes. Elle pourrait l'aider à trouver les définitions dont il avait besoin dans un dictionnaire récent, mais cela ne suffirait pas. Les dictionnaires les plus récents qu'il avait consultés dataient de cinq ou six ans, et les concepts nouveaux, alors très peu courants en Chine, n'y figuraient pas. Mieux valait qu'il lise quelques articles ou ouvrages sur le marketing, pas forcément pour y trouver le sens exact des mots, mais pour bien s'imprégner des notions dont il était question dans le texte.

Il sauta le passage sur le marketing et passa à celui qui concernait l'activité de restauration dans le projet New World. Il trouva cette partie intéressante et agréable à traduire.

Nuage Blanc arriva vers une heure. Elle paraissait fatiguée, elle avait le teint pâle et des cernes sous les yeux. Peut-être avait-elle étudié tard la veille, puisque ses tâches de « petite secrétaire » avaient occupé toute sa journée.

Elle retira sa veste et la posa sur le canapé. Elle remarqua aussitôt le changement de température et se tourna vers Chen avec un grand sourire.

– Merci d'avoir parlé à Gu, dit Chen.

– Vous auriez dû avoir ces équipements depuis longtemps. Ne soyez pas si dur avec vous-même. Tenez, voici une cassette de mes entretiens avec plusieurs professeurs d'université.

– Vous êtes formidable, Nuage Blanc.

– Mais non, mais non, dit-elle en pouffant.

Chen aurait voulu écouter tout de suite la cassette, mais il ne pouvait guère se concentrer sur l'enquête en présence de la jeune fille.

– Puis-je prendre une douche chaude ? demanda soudain Nuage Blanc.

– Naturellement. Mais l'installateur vient juste de partir, je n'ai pas eu le temps de nettoyer.

– Ne vous inquiétez pas pour ça.

Dès qu'elle eut disparu dans la salle de bains, Chen écouta les enregistrements. Il ne s'agissait pas d'interrogatoires, mais plutôt d'une série d'interviews dans lesquelles les gens livraient leurs observations. Cela n'avait rien de surprenant, puisque Nuage Blanc n'avait ni l'autorité ni les compétences d'un policier; en revanche, il était étonnant que les personnes interviewées se soient si facilement confiées à elle.

La cassette débutait par un entretien avec un professeur de l'université où Yue avait enseigné. « C'était une opportuniste. Pourquoi est-ce que je dis cela? D'abord, elle a vu les avantages qu'elle pourrait tirer en devenant garde rouge! Et nous avons tous été la cible de son impitoyable critique révolutionnaire. Quand la chance a tourné, elle a compris l'intérêt pour elle de se rapprocher de Yang. Un universitaire brillant. Une véritable mine d'or! C'était un peu comme acheter en Bourse des actions quand elles sont au plus bas. Elle devait bien savoir que la Révolution culturelle se terminerait tôt ou tard. Seulement, elle a poussé trop loin le scénario de la romantique histoire d'amour, aux dépens de Yang. Quant à elle, elle avait tout à y gagner, n'est-ce pas? Le livre, la célébrité, l'argent, que sais-je encore! »

Celui qui s'exprimait ensuite était un professeur en retraite du nom de Zhuang, qui avait travaillé avec Yang pendant plusieurs années et n'avait rencontré Yue que trois ou quatre fois. « Yang était un idéaliste, constamment plongé dans les livres. Même durant ces années-là, il était toujours en train de lire et d'écrire, une sorte de docteur Jivago. Elle, c'était une femme pas très belle, célibataire, avec un passé politique problématique. Il était sa dernière chance, et elle s'est empressée de la saisir. »

La troisième personne interrogée était un chercheur d'une cinquantaine d'années nommé Pang, qui avait lu le roman de Yue mais n'avait eu que peu de contacts avec elle. « Comme écrivain, elle n'avait guère de talent. Si son livre a eu un tel impact, c'est surtout à cause de son caractère autobiographique. Ce qui est d'autant plus scandaleux. On n'en aurait pas autant parlé si l'histoire n'avait concerné qu'elle. Non, elle n'était rien sans Yang. C'est à lui que le roman doit son succès… »

Lors de ces entretiens, Nuage Blanc n'avait pas posé de questions. C'était une preuve d'intelligence de sa part, de ne pas jouer au policier. Dans sa conversation avec Pang, toutefois, elle était intervenue : « Ainsi, vous ne croyez pas qu'elle était amoureuse de lui, à l'époque ? Mais n'a-t-elle pas pris un grand risque, elle aussi, en entretenant cette liaison ? » « Je ne dis pas qu'elle n'éprouvait rien pour lui, avait répondu Pang, mais je pense qu'en ce qui la concernait, elle devait avoir d'autres motivations. »

C'était peut-être vrai, se dit Chen. C'était sans doute vrai. On ne pouvait être sûr de rien, dans cette histoire, et pourtant les gens étaient prompts à faire des suppositions.

Chen entendit Nuage Blanc sortir de la salle de bains. Combien de temps y était-elle restée ? Malgré l'absence de confort – une simple pomme de douche au-dessus d'un carré de béton aménagé dans un angle –, elle avait dû se prélasser sous l'eau. Cela n'avait rien de surprenant : une douche chaude était encore un luxe pour de nombreux Shanghaiens. Il leva la tête. Elle avançait vers lui, pieds nus, enveloppée dans le peignoir gris qu'elle lui avait emprunté. Quand elle se pencha au-dessus du bureau, il aperçut ses seins, son visage rose de chaleur, ses cheveux où brillaient des gouttes d'eau. Ce spectacle rappela à Chen quelques vers de Li Bai, un poète célèbre de la dynastie des Tang ; quelques vers d'un poème qui figurait dans le manuscrit de Yang.

Les nuages s'empressent de faire
Danser tes vêtements, la pivoine
D'imiter ta beauté, la brise printanière
Effleure la balustrade, les pétales luisent de rosée...

Puis il se souvint d'avoir cité ce passage lors de sa première rencontre avec Nuage Blanc, dans ce club de karaoké où ils avaient dansé ensemble. Elle portait ce soir-là une robe traditionnelle chinoise, soudain redevenue à la mode, qui découvrait son dos. Peut-être ne serait-ce pas une bonne idée d'évoquer cette scène, pensa Chen et il s'abstint de réciter les vers à voix haute.

Li Bai, poète officiel de la cour des Tang, en quelque sorte, avait eu des ennuis à cause de ce poème. La concubine de l'empereur n'avait pas apprécié que ce soit un poète qui loue sa beauté à la place de l'empereur. Mais les critiques avaient vanté la qualité du poème. La morale de l'histoire, c'était qu'un poète ne devrait jamais se mêler de politique.

– À quoi pensez-vous? dit Nuage Blanc en s'essuyant les cheveux.

– Les gens ont du mal à oublier ce qui s'est passé lors de la Révolution culturelle. Et aussi à juger autrement que de leur propre point de vue.

– Que voulez-vous dire, inspecteur principal Chen?

– Ils ne peuvent pas se débarrasser de l'image des gardes rouges qu'ils se sont forgée à l'époque.

– En effet, moi aussi j'ai été surprise de constater que presque tous avaient des préjugés contre Yue, même ceux qui avaient eu très peu de contacts avec elle.

– Comme dit un vieux proverbe chinois: *Si trois personnes prétendent avoir vu un tigre dans la rue, toute la ville y croit.* L'un des professeurs que vous avez interviewés, monsieur Zhuang, a mentionné *Le Docteur Jivago*. Avez-vous son numéro de téléphone?

– Le voici.

Elle lui tendit un morceau de papier.

– J'ai autre chose à vous demander, Nuage Blanc, mais vous avez l'air fatigué, aujourd'hui.

– Je me suis couchée tard. Mais ça va. La douche chaude m'a fait du bien.

Chen lui expliqua le problème de la traduction du passage qui concernait le marketing.

– Oh, il se trouve que j'ai lu un ouvrage d'introduction au marketing. Un excellent livre, concis mais complet. Je crois que je l'ai prêté à une amie, mais je peux le trouver en bibliothèque. Je vous l'apporterai demain.

Après le départ de Nuage Blanc, Chen put se replonger dans l'affaire Yue Lige. Il décida de court-circuiter la hiérarchie et d'utiliser ses relations. Puisque la Sécurité intérieure n'avait guère montré d'empressement à fournir les informations dont ils avaient besoin pour l'enquête, il fallait qu'il les trouve par lui-même. Un de ses amis, Huang Shan, dirigeait le service des liaisons étrangères à l'Union des écrivains de Shanghai. Chen avait naguère été proposé comme candidat à ce poste, mais il avait préféré recommander son ami. Si Yue Lige s'était rendue à Hong Kong en sa qualité de membre de l'Union des écrivains, le service des liaisons étrangères avait sûrement un dossier sur elle. Chen composa le numéro de Huang Shan, qui promit aussitôt de l'aider.

Les renseignements arrivèrent par courrier spécial un peu plus tard dans l'après-midi. Yue venait de solliciter le renouvellement de son passeport. Selon la procédure, le demandeur devait d'abord recevoir l'accord de son unité de travail. Yue avait choisi de passer par l'Union des écrivains, dont elle était membre, plutôt que par l'établissement où elle enseignait. Sa demande s'appuyait sur une invitation d'une petite université américaine.

Dans le passé, la demande d'un « écrivain dissident » tel que Yue aurait été rejetée d'emblée. Mais les autorités du Parti avaient dû se rendre compte que plus on tentait de retenir les dissidents au pays, plus on attirait l'attention sur eux à l'étranger. Une fois hors de Chine, ils cessaient d'être un centre d'intérêt, même temporaire. En réalité, les hauts responsables du Parti avaient espéré que Yue ne reviendrait pas en Chine après son voyage à Hong Kong, et qu'ils seraient débarrassés d'elle une bonne fois pour toutes. Mais elle était rentrée à Shanghai. Il n'y avait donc aucune raison de lui refuser le renouvellement de son passeport.

Par ailleurs, la demande de Yue ne présentait rien de suspect, d'après Huang. Elle avait été invitée de manière officielle et avait reçu une bourse, d'un montant symbolique toutefois ; c'est pourquoi une agence littéraire de New York s'était engagée sous serment à lui fournir l'aide financière nécessaire. Avec ou sans cette promesse, Yue, en tant qu'écrivain dissident, n'aurait eu aucun problème pour obtenir un visa du consulat américain à Shanghai.

Ces révélations surprirent cependant Chen. En effet, l'inspecteur Yu aurait dû être informé de la démarche de Yue. Pour la première fois, Chen se demanda sérieusement si le motif du meurtre n'était pas politique, en fin de compte. Sinon, pourquoi tant de circonspection, même après la mort de Yue ? Mais si le gouvernement voulait l'empêcher de quitter la Chine, n'aurait-il pas refusé de lui délivrer un passeport lors de sa demande pour le séjour à Hong Kong ? « Assassinée avant son voyage aux États-Unis », voilà un titre qui aurait fait sensation sur le plan international, et qui aurait risqué d'égratigner la nouvelle image que le gouvernement chinois s'efforçait de montrer au monde.

Puis autre chose dans le dossier retint l'attention de Chen. Yue avait fait récemment traduire et certifier son acte de naissance et ses diplômes, par l'intermédiaire de l'Union des écrivains. Dans quel but, sinon celui d'envisager, comme bien d'autres, d'émigrer aux États-Unis ? La caution, aussi, sans être suspecte, était curieuse. Pour de nombreux Chinois prétendument candidats à l'émigration, ce genre de promesse servait en fait à obtenir un visa. La personne qui s'engageait se mettait d'accord, au préalable, avec le candidat sur le fait qu'elle ne serait pas liée par cet engagement, même si elle signait et prêtait serment. Mais si une telle promesse émanait d'une société américaine, c'était tout à fait différent. Pourquoi une agence littéraire aurait-elle offert à Yue un soutien financier pendant un an ? Cela représentait beaucoup d'argent. Son livre ne s'était pas si bien vendu aux États-Unis, et la somme relativement faible qu'il lui avait rapportée était sans comparaison avec le montant de l'aide financière promise par l'agence littéraire.

Se pouvait-il que Yue ait eu un contrat avec cette agence pour un autre livre ? Dans ce cas, la somme offerte correspondait peut-être à une avance. Rien n'indiquait toutefois que Yue ait écrit un nouvel ouvrage.

S'agissait-il de la rémunération des poèmes traduits par Yang ? Cela expliquerait aussi la présence du manuscrit dans le coffre de la banque.

Aucun élément ne permettait de l'affirmer. D'ailleurs, une traduction de poésie ne rapporterait sûrement pas autant d'argent.

13

Yu, lui aussi, rentra chez lui en ce début d'après-midi. Impossible de réfléchir posément dans le bureau du comité de quartier, à cause des allées et venues incessantes. Et il n'avait pas envie, non plus, de retourner dans les locaux de la Police criminelle : il ne se sentait pas d'humeur à entendre un énième sermon politique du secrétaire du Parti Li.

En pénétrant dans la cour, il fut surpris de voir Peiqin occupée à confectionner des briquettes de charbon.

– Tu es rentrée de bonne heure, aujourd'hui.

– Toi aussi.

Il ne restait presque plus de poussière de charbon et, derrière Peiqin, un petit tas de briquettes s'élevait contre le mur.

Peiqin avait loué, chez le marchand du coin, un moule à briquettes formé de deux parties reliées par un ressort en acier. On remplissait la moitié inférieure de poussière de charbon qu'on aspergeait d'eau ; ensuite, on appuyait fortement sur la moitié supérieure, dont toute la surface était équipée de cylindres creux, pour façonner les briquettes. Ce n'était que le début du printemps et il faisait plutôt frisquet pour la saison. Peiqin avait les mains couvertes de poussière mouillée et ses poignets étaient rougis par le froid et l'humidité.

Dans les premières années de leur mariage, Yu se chargeait de ce travail, par mesure d'économie, car dans le magasin du quartier, la poussière de charbon coûtait beaucoup moins cher que les briquettes toutes faites. Il releva ses manches, tout en se demandant pourquoi sa femme avait choisi cet après-midi-là pour effectuer ce dur labeur.

– J'ai presque fini, Yu, inutile que tu te salisses les mains toi aussi, dit Peiqin en s'essuyant le front du revers de la main. Il y a une casserole de soupe aux pois verts, rentre et sers-toi.

Elle avait une traînée grisâtre sur le front, maintenant. Yu s'abstint de le lui faire remarquer, mais il dit :

– Arrête-toi, Peiqin, cela n'en vaut pas la peine.

– Ce n'est pas à cause de l'argent. C'est pour Geng.

Le seul problème que rencontrait Geng, avec son restaurant privé, c'était l'approvisionnement en charbon. La plupart des restrictions avaient disparu, à Shanghai, mais on manquait encore de ce combustible. Peiqin avait aidé Geng pour sa comptabilité. Apparemment, elle l'aidait maintenant pour le charbon.

– On n'a pas besoin de coupons pour acheter de la poussière de charbon. Nous utiliserons les briquettes pour nous, dit-elle avec un sourire, et Geng pourra profiter de nos coupons.

Yu rentra et se servit un bol de soupe aux pois verts, censée avoir des bienfaits pour l'organisme. Les pois verts n'étaient pas un légume de saison. La soupe venait sans doute du restaurant.

Peiqin entra dans la pièce en s'essuyant les mains avec une serviette. Elle avait dû se laver à l'évier de la cour. La trace grise sur son front avait disparu.

– Comment avance l'enquête ? demanda-t-elle.

– Lentement, comme d'habitude.

– L'inspecteur principal Chen est toujours en vacances ?

– Oui, il est occupé à sa traduction.

– Ça doit être un projet important, pour l'empêcher de suivre une telle affaire.

– Oui, il s'agit d'une commande très lucrative pour Gu, un Monsieur Gros-Sous de la New World Corporation.

– *Les manches longues sont merveilleuses pour danser.* L'inspecteur principal Chen a le *bras* long. Et grâce aux relations que lui vaut son poste, les Messieurs Gros-Sous viennent à lui.

– C'est sans doute vrai, dit Yu d'un air sombre. Mais c'est un homme compétent.

– Ne te méprends pas. Je ne dis rien contre ton patron. Au moins, il travaille pour gagner son argent, au lieu de se remplir les poches sans rien faire.

– Tu aurais dû te reposer un peu, Peiqin, au lieu de fabriquer ces briquettes.

– Cela m'a fait faire de l'exercice. Un club de gym vient d'ouvrir rue de Huaihai. Je ne comprends pas que des gens puissent payer pour y aller !

– Les nouveaux riches ne savent pas comment dépenser leur argent.

– Eh bien, nous ne faisons peut-être pas partie du dessus du panier, mais nous ne sommes pas non plus au bas de l'échelle.

Maigre consolation, pensa Yu, comme la soupe de pois verts. Néanmoins, c'était vrai. En tant que policier, il n'avait pas à craindre d'être licencié, et Peiqin travaillait dans l'une des rares entreprises d'État encore rentables. Ils n'avaient pas trop à se plaindre, du moment qu'ils ne se comparaient pas aux nouveaux riches.

Il prit la casserole et versa de la soupe dans un bol pour Peiqin.

– Oh, regarde, tu as de la poussière de charbon sur la main, dit Peiqin.

– Je n'y ai pourtant pas touché, dit Yu, surpris. Peut-être était-ce la casserole.

– Non, j'ai versé la soupe dans la casserole avant de me mettre à confectionner les briquettes, précisa Peiqin. Et après, je suis restée dans la cour jusqu'à ce que tu arrives... Oh, je me souviens, maintenant! Le Vieux Chasseur est rentré tout à l'heure, les bras chargés de provisions, je lui ai donc ouvert la porte. J'avais les mains sales, voilà pourquoi tu t'es sali à ton tour. Désolée.

– Ce n'est pas grave. Mais franchement, Peiqin, tu ne devrais pas faire des briquettes. Geng n'a qu'à se débrouiller.

– Ça me rappelle quand nous fabriquions des briques, dans le Yunnan. Tu te souviens?

Bien sûr. Comment pourrait-il oublier? Là-bas, ils étaient obligés de confectionner des briques de leurs mains, pour répondre à l'appel pressant du président Mao: «se préparer pour la guerre». Les briques n'avaient jamais servi et, après être restées des années exposées au vent et à la pluie, elles avaient fini par retourner à la terre.

– Si je n'avais pas eu de poussière de charbon sur la main, dit soudain Yu, te serais-tu souvenue que le Vieux Chasseur était rentré et que tu lui avais ouvert la porte?

– Probablement pas. J'ai fait cela de façon machinale. Pourquoi ?

– Pour rien.

Yu pensait au témoignage de la femme aux crevettes, apparemment irréfutable. Elle avait affirmé que le matin du 7 février, elle était restée dehors, près de la petite porte du *shikumen*. Mais elle aurait pu s'éloigner une seconde, comme Peiqin aujourd'hui, machinalement. Dans ce cas, le meurtrier aurait pu en profiter pour sortir sans être vu.

Mais la chance aurait-elle souri à ce dernier au point qu'il puisse s'enfuir à cet instant précis ?

Beaucoup de choses dépendent du hasard : un coup de fil à une heure improbable, quelqu'un qui frappe à la porte, un regard qu'on jette inopinément dans le noir… Dans le cas présent, la coïncidence n'était-elle pas un peu invraisemblable ? Yu avait du mal à imaginer que les événements se soient déroulés ainsi, sauf si l'assassin attendait, caché quelque part, que la femme aux crevettes quitte son tabouret. À moins que l'inspecteur Yu n'ait omis un élément dans la reconstitution des faits.

Il sortit son carnet de sa poche et l'ouvrit à une page cornée. Il avait inscrit, dans l'ordre, l'heure d'arrivée des différents résidents dans la chambre de Yue le matin du 7 février :

6 h 40 : Lanlan entre précipitamment, trouve Yue inanimée, tente de la réanimer et appelle au secours.
6 h 43-6 h 45 : Junhua entre en courant, suivie par son mari Wenlong.

6h45-6h55 : Arrivée de Lingdi, Xiuzhen, Oncle Kang, Petit Hou, Tante Huang.
6h55-7h10 : Arrivée d'autres personnes, parmi lesquelles Lei, Hong Zhenshan, la femme aux crevettes, Mimi, Jiang Hexing.
7h10-7h30 : Vieux Liang et les membres du comité de quartier arrivent sur le lieu du crime.

Les heures n'étaient peut-être pas tout à fait exactes, mais l'ordre d'arrivée des gens l'était. Yu l'avait vérifié et revérifié avec l'aide de Vieux Liang.

– Qu'y a-t-il ? dit Peiqin. Tu as l'air plongé dans tes pensées, tout à coup.

Il lui expliqua ce qui le préoccupait.

– Et la femme aux crevettes ?

– C'est un témoin important, parce que ses déclarations excluent toute possibilité que quelqu'un soit entré ou sorti par la porte arrière. Le meurtrier n'a pas pu, non plus, s'enfuir par la grande porte, à moins que, comme dans un de ces romans d'Agatha Christie dont l'inspecteur principal Chen nous a parlé, il n'ait bénéficié de la complicité de plusieurs personnes. Par conséquent, si le meurtrier est resté à l'intérieur, il a dû sortir par la petite porte. La femme aux crevettes dit qu'elle n'a pas quitté cette issue des yeux, mais si ce n'était pas le cas ? Si elle s'était éloignée et ne s'en souvenait pas ? Ou même, si c'était *elle*, la criminelle ?

– Tu as raison.

– C'est elle qui se trouvait le plus près de la *tingzijian*. Elle aurait dû entendre quand Lanlan s'est mise à crier. La porte arrière était grande ouverte, et elle aurait dû voir les résidents se précipiter à l'étage.

– Alors, tu veux dire…

– Elle aurait dû être l'une des premières à pénétrer dans la chambre, or elle est arrivée un quart d'heure plus tard. Oui, au moins un quart d'heure, d'après mes notes.

La femme aux crevettes connaissait bien le *shikumen*, ainsi que les habitudes des occupants. Elle n'aurait eu aucun mal à obtenir une clé, puisqu'elle entretenait de bonnes relations avec les résidents.

– La pauvreté est un puissant mobile, fit remarquer Peiqin.

– Peut-être bien. Cette femme est aux abois. Elle a été licenciée il y a deux ans, et elle ne peut même pas bénéficier d'une allocation de préretraite. Je ne crois pas qu'elle soit montée chez Yue pour l'assassiner, mais si elle l'a tuée dans un moment de panique, elle a pu retourner chez elle et cacher ce qu'elle avait pris. Cela expliquerait pourquoi elle est arrivée dans la chambre de Yue un quart d'heure plus tard.

Yu jeta un coup d'œil à sa montre. Il se demanda s'il aurait le temps de faire un saut au bureau du comité de quartier.

Le téléphone sonna.

Coïncidence: l'inspecteur principal Chen appelait au sujet de la demande de renouvellement du passeport de Yue.

– Comment la Sécurité intérieure a-t-elle pu garder une information aussi importante pour nous? dit Yu, indigné. Le secrétaire du Parti Li devait le savoir. C'est scandaleux.

– Les agissements de la Sécurité intérieure sont souvent bien étranges et répondent à une logique particulière. Le secrétaire du Parti Li était peut-être, lui aussi, dans l'ignorance.

– Politique mise à part, en quoi cette demande de renouvellement de passeport intéresse-t-elle notre enquête ?

– Il y a plusieurs possibilités. Par exemple, si le meurtrier était au courant de cette démarche, il a peut-être été obligé de passer à l'acte avant que Yue ne parte pour l'étranger. Mais cela suppose un mobile que nous n'avons pas encore découvert.

– Vous avez raison, patron. Il y a quelque chose qui nous échappe au sujet de Yue Lige.

– Mais qui pouvait savoir qu'elle avait sollicité le renouvellement de son passeport? Apparemment, Vieux Liang et les membres du comité de quartier l'ignoraient.

– Apparemment.

– Elle s'est adressée à l'Union des écrivains parce que cet organisme est directement rattaché aux autorités municipales, mais ses collègues de l'université étaient sans doute au courant.

– J'ai parlé au directeur de son département, mais il n'a pas évoqué cette démarche.

– C'est assez normal. Avec quelqu'un comme Yue, un renouvellement de passeport a dû être classé « hautement confidentiel », donc accessible à très peu de gens. Mais des personnes de la famille de Yue étaient peut-être au courant. Ou même des membres de la famille de Yang. Elle a pu leur confier son projet.

– J'ai discuté de cette éventualité avec Vieux Liang. Il dit n'avoir trouvé aucune information de ce genre lors de ses investigations. Yue avait coupé les ponts avec sa propre famille depuis plusieurs années, à plus forte raison avec celle de Yang.

– Je crois tout de même que cela vaut la peine de se pencher sur la question, dit Chen après un silence. Oui, je crois.

Ce fut ensuite au tour de Yu d'exposer à l'inspecteur principal son hypothèse à propos de la femme aux crevettes.

– Bien vu, dit Chen.

– Je vais parler à cette femme.

– Bonne idée.

14

Yu arriva le matin de bonne heure au bureau du comité de quartier. Il n'eut pas de mal à établir la liste détaillée des personnes apparentées à Yue et à Yang, grâce aux renseignements réunis par Vieux Liang.

Les parents de Yue étaient morts tous les deux. Fille unique, elle avait deux tantes maternelles, beaucoup plus jeunes que sa mère, avec qui elle n'avait eu aucun contact depuis le début des années soixante. La Révolution culturelle avait compliqué bien des choses, y compris les relations familiales. Dans le dossier personnel de Yue, ces proches parentes n'étaient même pas mentionnées. D'après Vieux Liang, qui avait téléphoné plusieurs fois, elles n'avaient ni écrit ni parlé à leur nièce depuis la Révolution culturelle.

Quant à la famille de Yang, outre une tante éloignée, âgée de plus de quatre-vingt-dix ans, il avait eu une sœur unique, Jie, morte depuis deux ou trois ans. Même avant la Révolution culturelle, on fuyait un droitier comme la peste. Jie avait sa propre famille à protéger. Elle avait donné naissance à une fille, Hong, à la fin des années cinquante, peu après le début du mouvement antidroitier. À cette occasion, Yang avait envoyé un mandat de cinquante yuans pour sa nièce, mais l'argent lui avait été renvoyé. Sous la Révolution culturelle, Jie avait eu des ennuis : en partie à cause de son frère, elle aussi s'était retrouvée sur la liste noire ; Hong, en qualité de jeune instruite, fut envoyée à la campagne, où elle épousa un paysan du coin. Elle avait un fils et semblait s'être établie là-bas.

Vieux Liang, qui habitait à cinq minutes du *shikumen* et passait plus de temps au bureau que chez lui, n'était pas encore là. Zhong, le responsable de la sécurité du comité de quartier, dévorait un beignet aux pousses d'oignon, chaud et huileux. Il versa à Yu une tasse de thé oolong.

– Le camarade Vieux Liang enquête ailleurs ce matin, dit-il en s'asseyant au bureau en face de Yu. Puis-je vous aider, camarade inspecteur Yu ?

– Connaissez-vous bien l'entourage de la femme aux crevettes ? Son nom est Peng.

– Oh, la femme aux crevettes ! Vous ne pouviez pas mieux tomber : elle est ma voisine immédiate depuis des années. Une brave femme, honnête, timide, qui ne ferait pas de mal à une mouche. Elle a travaillé dans une fabrique de soie pendant plus de vingt ans, sans jamais oser dire non à son patron, pas une seule fois. Résultat, elle a été l'une des premières à être licenciée, et elle se retrouve à décortiquer des crevettes dès l'aube dans le passage.

– D'après ce que j'ai entendu dire, le marché a passé un accord avec elle.

– Oui, dans le cadre des efforts du gouvernement pour aider ceux qui tombent au-dessous du seuil de pauvreté. Pour vendre les crevettes au meilleur prix, il faut qu'elles soient décortiquées à la première heure et mises en vente sur le marché avant sept heures et demie.

– Peng doit donc s'atteler à la tâche vers six heures chaque matin ?

– Elle n'a pas le choix. La subsistance de sa famille dépend de ce qu'elle gagne au marché. Y a-t-il un problème la concernant ?

– Non, j'ai juste quelques questions à lui poser.

– J'envoie quelqu'un la chercher.

– Non, merci. Je vais faire un tour au *shikumen*. Je la trouverai sans doute installée dans le passage.

En effet, la femme aux crevettes était là, assise sur son tabouret de bambou, face à la petite porte, un panier de crevettes congelées à ses pieds. Elle avait une cinquantaine d'années, et un visage d'une maigreur squelettique. Elle portait une paire de lunettes démodées, éclaboussées d'éclats de carapaces de crevettes.

Elle sourit nerveusement quand Yu s'arrêta près d'elle. Sans un mot, il s'accroupit et alluma une cigarette. Il faisait froid. Il garda une de ses mains dans la poche de son pantalon.

– Camarade... camarade inspecteur, bégaya Peng.

– Vous savez sans doute pourquoi je suis venu vous voir aujourd'hui ?

– Je ne sais pas, camarade inspecteur. Eh bien, je suppose que c'est au sujet de Yue Lige. Pauvre femme. Le Ciel est aveugle, pour sûr. Elle ne méritait pas ça.

– Pauvre femme ?

Yu était plutôt surpris du ton de sympathie de Peng. Enveloppée dans un vieux manteau de style militaire, le col relevé à cause du froid, avec ses doigts gonflés, crevassés et visqueux à cause des crevettes, c'était elle qui était à plaindre.

– Elle avait bon cœur. La vie est injuste. Elle a beaucoup souffert durant la Révolution culturelle.

Étrange, se disait Yu. L'attitude de cette femme est radicalement différente de celle des autres voisins.

– Pouvez-vous m'en dire davantage ?

– Beaucoup de gens dans le quartier me traitent comme moins que rien. Ils se plaignent de l'odeur des crevettes. Je comprends, mais je n'ai pas le choix. Je ne peux pas les décortiquer dans la cour, sinon les autres résidents me chasseraient de la maison. Yue est la seule à s'être montrée compatissante. Après son article dans le *Wenhui*, le comité de quartier est allé la voir pour lui demander si elle avait d'autres suggestions. Elle a dit un mot en ma faveur, comme pour Lei. Après ça, le comité m'a accordé une autorisation spéciale pour que je puisse travailler dans le passage.

– Elle pouvait être réellement secourable pour les gens dans le besoin.

– Oui. Elle a donné plusieurs cahiers à ma fille. Et à moi, un siège pliant en plastique, inclinable, neuf, il y a deux ou trois ans.

– Elle vous a donné un siège pliant en plastique, neuf? Pourquoi?

– Cet été-là, elle a eu un visiteur, son neveu, je crois...

Yu l'interrompit. C'était la première fois qu'il entendait parler d'un neveu de Yue.

– Attendez... son neveu? C'est ainsi qu'elle le désignait?

– Je n'en suis pas absolument sûre, mais elle me l'a présenté. C'était encore un gamin, il devait avoir treize ou quatorze ans, à l'époque. Il venait de la campagne, je ne sais pas d'où. Elle a expliqué qu'il n'avait pas d'autre famille à Shanghai.

– Il a habité ici, avec elle, dans la *tingzijian*?

– Oui, enfin, pas exactement. Cela n'aurait pas été possible d'avoir un invité dans un si petit espace, c'est pourquoi elle a acheté le siège inclinable, pour qu'il puisse dormir dans la cour. C'est courant que les gens dorment à l'extérieur, ici. Certains couchent même dans le passage. Une nuit, la cour était pleine, et Yue a été obligée d'installer le siège inclinable devant ma porte. C'est là qu'elle m'a présenté le garçon, mais elle est restée un peu vague.

– Combien de temps est-il resté chez elle?

– Peut-être quatre ou cinq jours. Moins d'une semaine.

– Avez-vous discuté avec lui?

– Non, il était dehors toute la journée, je suppose. Un soir, je l'ai vu revenir avec elle, ils avaient dû sortir ensemble.

Peng répéta :

– Après, elle m'a donné le siège.

– Ce garçon est-il revenu ici ?

– Non, pas à ma connaissance. C'était peut-être un parent pauvre venu de province pour son unique séjour à la ville.

Yu sortit son carnet.

D'un air inquiet, la femme aux crevettes s'essuya les mains sur son tablier.

– Je voudrais vous poser une autre question. Vous avez dit que vous étiez occupée à décortiquer des crevettes le matin du 7 février, le jour où Yue a été tuée, et que vous n'aviez pas bougé d'ici.

– C'est exact. Le marché me paie au poids du produit fini. Je n'ai même pas le temps d'aller sur mon pot de chambre.

– Vous travaillez très dur, je sais, mais je sais aussi que vous êtes allée dans l'appartement de Yue un moment, entre sept heures moins cinq et sept heures dix. Avec la petite porte ouverte, vous avez dû entendre Lanlan appeler au secours, et voir d'autres personnes se précipiter à l'étage. Comment se fait-il qu'il vous ait fallu un quart d'heure pour vous rendre chez Yue ?

– Un quart d'heure ?

Peng était abasourdie.

– Je n'en sais rien. J'ignore où vous voulez en venir, camarade inspecteur. J'ai entendu le remue-ménage, laissez-moi réfléchir, oui, j'ai entendu le remue-ménage, et j'y suis allée.

– Ne vous inquiétez pas. Nous ne punissons pas

les innocents. S'est-il passé autre chose dans le passage, ce matin-là ?

– Non, je ne me rappelle pas.

– Prenez votre temps. Essayez de vous souvenir de chaque détail à partir du moment où vous avez pris livraison du lot de crevettes congelées au marché. Il peut s'agir d'un incident banal, peut-être d'un bruit inhabituel dans le passage, ou je ne sais quoi, qui vous a distraite.

– Un bruit... attendez que je réfléchisse... oui, je me souviens maintenant. J'ai entendu quelque chose chez le marchand de beignets aux pousses d'oignon. C'est toujours bruyant, là-bas, Lei crie à tue-tête pour attirer les clients, mais ce jour-là sa voix était plus forte, et mêlée à une autre voix. Alors je suis allée jeter un coup d'œil de loin.

– Cela vous a pris combien de temps ?

– Je ne sais pas. Une minute ou deux, peut-être. De là où j'étais, je n'entendais pas très bien. J'ai mis un petit moment à comprendre ce qui se passait.

– Êtes-vous allée jusqu'à l'échoppe ?

– J'ai fait quelques pas dans cette direction, mais je ne me suis pas approchée trop près, avec mes mains toutes sales.

– Ne bougez pas, camarade Peng, dit Yu en se relevant brusquement. Je reviens tout de suite.

Quelques instants plus tard, il était de retour avec Lei qui avait les mains pleines de farine. La femme aux crevettes, en proie à la plus vive anxiété, réduisait en purée, sans s'en rendre compte, une crevette entre ses doigts.

– Avez-vous eu une discussion ou une dispute avec quelqu'un le matin du 7 février, le jour où Yue a été tuée ? demanda Yu à Lei.

– Oui, en effet, répondit Lei. Un salaud s'est plaint qu'il y avait un cheveu dans sa nourriture, et il réclamait dix yuans de dédommagement. Et puis quoi encore ! Il pouvait toujours courir ! De toute façon, nous ne prétendons pas être un restaurant cinq étoiles !

– Vous souvenez-vous de l'heure ?

– Il était très tôt. Six heures et demie environ.

La femme aux crevettes avait donc dit la vérité. Un fait était maintenant établi : il s'était écoulé trois ou quatre minutes, le matin du 7 février, pendant lesquelles quelqu'un avait pu sortir par la petite porte sans être vu.

Par conséquent, Yu raya Lei de la liste des suspects.

Ce n'était pas une avancée spectaculaire. Cela permettait simplement, en théorie, d'envisager l'hypothèse que le meurtrier soit un étranger.

Yu remercia Peng et Lei. De gratitude, la femme aux crevettes saisit la main de l'inspecteur, en oubliant que la sienne était sale et mouillée. Le jeune restaurateur insista pour offrir à Yu un sachet entier de beignets aux pousses d'oignon.

– Yue était bonne. Nous ferons tout notre possible pour coopérer avec vous. Et tant que vous travaillerez dans le passage, vous serez mon invité le matin et à midi. Sans l'aide de Yue, je n'aurais pas mon entreprise, aujourd'hui.

Tout en dégustant un beignet bien chaud, fourré aux pousses d'oignon et au porc haché, Yu retourna au bureau du comité de quartier, où Vieux Liang l'attendait tout excité.

– Il y a du nouveau, camarade inspecteur Yu !

– Quoi donc ?

– Vous vous souvenez de Cai, l'homme qui prend des paris sur les combats de grillons ?

– Oui, eh bien ?

– Comme je vous l'ai dit, j'ai effectué un gros travail de vérification et d'investigation, commença Vieux Liang en versant du thé Puits du Dragon dans deux petites tasses en porcelaine blanche. Ce thé est excellent, poursuivit le vieux surveillant. Vraiment exceptionnel. Les feuilles ont été cueillies et traitées avant le festival de Yuqian. Je le réserve pour les occasions spéciales, comme aujourd'hui.

– Oui, oui. Je vous en prie, dites-moi ce que vous avez découvert. Je suis certain que vous avez fait un travail formidable. Comme dit le proverbe : *Plus le gingembre est vieux, plus il est épicé.*

Le premier jour de l'enquête, avant l'arrivée de Yu, Cai avait déclaré à Vieux Liang que le matin du 7 février, il n'était pas dans le passage du Jardin au trésor, mais dans son appartement du quartier de Yangpu, et que sa mère confirmerait son alibi. Vieux Liang avait essayé d'appeler la mère de Cai, mais on l'avait informé que la cabine téléphonique publique était hors service depuis plusieurs mois : un des moyens de pression du gouvernement pour obliger les occupants à partir. Loin d'abandonner, Vieux Liang s'était rendu en personne sur les lieux. La mère de Cai n'était pas là et, d'après les voisins, les conditions de vie étaient devenues si pénibles qu'elle avait depuis longtemps déménagé pour aller habiter chez sa fille. Le soir du 6 février et le matin du 7, personne n'avait vu Cai à cette adresse. Comme il ne restait plus qu'un évier commun avec l'eau courante, les occupants étaient obligés de se croiser plusieurs fois par jour. Ils n'avaient pas vu Cai depuis une semaine au moins.

Vieux Liang avait eu un autre entretien avec Cai, qui confirma ses déclarations précédentes. Au lieu de le contredire, Vieux Liang était allé avec lui, le matin même, à l'appartement; en ouvrant la porte, Cai s'était trouvé face au courrier accumulé depuis huit jours. Une lettre non ouverte portait le cachet de la poste en date du 25 janvier. Cai n'avait pu fournir aucune explication. Vieux Liang l'avait aussitôt mis en garde à vue, avant d'interroger une nouvelle fois sa femme et sa belle-mère, qui continuèrent à jurer que Cai n'était pas au *shikumen* le matin du 7 février, mais furent incapables de dire où il se trouvait. Elles clamaient son innocence, ce qui, bien entendu, ne servait à rien.

– L'emmener à l'appartement de Yangpu était vraiment un coup de maître, commenta Yu.

– Cai a un mobile: c'est un joueur invétéré et il avait sans doute désespérément besoin d'argent. Autre élément très important, il possède une clé de la maison. Il a pu se faufiler dans la chambre de Yue pour voler, sans savoir qu'elle reviendrait plus tôt que d'habitude, ensuite il l'a tuée, et il a couru à l'étage. Je pense que nous ne pouvons pas écarter l'éventualité que sa femme et sa belle-mère tentent de le couvrir.

– Qu'a-t-il dit, une fois que vous avez démonté son alibi ?

– Il a nié être impliqué dans le meurtre. Mais ne vous en faites pas, je sais comment m'y prendre, avec ce genre d'individu.

– Cai est un suspect, je l'admets. Mais je me pose des questions. Un type comme lui parie de grosses sommes, des milliers ou des dizaines de milliers de yuans sur un petit grillon, d'après ce que vous m'avez dit. Yue était un bien petit gibier pour un carnassier de cette envergure.

– Un joueur incorrigible comme lui, s'il a perdu plusieurs paris à la suite, est capable de n'importe quoi pour quelques centaines de yuans.

– C'est possible, mais pourquoi aurait-il donné un faux alibi ? Ce n'était pas du tout dans son intérêt.

– Comme on dit, celui qui n'a rien à se reprocher n'a aucune raison de mentir.

– Vous avez raison. Nous allons nous occuper de lui.

Yu fit alors part à Vieux Liang de sa découverte, c'est-à-dire de la possibilité que quelqu'un se soit enfui par la petite porte sans être vu de la femme aux crevettes.

Tout fier de ses propres résultats, le vieux surveillant balaya d'un geste cette hypothèse.

– Disons que l'assassin a eu l'occasion de sortir sans être vu, pendant deux ou trois minutes au maximum. Dans ce cas, il aurait dû se cacher quelque part dans la maison, en attendant le moment de saisir sa chance. Mais où aurait-il pu le faire ?

L'inspecteur Yu n'en avait aucune idée.

15

C'est l'enquête de l'inspecteur Yu, se répéta une fois de plus l'inspecteur principal Chen.

Même si la traduction continuait de bien avancer, surtout après la lecture de l'ouvrage d'introduction au marketing fourni par Nuage Blanc, Chen ne pouvait s'empêcher de penser à l'affaire Yue. Peut-être parce qu'il était de plus en plus sûr de pouvoir rendre la traduction à temps, mais peut-être aussi – ironie du sort – parce que son travail de policier était devenu, en quelque sorte, une seconde nature chez lui. Maintenant, c'était quand il enquêtait sur un crime qu'il se sentait le plus lui-même.

Cependant Chen ne voulait pas donner l'impression qu'il se croyait indispensable et devait superviser toutes les enquêtes. Sans la nouvelle politique des cadres, qui privilégiait les diplômes d'un candidat, c'est Yu, qui avait bien plus d'années de service dans la police que Chen, qui aurait été nommé chef de la brigade des affaires spéciales.

Mais il avait un prétexte pour aller constater les progrès de l'enquête. Il pouvait se rendre au passage du Jardin au trésor en vue d'étudier sur place un quartier et une maison de style *shikumen*, dans le cadre de son travail de traduction.

Quand il parla à Yu de ce projet, ce dernier acquiesça aussitôt, même si le prétexte était mince : Chen n'était pas obligé de visiter cette maison-là précisément. Mais un prétexte bancal valait mieux que pas de prétexte du tout.

Yu évoqua avec Chen la possibilité que le meurtrier ait attendu à l'intérieur de la maison que Peng s'éloigne pour prendre la fuite.

– Je garderai cela à l'esprit quand je visiterai les lieux, dit Chen.

Le prétexte, s'il permettait à Yu de sauver la face, présentait en outre le grand avantage d'apaiser Vieux Liang qui, maintenant que Cai était en garde à vue, tenait à ce que l'affaire trouve sa conclusion, même si le suspect continuait à nier en bloc. Quand Yu avait attiré son attention sur l'absence de témoin ou de preuve, Vieux Liang s'était senti personnellement visé. Sans en informer Yu, il avait fouillé la chambre de Cai, passage du Jardin au trésor, ainsi que son appartement de Yangpu, en vain. Dans ces circonstances, la visite de Chen risquait de le confirmer dans l'idée qu'on rejetait son hypothèse. Afin de ne pas blesser inutilement le vieux surveillant, Chen lui avait laissé un message téléphonique pour l'informer qu'il voulait simplement visiter les lieux et prendre quelques photos.

Quand Chen arriva au passage du Jardin au trésor, Vieux Liang, en signe de respect, l'attendait devant le *shikumen* pour l'accueillir.

– Bienvenue dans notre quartier, camarade inspecteur principal Chen. Vos instructions seront très précieuses pour notre travail.

– Camarade Vieux Liang. Je suis en vacances, ainsi que je vous l'ai indiqué dans mon message téléphonique. Je désire observer cet endroit pour des recherches personnelles.

– L'inspecteur Yu interroge des membres de la famille de Yue, même si, selon moi, à ce stade, il vaudrait mieux nous concentrer sur…

– Vous avez fait un travail formidable. L'inspecteur Yu m'a beaucoup parlé de vous. Mais je ne suis pas ici pour l'enquête. Vous devez être très occupé, ne vous donnez pas la peine de m'accompagner.

– Vous êtes mon hôte, ici, inspecteur principal Chen. Je serai très heureux de faire tout ce qui est en mon pouvoir. Si vous avez besoin de quoi que ce soit, dites-le moi.

– J'effectue des recherches sur un style d'architecture ancien. L'inspecteur Yu m'a signalé que ce passage est typique du vieux Shanghai et que la résidence est un authentique *shikumen*.

– Eh bien, vous ne pouviez pas trouver de meilleur guide, inspecteur principal Chen.

Vieux Liang se rengorgea.

– Un surveillant de quartier se doit de connaître à fond son environnement. Y compris l'histoire de l'architecture.

Chen offrit à son guide improvisé une cigarette Panda. Il ne souhaitait guère la compagnie de Vieux Liang, car Yu l'avait prévenu qu'il était très bavard. Mais l'homme pouvait lui fournir des renseignements utiles pour la traduction, sinon pour l'enquête.

– Je vous écoute, camarade Vieux Liang.

– Regardez. Le passage lui-même, ou *longtang*, raconte un pan de l'histoire des débuts de Shanghai.

Le vieux surveillant n'avait pas bougé de l'endroit où Chen et lui se tenaient. Il avait sans doute besoin, pour être plus éloquent, de voir en face de lui le passage et la maison.

– Après la guerre de l'Opium, la ville fut contrainte d'ouvrir son port à l'Occident, et certains quartiers de Shanghai devinrent des concessions étrangères. Le nombre de résidents occidentaux étant insuffisant, des Chinois, las des guerres civiles qui faisaient rage à l'extérieur des concessions, reçurent la permission de s'y installer. Les autorités britanniques prirent l'initiative de faire construire, pour les Chinois, des habitations collectives sur des terrains réservés à cet usage. Ces maisons furent toutes bâties sur le même modèle, alignées par rangées, comme dans une caserne, selon un réseau de ruelles qui débouchaient dans le passage principal. Les autorités françaises suivirent bientôt cet exemple.

– Et les *shikumen*? questionna Chen, profitant du fait que Vieux Liang tirait une longue bouffée de sa cigarette.

Il était impressionné par le débit du surveillant, mais ne tenait pas à ce que cette introduction générale se prolonge indéfiniment. D'ailleurs, il connaissait déjà cette histoire.

– J'y arrive, inspecteur principal Chen. (Vieux Liang alluma une deuxième cigarette au mégot de la première.) Une bonne marque, vraiment, commenta-t-il. Réservée aux cadres supérieurs du Parti, je le sais. (Puis il poursuivit son récit.) Au début, peu de Chinois avaient les moyens d'habiter dans une concession. Un *shikumen*, construction typiquement shanghaienne à un étage, avec un encadrement de porte en pierre et une petite cour, était conçu à l'origine pour une seule famille, généralement une famille élargie, et plutôt riche. Il comportait plusieurs pièces, destinées à des usages divers: les ailes d'habitation, le vestibule, le grand salon, la salle à manger, la pièce d'angle, le petit salon, une mansarde, un cagibi et une *tingzijian*. Par suite de la pénurie de logements, plusieurs pièces furent louées, puis sous-louées, et certaines divisées. Ce processus a continué jusqu'à nos jours. Vous avez peut-être entendu parler d'une comédie shanghaienne intitulée *Soixante-douze familles sous un même toit*. Le sujet en est le surpeuplement. Nous n'en sommes pas là, dans notre passage du Jardin au trésor. En principe, on ne loge pas plus de quinze familles dans un *shikumen*.

– J'ai vu cette comédie, en effet. Elle est très drôle. La vie dans un *shikumen* doit être tout à fait passionnante.

– Vous pouvez le dire! La vie ici est pittoresque. Il y a une telle interdépendance entre les résidents. Prenez ce vestibule, par exemple. Il a été transformé depuis longtemps en cuisine commune et contient les réchauds à charbon d'une douzaine de familles. On est un peu à l'étroit, mais cela n'a pas que des inconvénients. Quand vous cuisinez ici, vous pouvez apprendre, grâce à vos voisins, des recettes des différentes provinces.

Chen ne put s'empêcher de sourire.

– Cela me plairait, dit-il.

– Autre exemple: la cour. Vous pouvez tout y faire, pratiquement, même dormir dehors en été, sur une chaise longue en rotin ou une natte en bambou. Il fait si frais que vous n'avez pas besoin de ventilateur. Et quand vous venez laver vos vêtements sur la planche à laver, vous ne vous ennuyez pas: Grand-Mère Liu, Tante Huang ou Petit Hou vous informent des dernières nouvelles du quartier. Vous apprenez à partager avec vos voisins.

– Une expérience qu'on ne connaît pas dans les immeubles modernes.

– Et vous faites un tas de choses, aussi, continua Vieux Liang avec le même enthousiasme. Les hommes pratiquent le tai-chi, préparent la première théière de thé de la journée, chantent des extraits d'opéras de Pékin et parlent du climat politique ou du climat tout court. Les femmes, elles, font la cuisine, la lessive et la conversation en même temps. Ici, les habitants ne disposent pas d'une salle de séjour, comme dans les beaux appartements neufs. Alors, le soir, la plupart d'entre eux s'installent dehors, les hommes jouent aux échecs ou aux cartes, racontent des histoires, et les femmes bavardent, tricotent ou reprisent. Toutes sortes de colporteurs viennent par ici. Ils proposent des produits et des services très variés: ils réparent les chaussures, raccommodent les matelas, rembourrent les couvre-lits de coton pour l'hiver. C'est vraiment pratique…

Les scènes évoquées par Vieux Liang étaient familières à Chen qui, dans son enfance, avait vécu dans un environnement semblable. Il était temps d'interrompre le récit du surveillant de quartier.

– Merci beaucoup, camarade Vieux Liang. Comme dit le proverbe: *Une conversation avec vous m'en apprend plus que dix ans d'étude.*

Chen ajouta avec sincérité:

– Je serais très heureux de passer un peu plus de temps en votre compagnie, quand j'aurai terminé le travail qui m'occupe.

Vieux Liang comprit enfin que Chen désirait rester seul ; il s'excusa, salua respectueusement et retourna à son bureau.

Chen le regarda s'éloigner et faire de brusques détours pour éviter le linge suspendu à des perches de bambou au-dessus de sa tête. Les vêtements déployés en guirlande sur ce réseau de perches formaient une image impressionniste. Vieux Liang croyait sans doute encore à cette ancienne superstition selon laquelle passer sous de la lingerie féminine porte malheur.

Chen franchit le seuil de la porte principale du *shikumen*, une porte en bois massif noir équipée de deux heurtoirs de cuivre à l'extérieur, entrouverte.

Plusieurs personnes se tenaient dans la cour. Elles avaient dû le voir discuter avec Vieux Liang et elles continuèrent à vaquer à leurs occupations, sans prendre la peine de lui adresser la parole. En traversant la cour, Chen vit une rangée de hautes portes dont les panneaux étaient décorés de très beaux reliefs représentant les huit Immortels chevauchant l'océan. Chaque panneau relatait une scène différente, et toutes les scènes se suivaient avec une continuité remarquable. Ces portes seraient des pièces de choix dans le musée populaire du projet New World, songea Chen.

Il n'avait jamais vu le vestibule d'un *shikumen* utilisé en tant que tel, même dans son enfance.

En effet, le vestibule devenait toujours, sans exception, un espace commun d'une manière ou d'une autre, puisque les pièces de chacune des ailes ouvraient toutes sur cet espace. Chen sentit une odeur qui ressemblait à du tofu fermenté frit dans un wok. Malgré son odeur, ce plat était très apprécié des Shanghaiens en raison de son goût et de sa texture exceptionnels. Dommage que tant de restaurants aient renoncé à le servir à cause de son faible prix. Un autre parfum, moins fort mais chargé de nostalgie, flottait dans l'air : celui de la soupe de poule au gingembre et aux pousses d'oignon.

Chen se laissa aller à imaginer un *shikumen* transformé en restaurant. Ce serait unique. Les ailes serviraient de salle à manger, et les diverses petites pièces, de salons particuliers. Atmosphère intime, contraste entre passé et présent, autant d'éléments qui apporteraient au concept New World une valeur supplémentaire. Sans compter la cour, très romantique, le soir, pour y boire un verre de vin ou une tasse de thé.

Quelques vers d'un poème ancien lui vinrent soudain à l'esprit.

La lune apparaît telle une faux.
Le pin parasol solitaire empêche le clair automne
De pénétrer au fond de la cour.
Ce que l'on ne peut déchirer,
Ni même effilocher,
C'est le chagrin de la séparation ;
Rien n'a au cœur un goût pareil...

Ce poème faisait partie de ceux que Yang avait traduits et inclus dans son manuscrit.

Chen écrasa sa cigarette, traversa le vestibule et sortit par la petite porte, qu'il prit le temps d'ouvrir et de refermer plusieurs fois. Quelqu'un aurait pu se cacher derrière cette porte qui, ouverte, formait un angle avec l'escalier ; mais, dans ce cas, les gens qui descendaient auraient aisément pu le voir.

Dehors, pas de femme aux crevettes, mais un tabouret de bambou indiquait sa place dans le passage, à trois ou quatre pas de là. Il faisait froid. Ce ne devait pas être facile de rester assise chaque matin, jour après jour, les doigts engourdis à force de décortiquer les crevettes congelées, pour deux ou trois yuans de l'heure. Chen calcula qu'elle gagnait probablement moins en un mois que lui en une heure de traduction.

Il pensa tout à coup à deux vers célèbres de Bai Juyi, un poète de la dynastie des Tang.

Maintenant quel est mon mérite
Avec un salaire annuel de trois mille kilos de riz ?

La distribution injuste des richesses au sein de la société – *huibujun* – était un thème récurrent chez les intellectuels chinois. Mais le camarade Deng Xiaoping avait sans doute eu raison d'affirmer qu'il fallait d'abord permettre à quelques Chinois de devenir riches dans la société socialiste, et qu'ensuite les richesses accumulées par eux « s'écouleraient peu à peu » vers les masses.

Quant à l'argent des nouveaux riches, comme Gu, Dieu seul savait où il irait. La Chine des années quatre-vingt-dix avait beau rester socialiste de nom, et continuer, comme par le passé, à insister sur l'égalité de tous les membres de la société, le fossé entre riches et pauvres s'élargissait à une allure inquiétante.

Chen commença à grimper l'escalier. Celui-ci était sombre et il fallait tâtonner pour trouver les marches. Pas facile pour un non-habitué de monter sans trébucher. Une lumière aurait été nécessaire, même en plein jour. Mais dans une maison de ce type, où vivaient tant de familles, calculer la part d'électricité de chacune d'elles aurait été un véritable casse-tête.

La plupart des pièces de la maison avaient probablement été divisées en plusieurs espaces. Seize familles vivaient là, soit une centaine de personnes au total. Si chaque résident était un suspect potentiel, Yu avait du pain sur la planche.

Chen ne résista pas au désir d'entrer dans la chambre de Yue, même s'il n'avait pas l'intention de l'inspecter. Yu avait sûrement déjà procédé à une fouille minutieuse.

Les meubles étaient recouverts d'une fine couche de poussière. Il aperçut une pile de vieux magazines dans lesquels étaient insérés des signets. Il les feuilleta ; chaque page marquée comportait un poème de Yang publié, par la suite, dans le recueil édité par Yue. Une peinture traditionnelle chinoise, représentant deux canaris, était encore accrochée au mur jauni. À part cela, aucun objet personnel.

L'intérêt de Chen pour cette pièce était également suscité par l'expression « écrivain *tingzijian* ». Dans les années quatre-vingt-dix, encore, il existait des écrivains pauvres qui n'avaient pas les moyens de louer un meilleur logement. Le caractère marginal d'une *tingzijian* – un espace à peine habitable à l'entresol – avait valeur de symbole. Comment avait-on pu idéaliser, dans les œuvres de fiction, ce genre de logement, ou plutôt les efforts d'un écrivain pour créer dans des conditions pareilles ? Tout n'était pas merveilleux, dans le passé, mais la nostalgie embellissait tout. *Les choses sont miraculeusement adoucies dans les souvenirs.* Quand il avait lu ce vers d'un poète russe, au lycée, Chen ne l'avait pas compris. Avec les années, il en avait peu à peu saisi le sens.

Le projet de monsieur Gu, qui misait sur la nostalgie du passé pour séduire les Chinois d'aujourd'hui, réussirait-il ?

Chen se mit à arpenter la minuscule pièce.

Cela n'avait pas dû être facile pour Yue d'écrire dans cette *tingzijian*. À vrai dire, rien n'avait dû être facile, avec tous ces gens qui montaient et descendaient, le bruit qui venait de toutes parts, sans compter les odeurs diverses et variées. Une senteur désagréable de poisson en saumure cuisant au wok montait de la cuisine commune. Malgré lui, Chen renifla.

Il s'approcha de la fenêtre et s'appuya sur le rebord dont la peinture était largement écaillée.

Une *tingzijian* pouvait, malgré tout, présenter un avantage pour un écrivain : la fenêtre, plus basse qu'à l'étage mais plus haute qu'au rez-de-chaussée, se trouvait presque au niveau de l'animation du passage, mais en même temps à une certaine distance.

Malgré le froid, plusieurs résidents se tenaient à l'extérieur ; un bol à la main, ils discutaient ou échangeaient une tranche de porc frit contre une boulette de poisson bouilli. Étaient-ils en retard pour le petit déjeuner ou en avance pour le déjeuner, difficile à dire. Les colporteurs criaient pour attirer les clients, leurs marchandises suspendues à une perche en équilibre sur leurs épaules. Un vieil homme passa, un canard colvert à la main. Il s'arrêta devant une mare minuscule pour faire boire l'animal, puis repartit d'un pas léger, comme s'il marchait sur un nuage ; il avait sans doute à l'esprit l'image d'ailes de canard braisées à l'huile de sésame. Il serrait le cou du malheureux volatile avec un air de satisfaction intense. S'agirait-il de monsieur Ren, le gourmet frugal ? se demanda Chen, avant de se rappeler que, d'après ce que Yu lui avait dit, monsieur Ren cuisinait rarement.

Le regard de l'inspecteur principal suivit la courbe du passage jusqu'à l'endroit où se trouvait maintenant la femme aux crevettes, avec à ses pieds un grand récipient rempli d'écailles de poisson luisantes. Elle devait avoir un autre contrat avec le marché.

En redescendant au rez-de-chaussée, quelque chose retint son attention : le recoin sous l'escalier, ou plutôt ce qui recouvrait ce réduit. Une sorte de rideau, un tissu lourd, peut-être une tapisserie ancienne, décolorée après des années d'exposition à la fumée de charbon des réchauds, le fermait.

Le tissu bougea légèrement. Au moment où Chen s'approcha, deux gamins surgirent. Sans doute jouaient-ils à cache-cache derrière le rideau. En le voyant, ils s'enfuirent à toutes jambes, avec des cris et des rires. L'inspecteur principal souleva le rideau ; le réduit était encombré d'un bric-à-brac poussiéreux.

Un homme d'une cinquantaine d'années se faufila pour atteindre un sac de charbon posé contre la cage d'escalier. « Pardon, c'est l'heure du repas », marmonna-t-il en prenant une pelletée de boulets de charbon.

Chen quitta le *shikumen*, déambula de ruelle en ruelle, puis retourna dans le passage principal, grouillant de vie, exactement comme Vieux Liang le lui avait décrit. Une femme entre deux âges essuyait un pot de chambre en bois, une autre revenait du marché en trottinant, son panier en bambou rempli de victuailles, une troisième nettoyait une énorme carpe tout en papotant.

Dans un angle, un vieillard aux cheveux blancs jouait au jeu de go, face à un échiquier posé sur un tabouret ; il tenait les pièces noires dans une main, les blanches dans l'autre, étudiant l'échiquier comme s'il disputait un tournoi national. Chen aimait, lui aussi, le jeu de go, mais il n'avait jamais essayé de jouer seul.

– Bonjour, dit-il en s'arrêtant près du vieil homme. Comment se fait-il que vous jouiez seul ?

– Avez-vous lu *L'Art de la guerre* ? dit l'autre sans lever les yeux. *Connais ton ennemi comme toi-même*, et tu gagneras à tous les coups.

– J'ai lu ce livre, oui. Il faut réussir à comprendre pourquoi l'adversaire a joué tel ou tel coup. Il faut donc entrer le plus possible dans son esprit.

– De mon point de vue, le mouvement du pion noir n'a aucun sens, et le mieux que je puisse faire, c'est de deviner, d'essayer de comprendre, d'entrer dans l'esprit de l'adversaire, comme vous dites. Mais pour connaître son ennemi, il ne suffit pas de lire dans ses pensées, il faut *être* lui.

– Je vois. Merci beaucoup, Oncle. Voilà une analyse profonde.

Chen était sincère. Pour lui, ces propos ne concernaient pas uniquement le jeu de go.

– Je mettrai votre enseignement en pratique, ajouta-t-il, et pas seulement sur un échiquier.

– Jeune homme, ne prenez donc pas mes paroles tellement au sérieux. Quand vous jouez, vous avez envie de gagner. Quand vous êtes absorbé dans le jeu, chaque pièce compte, chaque mouvement importe. Heureux de gagner un coup, malheureux d'en perdre un autre, vous vous laissez emporter par l'illusion des gains ou des pertes. C'est seulement quand le jeu est terminé que vous vous rendez compte que ce n'était qu'un jeu. Selon les écrits bouddhiques, tout en ce bas monde n'est qu'illusion.

– Exact. Vous l'avez très bien exprimé.

Chen décida de rentrer chez lui à pied. Il ne pouvait pas se permettre de passer toute la journée dans le passage du Jardin au trésor. Cette conversation inattendue à propos du jeu de go lui avait pris encore dix minutes. La traduction l'attendait sur sa table de travail. Le vieux joueur de go avait été aussi mystérieusement éclairant que le vieillard de la dynastie des Han qui était venu en aide à Zhang Liang deux siècles plus tôt.

À la sortie du passage, Chen se retourna pour regarder la maison où Yue avait passé les dernières années de sa vie, après la mort de Yang. Quelques vers de la traduction manuscrite de Yang lui revinrent en mémoire :

Où est passée la beauté ?
Les hirondelles seules sont enfermées sans raison.
Ce n'est rien qu'un rêve,
Dans le passé ou le présent.
Qui s'éveille jamais d'un songe ?
Il n'y a que le cycle sans fin
De la joie ancienne et du chagrin nouveau.
Un jour, peut-être, quelqu'un,
Voyant la tour jaune dans la nuit,
Poussera pour moi un profond soupir.

Ce poème de Su Dongpo concernait une courtisane qui s'était enfermée dans une tour après la mort de son amant. Une *tingzijian* n'était pas aussi romantique qu'une tour…

Chen était déterminé à comprendre ce que le gouvernement aurait pu gagner à assassiner Yue. Que la Sécurité intérieure s'intéresse à la mort brutale d'un écrivain dissident, cela ne paraissait pas vraiment étonnant ni suspect ; peut-être était-ce simplement un moyen d'affirmer son autorité. Depuis quelques années, le Parti ne traitait plus les dissidents de la même façon. Les investissements étrangers, élément vital de la réforme économique de la Chine, dépendaient largement d'une meilleure image du gouvernement. Cela n'aurait eu aucun sens d'assassiner quelqu'un comme Yue. Après tout, elle n'avait pas manifesté sur la place Tian'anmen pour la démocratie et la liberté.

Il pensa à Yue en se plaçant du point de vue de ses voisins. Elle n'était pas riche, ils devaient tous le savoir. Même si l'un d'eux, Cai par exemple, avait eu désespérément besoin d'argent, il aurait pu trouver une meilleure cible : pourquoi pas monsieur Ren qui, lui aussi, vivait seul et sortait tous les matins de bonne heure ? Personne n'aurait gardé beaucoup d'argent liquide chez soi, dans le quartier. Quant à l'éventualité de retirer l'argent de Yue à la banque, c'était bien trop risqué. Les banques n'ouvraient pas avant neuf heures et, à cette heure-là, elle aurait déjà découvert et signalé aux autorités le vol de son chéquier. Il ne pouvait donc s'agir d'un vol prémédité, qui aurait mal tourné à cause du retour inopiné de Yue.

Il n'y avait apparemment aucune raison de soupçonner un habitant du *shikumen*, que cette personne ait eu ou non l'intention de tuer Yue.

Mais alors, pourquoi quelqu'un de l'extérieur serait-il venu assassiner Yue ? Chen secoua la tête. Les possibilités semblaient illimitées.

Au coin de la rue du Shandong, il aperçut la Librairie de la Chine nouvelle et découvrit avec stupeur que la partie du magasin réservée aux livres avait été sensiblement réduite. Une vitrine tout entière était maintenant consacrée à des produits artisanaux de piètre qualité, et une autre, décorée d'une multitude de lanternes en papier rouge, présentait des nouilles japonaises. En l'espace de quelques mois, la librairie était devenue presque méconnaissable.

Chen se contenta de jeter un coup d'œil aux nouveaux journaux et magazines bilingues empilés près de l'entrée: *A Week in Shanghai, Shanghai Culture, Bund Pictorial, One's Week Life.* Tous étaient illustrés de photos en couleurs de stars. Chen n'avait lu aucun de ces magazines branchés et il reconnut une seule photo en couverture, celle d'une actrice de Hong Kong.

Tout changeait très vite à Shanghai.

Ses pensées firent retour à l'enquête. Mobile mis à part, qu'est-ce qu'un assassin extérieur au quartier aurait fait après avoir commis le meurtre?

Il aurait sûrement essayé de s'enfuir et quelqu'un aurait pu le remarquer. Mais cela ne présentait pas un grand risque. En effet, les occupants d'un *shikumen* recevaient parfois des parents ou des amis, et la présence d'un inconnu n'aurait pas déclenché immédiatement l'alarme.

En revanche, rester dans la chambre de la morte, avec la possibilité qu'à tout instant quelqu'un frappe à la porte, aurait été beaucoup plus dangereux.

Il n'était pas totalement impossible que le meurtrier se soit caché un court instant, soit au milieu d'un des bric-à-brac relégués dans les coins et recoins de la maison, soit derrière la porte qui donnait à l'arrière, soit encore sous l'escalier, derrière le rideau.

Il aurait pu s'enfuir quand la femme aux crevettes avait quitté son poste, ou, profitant de la confusion, quand les voisins s'étaient rués à l'étage.

Mais pourquoi tuer Yue? Pour quel motif?

L'après-midi, Chen se replongea dans son travail de traduction. Il avait dit à Nuage Blanc qu'il passerait la journée à la Bibliothèque de Shanghai. Qu'elle l'ait cru ou non, elle s'abstint de téléphoner ou de se présenter chez lui.

Dans la soirée, il reçut un appel de Lu le Chinois d'outre-mer. Comme d'habitude, Lu fit d'abord allusion à la somme d'argent que Chen lui avait prêtée pour monter son restaurant, *Le Faubourg de Moscou*, puis il renouvela son invitation rituelle à dîner.

– Maintenant, j'ai plusieurs Russes en corset et jarretelles, on les croirait sorties d'une ancienne affiche de Shanghai. Absolument sensationnelles. Les clients affluent. La clientèle jeune, en particulier, qui trouve l'atmosphère très *xiaozi*.

– *Xiaozi*? Ça veut dire petit-bourgeois, non?

– Oui, c'est un nouveau terme à la mode. Il désigne un consommateur branché, très cultivé, conscient de son statut. Ce mot fait fureur, notamment chez les cols blancs qui travaillent dans les joint-ventures étrangères. Si tu n'es pas un *xiaozi*, tu n'es rien.

– Eh bien, le vocabulaire change, commenta Chen, et il nous change, nous aussi.

– Ah, au fait, dit Lu à la fin de la conversation, j'ai téléphoné hier à ta mère. Elle a eu des problèmes d'estomac. Rien de grave. Pas de quoi s'inquiéter, je pense.

– Merci. Je lui passerai un coup de fil. J'ai parlé avec elle il y a deux jours, elle ne m'a rien dit.

– Elle me raconte des tas de choses, tu sais. À propos du ginseng que tu lui as offert, de ton boulot, et de toi, bien sûr.

– Je sais, mon vieux. Un grand merci.

En raccrochant, Chen se dit que s'il emmenait Nuage Blanc dîner quelque part, un soir, ce ne serait pas au *Faubourg de Moscou*, même si Lu le Chinois d'outre-mer insistait pour l'inviter.

Son copain et sa mère avaient un grand souci de ce qu'ils appelaient « l'affaire la plus urgente » dans la vie de Chen – ce que Confucius considérait comme le devoir filial le plus sacré. *La première chose qui fait d'un homme un mauvais fils, c'est de ne pas avoir de progéniture.* Lu était devenu, en quelque sorte, le consultant fidèle et zélé de la mère de Chen sur cet aspect particulier de sa vie. Toute jeune fille vue en sa compagnie, même si elle ne représentait rien pour lui, déclenchait immédiatement de folles suppositions de la part des deux complices.

Lu était toujours au courant des plus récents phénomènes de mode, et en même temps il restait conformiste et conservateur en ce qui concernait son meilleur ami.

Peut-être Lu avait-il su mieux que Chen s'adapter à son époque, combinant l'ancien dans sa vie personnelle et le nouveau dans sa vie professionnelle.

L'espace d'un instant, Chen envia presque Lu le Chinois d'outre-mer, heureux en affaires comme dans sa vie privée.

Chen fit craquer ses doigts et retourna à la seule chose qui ne le décevait pas, le travail.

Une idée lui vint à l'esprit. Même s'il ne réussissait pas à découvrir le mobile du crime, il pouvait essayer de deviner pourquoi le meurtrier avait choisi de se cacher et d'attendre, selon l'hypothèse de l'inspecteur Yu. Une explication se présenta aussitôt à lui. L'assassin avait peut-être eu peur, non qu'on le voie, mais que l'un des occupants du *shikumen* le reconnaisse. Cela ouvrait de nouvelles perspectives. L'assassin pouvait être quelqu'un qui avait habité là autrefois mais avait déménagé depuis, qui avait séjourné dans la maison sans être résident, qui avait rencontré d'autres occupants, y compris Yue. Après la découverte du cadavre de Yue, on risquait de remonter jusqu'à lui. Voilà pourquoi il avait dû se cacher.

16

Brusquement, un matin, l'enquête prit un tour surprenant: Wan se dénonça à la police pour le meurtre de Yue Lige.

Cela se produisit une semaine après la découverte du corps de Yue par Lanlan, le matin du 7 février, et deux jours après la mise en garde à vue de Cai par Vieux Liang. Selon ses propres déclarations, Wan avait tué non pour l'argent, mais pour des raisons d'ordre politique, car il nourrissait une rancune tenace contre Yue.

Vieux Liang fut tout d'abord désarçonné, puis il accepta sans peine cette tournure inattendue des événements qui en fin de compte, concordait avec sa théorie d'un assassin habitant le *shikumen.* Wan figurait depuis le début sur sa liste des suspects. Yu, quant à lui, aurait dû être satisfait de ce coup de théâtre, pourtant ce n'était pas le cas. Dans la salle des interrogatoires du commissariat de quartier où il se trouvait en compagnie de Vieux Liang et de Wan, il était en proie à la perplexité.

– Yue Lige a eu ce qu'elle méritait, dit Wan d'une voix basse, contrôlée. Elle avait calomnié le Parti et notre nation socialiste. En vérité, il y a longtemps qu'elle aurait dû mourir.

– Épargnez-nous vos sermons politiques, dit Vieux Liang.

– Racontez-nous comment cela s'est passé, dit Yu en sortant une cigarette qu'il n'alluma pas. Donnez-nous tous les détails.

– Je n'ai pas bien dormi la nuit d'avant. C'est-à-dire la nuit du 6 février. Je me suis donc levé plus tard le 7, mais je voulais quand même aller sur le Bund. Quand je suis descendu, Yue montait. Sans le faire exprès, je l'ai effleurée dans l'escalier. Ce n'était pas intentionnel, l'escalier est étroit. Elle m'a lancé : « Toujours membre de l'Équipe de propagande de la pensée de Mao Zedong ? » C'en était vraiment trop. Elle avait le culot d'insulter le prolétariat devant moi. Dans un moment de rage incontrôlable, je suis revenu sur mes pas, je l'ai suivie chez elle et je l'ai étouffée avec l'oreiller avant qu'elle ait pu crier ou se débattre.

– Qu'avez-vous fait ensuite ?

– Je me suis rendu compte que je l'avais tuée dans un moment de colère aveugle. Je n'avais pas voulu ça. Alors j'ai ouvert les tiroirs et j'ai éparpillé leur contenu, pour qu'on croie à un autre motif.

– La première fois que je vous ai interrogé, vous m'avez dit que vous étiez sur le Bund en train de faire du tai-chi. Pourquoi cette confession soudaine?

– Que se serait-il passé si je vous avais dit la vérité? Je le savais bien. Mon acte n'était pas prémédité. Si elle ne m'avait pas provoqué, ce matin-là, je n'aurais pas perdu mon sang-froid. Pourquoi aurais-je dû souffrir à cause de cela? Maintenant que Cai est en garde à vue, la situation est différente. J'ai bien réfléchi. Cai est peut-être un criminel, mais il n'a pas à être puni pour un acte qu'il n'a pas commis.

– Vous ne vous inquiétez plus de ce qui va vous arriver?

– J'ai agi comme j'ai agi, et j'en assume la responsabilité.

– Qu'avez-vous fait après avoir tué Yue?

– Je suis revenu chez moi. Je n'ai vu personne dans l'escalier, mais il s'en est fallu de peu. Au moment où j'entrais dans ma chambre, j'ai entendu quelqu'un monter, puis appeler au secours. J'ai attendu pendant deux heures environ. Je ne suis ressorti qu'à neuf heures, l'heure à laquelle je reviens du Bund d'habitude.

Par rapport à toutes les hypothèses qu'ils avaient échafaudées, Yu reçut ces aveux comme une douche froide. Les déclarations de Wan tenaient debout, pourtant, et certains détails correspondaient.

– Je voudrais vous poser une question. Vous avez dit avoir ouvert les tiroirs et éparpillé leur contenu, c'est bien cela?

– Oui, en effet.

– Vous rappelez-vous ce qu'il y avait à l'intérieur?

– Non, je ne me rappelle pas. Tout s'est passé tellement vite, comme dans un film, je n'ai pas eu le temps de réfléchir.

– Vous pouvez certainement vous souvenir d'un ou deux détails, sinon de tous, dit Yu avec patience.

– Eh bien, il y avait de l'argent liquide, je me souviens maintenant, quelques billets de dix et de cinq yuans.

– Avez-vous emporté cet argent ?

– Non, bien sûr que non. Pour qui me prenez-vous ?

– Nous finirons par le savoir. Nous vous interrogerons de nouveau plus tard.

Yu fit signe à un policier d'emmener Wan.

– Wan a peut-être un mobile, dit-il à Vieux Liang quand ils furent seuls tous les deux, mais qu'est-ce qui l'a poussé à faire ces aveux ? Cai n'est même pas inculpé, il est simplement en garde à vue. Quelles sont les relations entre ces deux-là, Cai et Wan ?

– Allons, inspecteur Yu. Ils ne sont ni parents ni amis. Wan ferait tout *sauf* couvrir Cai. D'ailleurs, ils se sont disputés récemment.

– Ah oui ? À quel sujet ?

– Ni Lingdi ni Xiuzhen ne gagnent beaucoup d'argent, et la famille compte sept personnes, avec la petite amie du fils. Si Cai ne les aidait pas financièrement... À vrai dire, c'est une des raisons pour lesquelles Xiuzhen l'a épousé : pour que la famille puisse s'en sortir. Wan a exhorté Cai à les aider davantage, et Cai lui a répondu de s'occuper de ses affaires.

– Les disputes entre voisins ne sont pas rares.

– Il y a autre chose, inspecteur Yu.

– Quoi donc ?

– Vous comme moi, nous l'avions interrogé sur son alibi, et nous lui avions demandé de citer le nom de quelqu'un qui aurait pu confirmer ses dires. Il en avait été incapable.

– Exact.

– Donc, c'est Wan l'assassin. C'est évident. Nous n'avons pas besoin de poursuivre l'enquête.

– Il nous reste cependant un certain nombre de choses à faire avant de conclure.

– Par exemple ?

– D'après ce qu'il nous a dit, Wan a touché beaucoup d'objets dans la chambre de Yue. Il a donc dû laisser ses empreintes. Le premier rapport n'est pas catégorique, car on a retrouvé partout de nombreuses empreintes effacées ou peu nettes, mais je ne pense pas que celles de Wan aient été mentionnées. Il nous faut donc vérifier ce rapport.

– Oui, on peut faire ça.

– D'autre part, Wan a évoqué de l'argent liquide, mais nous n'avons découvert que quelques pièces de monnaie. C'est louche.

– Peut-être qu'il ne se souvient pas très bien.

– Pour le moment, nous n'avons que ses déclarations sur quoi nous appuyer. S'il a dit vrai, c'est-à-dire s'il est sorti de chez lui après six heures du matin, le jour du crime, l'un de ses voisins a pu l'apercevoir, même si personne ne lui prêtait particulièrement attention.

– Nous pourrons vérifier cela également, mais je crois que vous n'avez pas à vous inquiéter. En plus de ses déclarations, nous tenons une preuve solide.

Après un court silence, Vieux Liang poursuivit d'un ton fanfaron :

– Dans la mansarde de Wan, j'ai trouvé un billet de train à destination de Shenzhen, pour la semaine prochaine.

– Vous avez déjà fouillé sa chambre ?

– Oui, dès qu'il est passé aux aveux. Voici le billet. Je l'ai trouvé à l'intérieur d'un carnet, dans le tiroir de son bureau. Je ne m'attendais pas vraiment à tomber sur l'arme du crime, mais ce billet en dit long.

– Eh bien...

Yu aurait aimé demander à Vieux Liang si le commissariat lui avait délivré un mandat de perquisition, mais la question pouvait sembler oiseuse. À l'époque de la lutte des classes, le vieux surveillant avait la possibilité de fouiller n'importe quel domicile du quartier sans s'embarrasser de ce genre de formalité.

– Montrez-moi ce billet.

– Il prouve que Wan comptait se rendre à Shenzhen. J'ai vérifié avec le comité de quartier. Wan n'a ni amis ni parents là-bas. Il est retraité et n'a rien à faire dans cette ville. La réponse est évidente : à partir de Shenzhen, il aurait essayé de passer à Hong Kong. Des tas de gens font cela. Wan savait que s'il ne s'enfuyait pas, nous ne tarderions pas à mettre la main sur lui.

Cela semblait logique, sauf que Wan avait réservé une couchette, pensa Yu en examinant le billet. Pourquoi Wan aurait-il payé un supplément couchette ?

– Que vous a-t-il dit à propos de ce billet ?

– Plus ou moins cela.

– Puis-je le garder ?

– Bien entendu, dit Vieux Liang en regardant Yu d'un air surpris. Quand on y réfléchit, il y a autre chose de suspect dans son attitude. En tant que surveillant de quartier, j'aurais dû le remarquer plus tôt. Depuis un an et demi environ, Wan a pris l'habitude de sortir tôt le matin, soi-disant pour faire du tai-chi sur le Bund. Yue aussi, mais elle le pratiquait également dans le passage, surtout les jours de pluie. Wan ne l'a jamais fait. Il n'était pas vraiment assidu. Non, je ne crois pas qu'il nous ait dit la vérité.

– Wan n'aime peut-être pas tant que cela le tai-chi. Il m'a dit que s'il s'y était mis, c'était parce que la société d'État pour laquelle il a travaillé ne pouvait plus payer les frais médicaux de ses anciens employés.

– Ce vieux réac se croit encore à l'époque des équipes de propagande de la pensée de Mao Zedong, et il passe son temps à râler. C'est pour ça qu'il a commis le meurtre. Le tai-chi ou autre chose, ce n'est qu'un prétexte. Il a suivi Yue, pour bien connaître ses habitudes. Puis il est passé à l'acte.

– Avait-il besoin de la suivre pendant des mois pour la tuer chez elle de bonne heure ce matin-là ?

– Est-ce vraiment impossible ? dit Vieux Liang, que les questions de l'inspecteur Yu commençaient à agacer.

– J'aimerais d'abord passer un coup de fil au docteur Xia, pour l'interroger au sujet des empreintes.

– Comme vous voudrez, camarade inspecteur Yu.

Un peu plus tard, seul dans le bureau, l'inspecteur Yu admit que ce n'était pas tout à fait impossible.

La vie entière de Wan, ou presque, était le produit d'une société totalement différente. Dans les années soixante et soixante-dix, les travailleurs chinois avaient été portés aux nues, encensés comme les maîtres de la société, les bâtisseurs de l'histoire. Des gens comme Wan s'étaient entièrement dévoués à la révolution de Mao ; ils croyaient apporter leur contribution au meilleur système social de l'histoire de l'humanité, système qui en retour leur promettait beaucoup, en particulier pour leurs vieux jours : pension généreuse, couverture médicale complète, et l'honneur de jouir d'une retraite bien méritée, dans les « lendemains qui chantent » de la Chine communiste. Maintenant, ces travailleurs retraités se retrouvaient au bas de l'échelle, sans ressources. La gloire d'être la « classe dominante » ne voulait plus rien dire. Ils avaient du mal à joindre les deux bouts. Pire, les sociétés d'État, en déclin, ne pouvaient guère tenir leurs promesses passées.

La situation devait être intolérable pour Wan, ancien membre prestigieux de l'Équipe de propagande de la pensée de Mao Zedong.

Yu téléphona au docteur Xia pour lui demander de vérifier à nouveau les empreintes, et de concentrer son attention sur celles de Wan.

Il appela ensuite la gare de Shanghai. Il se souvenait vaguement qu'il existait certaines règles concernant les billets de wagons-lits. Les renseignements qu'on lui fournit confirmèrent ses soupçons. Les billets pour Shenzhen étaient très recherchés, en particulier les billets avec couchette. Les nouveaux entrepreneurs se ruaient vers cette Zone Économique Spéciale pour y chercher fortune. En général, les billets étaient tous vendus dès le premier jour de la période de réservation, c'est-à-dire quatorze jours avant la date de départ. Le billet de Wan portait la date du 18 février, ce qui signifiait qu'il n'avait pas pu l'obtenir après le 7 février, à moins de l'avoir acheté beaucoup plus cher à un revendeur à la sauvette.

Yu voulait en discuter avec Vieux Liang, mais celui-ci ne revint pas au bureau du comité de quartier pour le déjeuner.

Peu après, le secrétaire du Parti Li téléphona. Il eut l'air enchanté des derniers développements de l'affaire Yue Lige ; en effet, si l'enquête concluait à un simple homicide, aucun soupçon ne pèserait sur le gouvernement.

– Excellent travail, camarade inspecteur Yu, répéta Li au bout du fil.

– Ce dénouement est trop brusque, trop soudain, secrétaire du Parti Li.

– Je ne le trouve pas surprenant. Vous avez maintenu la pression, et Wan a craqué. *Avec suffisamment de feu sous la marmite, la tête de cochon sera cuite à point.* Wan a tué Yue, n'en doutez pas.

– Mais c'est sur Cai que nous avons maintenu la pression, pas sur Wan.

– Wan s'est livré, dit Li d'une voix lente, parce qu'il ne pouvait pas supporter l'idée qu'un innocent soit puni à sa place.

– Il y a des incohérences dans la déclaration de Wan, secrétaire du Parti Li. On ne peut pas se baser sur ses soi-disant aveux. Je voudrais au moins avoir des réponses à certaines questions.

– Nous ne pouvons pas nous permettre d'attendre plus longtemps, camarade inspecteur Yu. Une conférence de presse se tiendra au début de la semaine prochaine, lundi ou mardi au plus tard. Il est temps de mettre un terme aux spéculations hasardeuses qui entourent la mort de Yue.

17

Chen avait terminé le premier jet de la traduction. Il fut surpris de sa propre rapidité, même si le travail était loin d'être achevé ; il lui faudrait corriger et peaufiner le texte avant qu'il soit présentable.

La journée s'avéra bonne également pour l'enquête. Malgré la surprise causée par les aveux de Wan, cette conclusion semblait plausible.

Pourquoi ne s'accorderait-il pas une soirée de détente en compagnie de Nuage Blanc ? Il pourrait profiter de l'occasion pour en apprendre davantage au sujet de Gu et du projet New World.

Il proposa donc à la jeune fille d'aller dîner dans un club de karaoké, autre que le *Dynastie.* C'était une preuve de sa sincérité, puisqu'il avait dit à Nuage Blanc qu'il aimait l'entendre chanter. Elle ne déclinerait pas une telle invitation, pensait-il.

Elle ne refusa pas, mais suggéra plutôt un bar de luxe, *Le Retour à l'âge d'or.*

– C'est rue de Henshan. Un lieu à la mode.

– Excellente idée.

Peut-être n'avait-elle pas envie d'être toujours associée au karaoké. Chen aimait le nom du bar, qui évoquait une ambiance nostalgique, bien dans l'esprit du projet New World.

Ils s'y rendirent en taxi. *Le Retour à l'âge d'or* était un bar sophistiqué, aménagé dans une vaste demeure victorienne, sans doute une ancienne résidence privée des années trente. À l'époque, beaucoup de célébrités vivaient dans les villas de style européen de ce quartier.

Ils choisirent une table près d'une grande porte-fenêtre qui donnait sur un jardin bien entretenu, à peine visible dans l'obscurité grandissante. D'après Nuage Blanc, le bar était connu pour son élégance, mais elle ne se rappelait pas le nom de la première propriétaire des lieux.

– Une courtisane célèbre, expliqua-t-elle, devenue la concubine d'un chef de triade, qui a acheté cette maison pour elle.

L'intérieur était assez sombre, à peine éclairé par la lumière des bougies. Au bout d'une minute ou deux, Chen parvint à distinguer un téléphone noir d'autrefois, un Gramophone avec son large pavillon, une machine à écrire Underwood, un piano à queue ancien à touches d'ivoire. Ces objets contribuaient à créer une atmosphère d'époque, tout comme les panneaux de chêne foncé, les vieilles affiches et photographies aux murs, et les œillets dans un vase en cristal taillé, posé sur le dessus de la cheminée.

– Nous devrions revenir un après-midi d'été, commenta Chen. Nous pourrions mieux voir tous les détails.

On avait l'impression que la vie ne s'était pas interrompue depuis les années trente. Comme si la période du régime communiste de Mao avait été balayée d'un revers de serviette par la jeune serveuse vêtue d'un *qipao* écarlate dont les fentes laissaient entrevoir l'éclat de ses cuisses blanches.

La seule différence, c'est que les clients, ce soir, étaient chinois, à l'exception d'un couple d'une cinquantaine d'années qui, en arrivant, jeta un regard circulaire sur la salle et s'installa à une table située dans un coin. La femme portait une veste en coton matelassé à boutons brodés. C'étaient les seuls Occidentaux, mais personne ne faisait spécialement attention à eux.

Après avoir étudié la carte bilingue à la lueur des bougies, Chen commanda du café et Nuage Blanc du thé noir et un bol de pop-corn. Il était encore trop tôt pour dîner et Chen n'était pas très pressé. Iraient-ils dans un restaurant chinois? Il en connaissait d'excellents dans le quartier. Mais Nuage Blanc était si sensible à la mode, Chen craignait de ne pas faire le bon choix.

À sa surprise, le thé noir vint sous la forme d'un sachet de thé Lipton servi dans un grand verre. Le pop-corn s'avéra trop sucré et caoutchouteux. Le café était bon, mais tiède. L'image familière de feuilles de thé vert, tendres et fraîches, se déroulant lentement dans une tasse de fine porcelaine blanche, se présenta à son esprit et à son palais. Il s'efforça de se moquer de lui-même. Ici, c'était un bar occidental moderne, pas une maison de thé chinoise traditionnelle. Il avala une gorgée de café tiède.

– Les Américains mangent du pop-corn au cinéma, je crois, dit Nuage Blanc en mettant une poignée de maïs soufflé dans sa bouche.

– C'est ce que j'ai entendu dire.

Ce qui le surprenait, ce n'était pas la médiocre qualité de ce qu'on leur servait, mais le fait que les gens semblaient contents malgré cela. Comme si l'atmosphère du lieu compensait largement tout le reste. Pour la première fois, il avait le sentiment que le projet New World pouvait fonctionner. Que les clients de ce bar soient ou non représentatifs des classes montantes, les Chinois recherchaient de nouvelles façons de profiter de la vie – avec une « valeur ajoutée », selon l'expression que Chen avait lue dans l'ouvrage d'introduction au marketing, et qu'il avait entendue aussi dans la bouche de Lu le Chinois d'outre-mer.

Qui définirait cette valeur ajoutée ? se demandait-il. Cela dépendrait du goût de chacun. Par exemple, l'engouement pour les « pieds lotus d'or », qui avait perduré pendant plusieurs siècles en Chine, était une question de mode. Dans l'imagination de certains hommes, ces pieds de femmes bandés, comprimés, déformés, se transformaient en fleurs de lotus qui s'épanouissaient dans l'obscurité de la nuit.

Chen griffonna sur une serviette en papier quelques lignes qui serviraient sans doute non pas à un poème, mais à un essai.

– À quoi pensez-vous ?

– Je prends juste des notes. Si je ne mets pas mes idées par écrit, je les aurai sans doute totalement oubliées demain.

– Parlez-moi de votre travail dans la police,

inspecteur principal Chen, dit Nuage Blanc en déchirant l'enveloppe du sachet de thé avant de plonger celui-ci dans le verre.

– L'inspecteur Yu s'occupe actuellement d'une affaire spéciale qui a été confiée à mon équipe. Je suis en vacances, mais nous discutons chaque jour des avancées de l'enquête.

– Je ne voulais pas dire juste cette semaine.

– Quoi d'autre, alors ?

– Comment quelqu'un comme vous s'est-il retrouvé policier ? Vous êtes un érudit, un bon traducteur, un poète de premier ordre, mais apparemment vous réussissez très bien aussi dans la police.

– Vous me flattez, Nuage Blanc. Je ne suis qu'un flic. On ne choisit pas toujours ce que l'on fait dans la vie, n'est-ce pas ?

Il n'avait pas voulu faire allusion au travail de la jeune fille au club de karaoké, et il regretta ses paroles. Mais on lui posait si souvent la question qu'il répondait presque machinalement.

Nuage Blanc resta silencieuse un moment.

Chen tenta de diriger la conversation sur le sujet qui l'intéressait au départ.

– C'est la même chose pour monsieur Gu, peut-être. Enfant, il n'imaginait sans doute pas qu'il deviendrait un jour un homme d'affaires millionnaire.

Il fut déçu, car la jeune fille ne savait pas grand-chose à propos de Gu. Ses relations avec lui étaient strictement professionnelles. Comme employeur, Gu était plutôt correct, selon elle. Il ne profitait pas des filles qui travaillaient pour lui, et il n'était pas pingre, du moins pas avec elle. Quant à ses liens avec les triades, cela n'avait rien d'inhabituel, déclara Nuage Blanc. Un homme d'affaires avait besoin de protection.

– Monsieur Gu est obligé de brûler de l'encens, c'est-à-dire son argent, pour les dieux des triades, mais il est compétent dans son domaine. Maintenant, il a des relations presque partout, visibles et invisibles, les deux.

Nuage Blanc ajouta avec un sourire rusé :

– Des relations avec des personnes influentes comme vous...

– Je ne fais pas partie de ces gens-là. Mais vous, avez-vous rencontré certaines de ces personnes réellement influentes avec lui ?

– Oui, une fois ou deux, y compris quelques figures importantes du conseil municipal. Quelqu'un de Pékin, aussi. J'ai reconnu ces personnalités d'après leurs photos dans les journaux. Vous voulez connaître leurs noms ? Je peux les rechercher.

– Ne vous inquiétez pas pour cela, Nuage Blanc.

Une mélodie suave envahit la pièce. Chen regarda autour de lui mais ne vit pas d'écran. Il se souvint alors que le karaoké n'existait pas dans les années trente.

– Désolé, pas de karaoké aujourd'hui, dit-il à la jeune fille.

– Oh, je n'aime pas tellement chanter, inspecteur principal Chen.

Il fut surpris de cette réponse. Mais peut-être préférait-elle, comme lui, ne pas parler de son travail.

La serveuse revint vers eux. Chen commanda un

verre de vin blanc, Nuage Blanc un double scotch avec des glaçons.

Une autre mélodie suivit la première : une chanson ancienne, mais trahie par l'interprétation moderne d'une pop star américaine. Nuage Blanc semblait trouver cette version très à son goût : elle écoutait d'un air extasié en balançant la tête.

Chen sentit quelque chose frôler son pied sous la table. La jeune fille avait retiré ses chaussures et battait la mesure ; son pied nu avait effleuré celui de Chen.

Assis près d'elle à la même table, il ne pouvait s'empêcher de noter la différence d'âge entre eux. Plus que cela, ils appartenaient presque à deux générations différentes.

Pour lui, qui était allé à l'école dans les années soixante, un bar évoquait la décadence bourgeoise décriée dans tous les textes officiels. Il avait beau être une sorte d'exception à cause de ses études d'anglais, quand il entrait dans un bar, c'était avant tout pour boire une tasse de bon café, et parfois, s'il avait le temps, pour passer une heure ou deux à lire.

Pour Nuage Blanc, un endroit comme *Le Retour à l'âge d'or* symbolisait peut-être un certain raffinement, et cela lui donnait le sentiment de faire partie de l'élite sociale. Qu'elle aime réellement ou non le goût du thé Lipton en sachet n'avait pas grande importance.

Un couple âgé se leva. La musique était idéale pour danser. Ils esquissèrent quelques pas lents sur la piste aménagée devant le piano, un espace assez grand pour accueillir dix à quinze personnes. Chen surprit l'expression d'attente de Nuage Blanc. Il allait ébaucher un geste quand elle lui toucha la main d'un air hésitant. La danse pouvait être le prétexte, il le savait, de tenir contre soi une jeune femme qu'il serait impossible ou inconvenant de tenir dans ses bras en d'autres circonstances.

Pourquoi pas, après tout? C'était amusant d'être un Monsieur Gros-Sous, le temps d'une soirée, avec une jeune et jolie fille, une «petite secrétaire» qui lui caressait la main. Pas besoin d'être l'inspecteur principal Chen, cadre du Parti «politiquement juste», vingt-quatre heures sur vingt-quatre. Lui aussi réussissait bien dans son domaine. Il occupait un poste important, et il avait en poche une généreuse avance pour un travail de traduction.

Mais il était dit que la soirée de l'inspecteur principal Chen ne serait pas consacrée au «retour à l'âge d'or».

Son téléphone portable sonna. C'était Zhuang, l'un des professeurs d'université que Nuage Blanc avait interviewés. Chen lui avait laissé quelques messages.

– Je suis content que vous me rappeliez. J'aimerais juste vous poser une question. À propos de Yang, vous avez évoqué *Le Docteur Jivago*. Qu'est-ce que cela signifie? Yang lisait-il le roman de Pasternak, écrivait-il un roman dans le style de celui-là, ou composait-il des poèmes comme le docteur Jivago?

– J'ai dit cela?

– Oui. Vos mots exacts sont: «il était toujours en train de lire et d'écrire, quelque chose comme le docteur Jivago». Ne vous inquiétez pas, camarade Zhuang, vous n'avez rien à voir avec l'affaire, mais vos renseignements peuvent nous aider dans notre enquête.

Il y eut un court silence à l'autre bout du fil.

Un jeune homme s'approcha de la table et tendit la main pour inviter Nuage Blanc à danser. La jeune fille lança à Chen un sourire d'excuse. Il lui adressa un signe d'encouragement, tout en écoutant Zhuang, qui reprenait d'une voix plus basse:

– Maintenant que Yang et Yue sont morts tous les deux, je suppose que personne ne risque d'avoir des ennuis.

– Non, personne. Continuez, je vous prie.

Un autre silence suivit.

Chen but une gorgée de vin. Sur la piste de danse, Nuage Blanc évoluait gracieusement avec son cavalier. Ils formaient un couple parfaitement assorti: tous deux jeunes, pleins d'énergie, dansant à un rythme peut-être un peu échevelé pour cet endroit sélect.

– J'ai rencontré Yang au début des années soixante, reprit Zhuang, pendant ce qu'on appelait le Mouvement d'éducation du socialisme, vous savez, peu avant la Révolution culturelle. Les autorités de l'école nous avaient affectés dans le même groupe d'étude, Yang et moi. Nous étions alors tous deux célibataires et figurions sur la liste des gens spécialement désignés pour le lavage de cerveau; c'est pourquoi on nous a placés dans un dortoir d'isolement temporaire, pour nous soumettre, le soir, à une «éducation intensive». Yang disait qu'il dormait mal, mais une nuit, j'ai découvert qu'il écrivait dans un carnet, sous les couvertures. Je lui ai demandé de quoi il s'agissait. Il m'a répondu qu'il rédigeait, en anglais, l'histoire d'un intellectuel, quelque chose comme *Le Docteur Jivago.*

– Avez-vous jeté un coup d'œil sur ce carnet ?

– Je ne comprenais pas l'anglais, à l'époque. Et je n'avais pas envie de lire un seul mot de ce carnet.

– Pourquoi, camarade Zhuang ?

– Yang écrivait l'histoire d'un intellectuel, et il était lui-même un intellectuel. Si les autorités de l'école mettaient le nez là-dedans, je pouvais toujours leur dire qu'il s'agissait de son journal, du moins je le pensais. Ce n'était pas un crime de tenir un journal. Mais si je le lisais et qu'il s'agissait d'un livre, j'aurais été considéré comme un contre-révolutionnaire pour avoir caché cette information aux autorités.

– Je vois. Vous ne vouliez pas lui attirer d'ennuis, ni à vous non plus. Yang vous a-t-il confié autre chose à ce sujet ?

– C'était vraiment naïf de sa part de me révéler qu'il rédigeait un récit. Heureusement, je ne savais nullement qui était le docteur Jivago : peut-être un médecin que Yang connaissait personnellement ? « Zhivago », comme il disait, sonnait comme un nom chinois. La traduction du roman de Pasternak en chinois a été publiée... attendez que je me souvienne... pas avant le milieu des années quatre-vingt. Il était interdit jusque-là, comme vous savez, parce qu'il s'attaquait à la grande révolution soviétique. Dans ces années-là, une œuvre couronnée par le prix Nobel était forcément contre-révolutionnaire.

– Je sais. Il se trouve que je connais quelqu'un

qui est allé en prison parce qu'il possédait un exemplaire du *Docteur Jivago*. C'est une chance pour vous d'avoir ignoré l'existence de ce livre. En avez-vous jamais reparlé avec Yang ?

– Non. Peu après, la Révolution culturelle a éclaté. Nous étions tous pareils à des idoles d'argile, des statuettes bouddhiques brisées, jetées dans le fleuve et dérivant au fil de l'eau, déjà trop désagrégées pour se soucier des autres. J'ai été jeté en prison pour avoir commis le crime d'écouter La Voix de l'Amérique. Quand j'en suis sorti, Yang avait déjà été envoyé à l'école des cadres. Et c'est là qu'il est mort.

– Savez-vous s'il a continué à écrire pendant la Révolution culturelle ?

– Non, mais j'en doute. Difficile d'imaginer quelqu'un comme lui écrire en anglais durant ces années-là.

– En fait, Yang a reçu l'autorisation de garder des livres en anglais à cause d'un mot, le mot « péter » si je me souviens bien, qui figurait dans la traduction des poèmes du président Mao.

– Ah oui, j'ai entendu parler de cela.

– Croyez-vous que quelqu'un d'autre ait pu avoir connaissance de ce manuscrit ?

– Non, je ne pense pas. Cela aurait été suicidaire de sa part d'en parler. Sauf à Yue, bien entendu.

Après sa conversation avec Zhuang, Chen griffonna encore quelque chose sur une autre serviette en papier. Il avait finalement pris une décision au sujet du dîner. À quoi bon changer de lieu ? Ici, il disposerait d'un peu plus de temps pour réfléchir, pendant que Nuage Blanc danserait sur la piste.

Les abréviations du manuscrit de traduction de poèmes chinois commençaient à prendre sens. Si Yang avait écrit un roman, comme le supposait Zhuang, « ch » signifiait sans doute « chapitre ». Yang avait peut-être eu l'intention d'insérer des poèmes à différents endroits de son texte, comme dans *Le Docteur Jivago.*

Mais où était passé le manuscrit du roman de Yang ? En fait, il n'était même pas certain que ce manuscrit ait réellement existé.

Souvent, Chen notait par écrit quelques pensées, dans son carnet, sur un bout de papier, ou même une serviette, comme ce soir, mais ensuite, pour une raison ou pour une autre, il ne réussissait pas à les développer, et elles restaient à l'état de fragments. Ainsi, Yang avait peut-être noté des idées, certaines nuits d'insomnie. Mais il était possible qu'elles n'aient jamais abouti à l'écriture d'un roman. Chen ajouta néanmoins quelques mots sur la serviette en papier, qu'il fourra ensuite dans sa poche. Puis il leva les yeux.

Nuage Blanc avait l'air de bien s'amuser. Elle était apparemment comme un poisson dans l'eau, au bar du *Retour à l'âge d'or.* Le visage rose de plaisir, elle passait sans cesse d'un cavalier à l'autre ; elle avait un succès fou, et les jeunes gens se succédaient pour l'inviter à danser. En un éclair de lucidité, il diagnostiqua avec ironie une pointe de jalousie. Évidemment, une fille jeune préférait les garçons de son âge ; un patron temporaire ne représentait rien d'autre pour elle qu'une relation d'affaires.

Il se souvint de quelques vers de Yan Jidao, un poète du XIe siècle :

J'étais si heureuse de boire avec toi,
Insouciante de mes joues en feu, de danser
Avec la lune qui descendait
Sur les saules, de chanter
Jusqu'à être trop lasse
Pour agiter l'éventail qui dévoile
Une fleur de pêcher.

Le personnage du poème était une jeune fille semblable à Nuage Blanc. Un autre vers, d'un poète américain cette fois, prit la forme d'une paraphrase dans l'esprit de Chen : *Je ne pense pas qu'elle chantera pour moi.*

La serveuse apporta le menu au moment où Nuage Blanc regagnait la table. Chen n'avait pas une grande expérience de la cuisine occidentale, mais un steak à point était le genre de chose qu'il n'aurait pas pu commander dans un restaurant chinois. Nuage Blanc prit des palourdes farcies en entrée, et du canard rôti à la française comme plat principal. Il l'engagea à choisir des mets plus coûteux, caviar et champagne par exemple. C'est ce que faisaient les gens aux autres tables et il se sentit obligé de le lui proposer.

À la surprise de Chen, Nuage Blanc choisit une bouteille de *Dynastie*, un vin plutôt bon marché de la région de Tianjin.

– Il est bien assez bon, dit-elle en repoussant la carte des vins. Inutile de boire du vin ou du champagne d'importation.

Le steak était tendre. La serveuse souligna que c'était du bœuf d'Amérique garanti. Chen ne voyait pas vraiment la différence, mis à part le prix. Les palourdes étaient présentées de manière très raffinée ; la chair, mélangée au fromage et aux épices, paraissait dorée à la lumière des bougies.

– Délicieux ! s'exclama Nuage Blanc, en tendant une bouchée à Chen pour qu'il y goûte.

Mais, décidément, il était écrit que Chen ne passerait pas une soirée tranquille au *Retour à l'âge d'or.* Son téléphone portable sonna une fois de plus. C'était l'inspecteur Yu qui voulait le tenir au courant des derniers développements de l'enquête. Chen adressa à Nuage Blanc un sourire d'excuse.

– Je viens de lire le nouveau rapport du docteur Xia, dit Yu. Aucune des empreintes relevées dans la chambre de Yue ne correspond à celles de Wan, ce qui jette un doute supplémentaire sur ses déclarations. On peut supposer, en tout cas, qu'il a inventé l'histoire des tiroirs ouverts et renversés.

– Oui, voilà un point capital.

– J'ai essayé de discuter avec le secrétaire du Parti Li, mais d'après lui, Wan, ayant commis le crime sous le coup de la rage, ne se souvient peut-être pas de tous les détails et évoque l'histoire des tiroirs parce que tout le monde en a parlé.

– Le secrétaire du Parti Li ne peut pas balayer d'un revers de main un élément d'une telle importance.

– Je suis d'accord avec vous. Mais quand j'ai insisté, Li s'est mis en colère, il a crié : « C'est une affaire d'une portée politique considérable. Le coupable a avoué, et néanmoins vous voulez continuer l'enquête indéfiniment. Pour quelle raison, camarade inspecteur Yu ? »

– Li ne comprend rien hormis la politique.

D'habitude, c'était Chen qui devait traiter avec le secrétaire du Parti Li des « affaires politiques », et il comprenait le sentiment de frustration qu'avait dû éprouver Yu.

– Si les considérations politiques prennent le pas sur tout le reste, à quoi bon être flic ? Mais où êtes-vous, patron ? J'ai l'impression d'entendre de la musique.

– Je suis en compagnie d'une personne qui travaille avec moi sur la traduction.

C'était vrai, dans une certaine mesure. Chen se sentit pourtant contrarié, non par la question elle-même, mais justement par le fait qu'elle le contrarie.

– Ne vous inquiétez pas. Continuez, inspecteur Yu.

Sans un mot, Nuage Blanc lui resservit du vin.

– Eh bien, après cette conversation avec le secrétaire du Parti Li, devinez qui j'ai rencontré, juste en face du bureau. Li Dong.

– Ah bon ?

Li Dong, ex-membre de la brigade des affaires spéciales, avait quitté la police pour monter à son compte un magasin de fruits.

– Comment va-t-il ?

– Il a développé son magasin, maintenant il dirige une chaîne qui approvisionne en fruits l'aéroport et la station ferroviaire de Shanghai. Il a utilisé les relations qu'il s'était faites quand il travaillait dans la police. Et ce n'est plus le même homme. Voici les propos qu'il m'a tenus: «De nos jours, un mois de bénéfices grâce au seul aéroport me rapporte plus qu'une année de salaire en tant que flic. Vous travaillez toujours dans la police, camarade inspecteur Yu, mais pourquoi?»

– Quel voyou! Maintenant qu'il a quelques sous en poche, il parle comme un nouveau riche. Comment a-t-il pu changer à ce point? Cela fait à peine un an qu'il a quitté la police.

Mais ce n'était pas la réponse qu'attendait Yu, Chen le savait. Pourquoi l'inspecteur Yu travaillait-il si dur? La réponse «pour la cause sacrée du communisme» n'était plus d'actualité. On la trouvait encore parfois dans les journaux du Parti, mais tout le monde savait que c'était faux.

L'inspecteur principal Chen travaillait dur, lui aussi, mais au moins il pouvait dire que c'était pour son statut et les avantages liés à sa fonction: appartement, voiture de service, sans compter le job très lucratif pour monsieur Gu, qu'il n'aurait sûrement pas obtenu autrement.

– Votre steak refroidit, chuchota Nuage Blanc en découpant un morceau de viande pour le lui mettre dans la bouche.

Chen l'arrêta d'un geste.

Il pouvait ajouter qu'il travaillait aussi pour une soirée comme celle-ci, avec une «petite secrétaire» à sa disposition.

– Où êtes-vous, Yu?

– Chez moi.

– Je vous rappelle tout de suite.

Quelques minutes plus tard, il se dirigeait vers le vieux téléphone, placé dans un coin. La plupart des clients de ce bar branché possédaient des portables et il ne leur serait pas venu à l'idée d'utiliser un appareil à pièces.

La facture du téléphone portable de Chen allait être astronomique, ce mois-ci. Il n'avait pas envie de voir la comptable du Bureau hausser les sourcils, une fois de plus. Et il n'avait pas envie, non plus, d'en dire davantage devant Nuage Blanc.

Il décrocha et composa le numéro de Yu.

– J'ai réfléchi à l'affaire, dit-il. Dans un *shikumen*, toutes sortes d'objets et de meubles hors d'usage sont entreposés un peu partout; quelqu'un a pu se cacher en attendant une occasion de sortir, surtout si la femme aux crevettes s'est absentée un moment. Mais une question m'est venue à l'esprit: pourquoi l'assassin a-t-il voulu se cacher, s'il était étranger à la maison?

– Bonne question.

– Peut-être ne craignait-il pas tant d'être vu que reconnu. J'ai donc appelé le bureau des Archives de Shanghai, pour leur demander de vérifier les informations sur tous les membres de la famille de Yue, en particulier sur un éventuel neveu. Mais j'ai obtenu la même réponse que vous.

– Elle désignait peut-être sous ce nom un garçon ou un jeune homme qui n'était pas véritablement son neveu.

– C'est possible, mais aurait-elle reçu chez elle, pendant presque une semaine, quelqu'un avec qui elle n'avait aucun lien de parenté?

Chen avait dit cela lentement, avec l'impression qu'une idée vague cherchait à prendre forme dans un recoin obscur de son esprit. Il nota que Nuage

Blanc avait fini de danser et revenait à la table. La musique avait cessé.

– Nous pouvons continuer à chercher, mais en avons-nous le temps, inspecteur principal Chen ? Le secrétaire du Parti Li tiendra une conférence de presse au début de la semaine prochaine. Comment être certains d'avancer de façon significative en quelques jours seulement ?

– Je me charge de Li. C'est votre enquête, mais c'est aussi l'affaire de notre brigade spéciale. Pour Li, Wan est le coupable idéal, mais il se satisfera de n'importe qui d'autre, du moment que l'affaire est résolue rapidement.

– Oui, il nous faut avancer. Une fois que le véritable assassin sera arrêté, nous n'aurons plus à nous soucier de Wan, ni du secrétaire du Parti Li.

Chen raccrocha enfin et revint s'asseoir à la table.

– Je suis désolé, Nuage Blanc. Impossible, décidément, de passer une soirée tranquille et agréable.

– Un homme de votre importance ne peut s'attendre à passer une soirée tranquille. Mais la soirée est agréable.

– Tout le plaisir est pour moi. Mis à part ces interruptions, j'ai apprécié la soirée, et votre compagnie.

Chen se tourna vers la serveuse qui approchait.

Quand Chen proposa à Nuage Blanc de la ramener chez elle en taxi, elle le regarda avant de répondre d'une voix rauque, peut-être parce qu'elle avait bu exagérément :

– C'est trop loin. La course en taxi coûtera les yeux de la tête. Ne pourrions-nous pas rentrer à votre appartement ? De toute façon, demain matin il faut que je vienne tôt. Je pourrai dormir sur le canapé.

– Ne vous inquiétez pas pour les frais de taxi. Le service de la Police me remboursera.

Il était hors de question qu'elle passe la nuit chez lui. Les tentacules du comité de quartier n'atteignaient peut-être pas les nouveaux immeubles, mais les voisins observaient néanmoins. Les racontars circulaient d'un étage à l'autre.

De plus, il ne se prenait pas pour Liu Xiahui, personnage confucéen légendaire, capable de se dominer avec une fille nue sur les genoux.

Le trajet fut long. Nuage Blanc ne parlait pas. Était-elle déçue ou mécontente de son refus ? À un certain moment, elle s'appuya contre lui, comme si elle était un peu ivre, mais elle se redressa aussitôt.

Elle fit arrêter le taxi au coin de la rue.

– Plus loin, la chaussée est en travaux. Je peux marcher jusque chez moi, je n'en ai que pour deux ou trois minutes.

– Je vous accompagne. Il est très tard, dit Chen, qui demanda au chauffeur de l'attendre.

À cette heure avancée de la nuit, quelques jeunes gens traînaient encore, leurs cigarettes scintillant dans l'obscurité comme des lucioles. L'un d'eux émit un sifflement strident quand Chen et Nuage Blanc passèrent devant lui avant de tourner dans une allée longue et sombre. À l'origine, c'était sans doute un passage entre deux rangées de maisons, mais les gens avaient construit, en toute illégalité, des baraques de fortune de chaque côté. La municipalité fermait les yeux car il fallait bien que ces gens vivent quelque part. Le passage s'était donc réduit à un chemin étroit où deux personnes ne pouvaient pas marcher de front. Chen suivit la jeune fille en silence, avançant avec précaution entre les réchauds à charbon et les piles de choux d'hiver entassés à l'extérieur des baraquements. Le contraste avec *Le Retour à l'âge d'or* était brutal.

Quoi d'étonnant si Nuage Blanc étudiait à l'université Fudan tout en travaillant au *Dynastie*? Il fallait à tout prix qu'elle ait une vie différente de celle de ses parents.

Chen laissa Nuage Blanc devant une masure délabrée et revint sur ses pas. Au bout de quelques mètres, il se retourna et vit la jeune fille debout devant la porte. La bicoque paraissait toute petite, et la base du toit dépassait sa tête de quelques centimètres à peine. Il fut surpris d'apercevoir, dans le noir, un petit pot de fleurs au sommet, en guise de décoration.

Tandis que le taxi s'éloignait, Chen éprouva un sentiment étrange, comme si la ville s'était brusquement séparée en deux villes distinctes. La première consistait en de vieux *shikumen*, des ruelles étroites, des allées délabrées, comme le secteur qu'il venait de quitter, où les gens avaient du mal à joindre les deux bouts. La seconde comportait des endroits branchés comme les bars de la rue de Henshan, les nouvelles tours de Hongqiao et le futur complexe New World.

Quand Gu lui avait parlé pour la première fois de son ambitieux projet, Chen considérait plus ou moins le New World et les entreprises du même genre comme des mythes. Il avait tort. Un mythe ne peut survivre à moins de s'enraciner dans la réalité.

Bien sûr, une partie du mythe restait toujours cachée : la souffrance des exclus. Cette partie-là, l'inspecteur principal Chen la connaissait bien, pour l'avoir étudiée dans ses livres de classe. À l'époque, l'éclat et le faste étaient présentés comme des signes de décadence, un mal qui se développait aux dépens de la classe ouvrière. L'accent était mis alors sur l'envers du décor, ce qui avait justifié la révolution communiste.

Ce qui avait changé, c'est qu'aujourd'hui on mettait l'accent sur la façade, l'éclat et le faste, et ce changement de perspective justifiait le renversement de la révolution communiste, même si les autorités du Parti ne pouvaient en aucun cas le reconnaître.

L'espace d'un moment, une certaine confusion envahit l'esprit de Chen. L'histoire, dans les manuels, ressemblait aux balles de couleurs entre les mains d'un jongleur.

Si la vérité ne se trouvait pas dans les livres, alors où la chercher ?

Mais que pouvait-il faire, lui, simple flic ?

18

Yu se réveilla de bonne heure le samedi matin, mais décida de ne pas se lever tout de suite.

Décision due à la nécessité: dans cette petite pièce, si l'un d'eux se levait, les autres étaient obligés de suivre.

Qinqin était resté debout tard, la veille, pour étudier. Aujourd'hui, les collégiens travaillaient comme des fous, et Peiqin le poussait à en faire davantage encore. Elle soutenait que Qinqin devait entrer à tout prix dans un lycée de premier ordre. « Il ne faut surtout pas qu'il finisse comme nous. »

Elle n'avait peut-être mis aucune intention dans ces paroles, qui résonnaient cependant de façon désagréable aux oreilles de Yu, d'autant plus qu'il se trouvait dans l'incapacité d'aider Qinqin. Peiqin seule assistait leur fils dans ses devoirs, car Yu était dépassé.

Qinqin dormait d'un profond sommeil sur le canapé pliant, les pieds posés sur les accoudoirs. C'était maintenant un grand garçon élancé, et le canapé n'était plus assez long pour lui.

Normalement, Peiqin aurait dû être levée à cette heure-ci, mais c'était le week-end. Elle aussi avait veillé tard pour vérifier les problèmes de maths de Qinqin. À la lumière matinale, son visage paraissait pâle et fatigué.

L'inspecteur Yu se sentait, malgré lui, de plus en plus contrarié par les derniers développements de l'affaire Yue. Il était conscient de la pression mise sur le service de la Police criminelle, pression particulièrement exaspérante pour le secrétaire du Parti Li. La nouvelle de la mort tragique de Yue avait donné lieu à de folles rumeurs, non seulement en Chine mais aussi à l'étranger, où plusieurs journaux avaient rapporté l'affaire, ce qui avait jeté de l'huile sur le feu, ici, à Shanghai. Le roman de Yue avait été réimprimé par des éditeurs d'avant-garde et il se vendait comme des petits pains dans les librairies privées. Fei Weijin, le ministre de la Propagande de Shanghai, s'était senti concerné au point de venir en personne dans les bureaux de la Police criminelle pour déclarer que plus l'affaire tarderait à être résolue, plus la nouvelle image de la Chine risquait d'en pâtir.

Résultat, le secrétaire du Parti Li avait hâte qu'on en finisse. Tous les efforts de Yu pour convaincre Li qu'il fallait poursuivre l'enquête s'étaient heurtés à un mur.

Yu tenta de se rappeler la façon dont Chen s'était frayé un chemin dans la jungle de la politique du Service. D'ailleurs, il en voulait un peu à Chen, aussi. Hier soir, il était certain d'avoir entendu des chuchotements et de la musique, en fond sonore de leur conversation téléphonique. Ce que faisait Chen ne regardait que lui. L'inspecteur principal pouvait se permettre de prendre du bon temps, avec son statut, son « projet lucratif », sa carrière prometteuse, et sa « petite secrétaire ». Pourtant, cette idée mettait Yu mal à l'aise. Il était surpris des suggestions de Chen et se demandait comment, au beau milieu d'un travail de traduction urgent, il s'était débrouillé pour échafauder ces théories. Ce n'étaient malgré tout que des hypothèses, que rien de concret ne venait étayer. Lui-même avait effectué de timides incursions dans ces directions, sans résultat.

Peiqin bougea à côté de lui. Elle rêvait encore, peut-être. Soudain Yu éprouva de la tristesse, non seulement pour lui-même, mais plus encore pour

Peiqin et Qinqin. Voilà des années qu'ils vivaient là, tous les trois, tassés dans cette pièce d'un *shikumen*, dans un quartier miteux. D'une affaire d'homicide à une autre, il était absent la plupart du temps, parfois même le week-end, et la paye qu'il rapportait était maigre. À quoi bon travailler, dans ces conditions?

Peut-être était-il temps qu'il envisage de changer de métier, ainsi que le lui avait suggéré Peiqin.

En entrant dans la police, l'objectif de Yu était clair: faire mieux que son père, le Vieux Chasseur qui, malgré ses compétences, était resté simple agent toute sa vie. C'est de lui que Yu avait hérité son emploi dans le service de la Police criminelle de Shanghai. Pour le grade, au moins, Yu avait atteint son but. Un cran au-dessus du Vieux Chasseur, il était pourtant loin d'éprouver la même satisfaction que lui dans les années de dictature du prolétariat.

À présent le métier de policier n'était pas très gratifiant. Dans une société de plus en plus matérialiste, un flic n'était rien. Même l'inspecteur principal Chen, avec sa position et sa réussite, se voyait obligé de prendre un congé pour gagner un peu plus d'argent.

On parlait aussi de flics corrompus, et Yu savait que cela existait. Alors à quoi bon exercer ce métier?

Il se leva et annonça une décision qui surprit tout le monde, lui le premier.

– Allons prendre le petit déjeuner à *La Bonne Vieille Assiette*.

– Pourquoi? demanda Peiqin en se frottant les yeux.

– Nous méritons tous les trois de passer un week-end agréable.

– Excellente idée, j'ai entendu parler de ce restaurant, approuva Peiqin d'une voix endormie.

Elle semblait étonnée, car cela ne ressemblait pas à Yu d'emmener la famille au restaurant, au beau milieu d'une enquête.

– Si tôt? dit Qinqin, abandonnant à contrecœur le canapé grinçant.

– *La Bonne Vieille Assiette* est connue pour sa première fournée de nouilles du matin. J'ai lu ça dans un guide, ajouta Yu, qui ne souhaitait pas expliquer d'où lui venaient ces renseignements.

Une demi-heure plus tard, ils arrivèrent au restaurant, situé rue de Fuzhou. De nombreux clients étaient déjà attablés, des personnes âgées pour la plupart, leurs baguettes en bambou prêtes à entrer en action avant même que les nouilles soient servies.

Au-dessus du comptoir, la liste des différentes variétés de nouilles, inscrite sur une ardoise, était impressionnante. Yu eut à peine le temps de choisir car les gens, derrière eux, commençaient à s'impatienter. Des habitués, sans doute, qui n'avaient pas besoin de consulter la carte pour indiquer à la caissière au visage poupin leur plat préféré.

Yu commanda des nouilles avec du chou vert au vinaigre et des pousses de bambou d'hiver, plus une portion de porc *xiao*, l'une des spécialités de la maison, d'après monsieur Ren. Peiqin choisit des nouilles avec de l'anguille et des crevettes frites, ainsi que du porc *xiao*, elle aussi. Qinqin prit des nouilles avec de la tête de carpe fumée, et du Coca-Cola.

Le service était nettement moins impressionnant que la carte. Les tables rondes, maculées d'huile et de soupe, étaient assez grandes pour dix ou douze personnes, et les Yu ne purent en avoir une pour eux seuls. La salle était vaste, mais il n'y avait que deux serveuses d'un certain âge, qui s'affairaient en tous sens, les bras chargés d'assiettes et de bols. Elles ne parvenaient pas à nettoyer les tables à temps, d'autant plus que d'autres clients étaient encore en train de manger. Peut-être était-ce l'une des raisons pour lesquelles le restaurant maintenait ses prix inchangés.

Deux hommes vinrent s'installer à leur table. L'un était mince comme une tige de bambou, l'autre rond comme un melon. Ils semblaient bien se connaître.

– Mangez et buvez tant que vous le pouvez. La vie est courte, dit le maigre en levant sa tasse de thé.

Il but une gorgée et glissa un morceau de poulet sous ses nouilles.

– Ce bol de nouilles nature est absolument exquis, dit le gros en claquant des lèvres. D'ailleurs, je dois suivre mon régime.

– Allons donc, dit l'autre d'un ton sarcastique. C'est un miracle que vous ayez l'air aussi prospère et que vous puissiez vous permettre de venir ici tous les jours, avec votre allocation de préretraite.

Les nouilles nature avaient beau être le plat le moins cher de l'établissement, pour quelqu'un qui ne touchait que deux cents yuans par mois environ, un bol de nouilles nature à trois yuans était le maximum qu'il pouvait s'offrir.

Peiqin prit des baguettes encore humides dans

un pot en bambou, les essuya avec son mouchoir et en donna une paire à son mari et à son fils. Qinqin s'absorba dans la contemplation de la poivrière à l'ancienne, comme s'il cherchait à résoudre un problème de maths. Pendant qu'ils attendaient leurs plats, Yu remarqua des clients moins patients qui allaient chercher eux-mêmes leurs bols au comptoir.

Les nouilles arrivèrent enfin. Suivant le conseil de monsieur Ren, Yu plongea les tranches de porc *xiao* dans la soupe, attendit une minute ou deux que la viande devienne presque transparente sous l'effet de la chaleur, puis la laissa fondre sur sa langue. La texture des nouilles était indescriptible ; croquantes sans être trop dures, leur goût était relevé par la soupe délicieusement épicée.

Pour épater Qinqin, Yu voulut détailler les ingrédients de la soupe, mais il ne réussit à se souvenir que de quelques minuscules poissons placés dans un sachet en mousseline et bouillis dans leur jus. Qinqin parut très intéressé.

Yu s'interrogeait sur l'opportunité de commander une portion de porc *xiao* pour son fils, quand un homme âgé vint s'asseoir à une table proche de la leur. Le nouveau venu portait une longue veste matelassée, de couleur violette, et un bonnet rembourré à oreillettes, qui lui cachait presque le visage. Il frottait l'une contre l'autre ses mains engourdies par le froid vif du matin. Il commanda, lui aussi, un bol de nouilles nature et quand on le lui apporta, il poussa un soupir d'intense satisfaction.

– Regarde, chuchota Qinqin à l'oreille de Yu, il sort de la viande de sa poche.

En effet, le vieil homme prit dans la poche de sa veste des tranches de porc enveloppées dans du plastique, les retira de leur emballage, les plongea dans le bouillon et attendit qu'elles ramollissent.

– C'est du porc spécial ? demanda Qinqin, amusé.

Yu l'ignorait. Pour les habitués du lieu, c'était apparemment un rituel de recouvrir les nouilles d'un morceau de porc *xiao*. Quel genre de porc le vieux monsieur avait-il apporté avec lui, il n'aurait su le dire. Peut-être du jambon traité d'une façon particulière.

Quand le client enleva son bonnet et se tourna vers eux, Yu le reconnut.

– Oh, monsieur Ren !

– Camarade inspecteur Yu, je suis très heureux de vous voir ici, à *La Bonne Vieille Assiette* ! dit monsieur Ren avec un sourire affable. Vous avez donc suivi mon conseil ?

– Oui, et j'ai emmené ma femme et mon fils. Peiqin et Qinqin.

– Formidable. Toute la petite famille sort au restaurant. À la bonne heure !

Monsieur Ren fit un grand geste du bras.

– Je vous en prie, continuez votre repas, sinon vos nouilles vont refroidir.

Yu se tourna vers Peiqin et murmura :

– C'est quelqu'un que j'ai rencontré dans la résidence de Yue.

– J'aurais dû m'en douter, répondit Peiqin sur le même ton. Comment ai-je pu imaginer que tu aurais le loisir de nous emmener prendre le petit déjeuner à l'extérieur, au beau milieu d'une enquête ?

– Non, cela n'a rien à voir avec l'affaire.

Ce n'était pas tout à fait vrai. Inconsciemment, il avait sans doute voulu vérifier les déclarations de monsieur Ren.

– Il m'a beaucoup parlé de cet endroit quand je l'ai interrogé. Peut-on considérer que cela a un rapport avec l'enquête ?

– Il figure sur ta liste de suspects, si je me souviens bien, dit Peiqin avec un sourire légèrement ironique. Tu es satisfait, maintenant ?

– Eh bien, il ne figure plus sur ma liste, à présent, mais je suis satisfait de ce repas.

C'était la vérité. Le repas – seize yuans au total pour trois personnes – était bon marché mais délicieux. Et cela valait la peine de sortir en famille de temps en temps.

Monsieur Ren s'essuya la bouche du revers de la main et se tourna encore une fois vers leur table. Il avait fini ses nouilles.

– Vous avez peut-être été surpris de me voir sortir des tranches de porc de ma poche. C'est une astuce comme seul peut en inventer un vieux gourmet frugal. (Il sourit à Qinqin.) Après le repas de midi, le restaurant vend le porc *xiao* au poids. Cinquante yuans le kilo. Cela paraît cher, mais en réalité ça ne l'est pas. Si vous découpez le porc à la maison, un kilo vous fournira environ soixante-quinze à quatre-vingts portions. Combien coûte une portion ici ? Deux yuans. Voilà pourquoi j'achète une livre de porc que je mets au réfrigérateur, et je sors quelques tranches avant de venir ici.

– Vous n'avez sûrement pas besoin d'être aussi dur envers vous-même, monsieur Ren, avec vos...

Yu faillit dire : « avec vos indemnités de compensation. »

– Ne vous inquiétez pas pour moi, inspecteur Yu. Un vieux gourmet est capable de tout, sauf de négliger son estomac. Je suis trop âgé pour me soucier de... comment dit-on ? ah ! oui, de consommation ostentatoire. Le porc *xiao* que j'apporte avec moi a le même goût dans ma bouche. *La Bonne Vieille Assiette* est un établissement de qualité. J'espère vous y revoir.

– Nous reviendrons certainement, dit Yu. Quand l'enquête sera terminée, il faudra que vous me parliez davantage de vos astuces de gourmet.

– Venez dans mon restaurant un de ces jours, monsieur Ren, dit Peiqin. Il n'est pas très connu, il s'appelle *Les Quatre Mers*, mais nous avons quelques bonnes spécialités, pas chères du tout.

– *Les Quatre Mers* ? Il me semble en avoir entendu parler. Je viendrai, Peiqin, vous pouvez y compter.

Tous les quatre se levèrent pour partir.

Près de l'entrée, Qinqin s'arrêta pour observer, de l'autre côté du comptoir, derrière une vitre, deux cuisiniers tout en blanc, coiffés de toques immaculées, qui découpaient avec dextérité des morceaux de porc *xiao* sur d'énormes billots. Des rangées de poulets, dégoulinants de graisse, étaient suspendues au-dessus de leurs têtes à des crochets d'acier étincelant.

Yu vit monsieur Ren, qui avait déjà parcouru quelques mètres, revenir soudain sur ses pas.

– Avez-vous oublié quelque chose, monsieur Ren ?

– Non, ou plutôt si, j'ai oublié de vous dire quelque chose.

– Quoi donc ?

– C'est peut-être sans importance, mais je crois qu'il vaut mieux que je vous en parle. Le matin du 7 février, quand je suis sorti du *shikumen*, j'ai vu quelqu'un marcher devant moi.

– Qui ?

– Wan.

– Vraiment ! Vous souvenez-vous de l'heure ?

– Eh bien, comme je vous l'ai dit, il était à peu près six heures moins le quart.

– Vous êtes sûr que c'était Wan, et que c'était ce matin-là ?

– J'en suis pratiquement certain. Nous ne sommes peut-être pas très proches, mais nous vivons sous le même toit depuis de nombreuses années.

– Lui avez-vous adressé la parole ?

– Non. En règle générale, je ne discute guère avec mes voisins, dit monsieur Ren avec un sourire un peu amer. Bien entendu, il est possible que Wan soit revenu plus tôt que d'habitude, lui aussi, ce matin-là, pour commettre le meurtre, mais n'est-ce pas un peu tiré par les cheveux ?

– Vous avez parfaitement raison, monsieur Ren. Voilà un point très important. Dans ses déclarations, Wan n'a pas mentionné qu'il était sorti si tôt ce matin-là.

– Il y a autre chose. J'ai entendu parler d'un billet de train découvert chez Wan et qui serait la preuve de sa culpabilité, mais il se trouve que je sais quelque chose également à ce sujet.

– De quoi s'agit-il, monsieur Ren ?

– Encore une coïncidence. En tant que gourmet frugal, je fréquente différents établissements, pas seulement *La Bonne Vieille Assiette.* Un autre de mes restaurants favoris est situé près de la gare de Shanghai. *Aux Collines de l'ouest* est connu pour ses minibouchées au jus, absolument délicieuses. Un matin, il y a environ six mois, j'ai aperçu Wan dans une longue file de gens qui attendaient devant le guichet des billets de chemin de fer. Je ne lui ai pas vraiment prêté attention. Il achetait peut-être un billet pour un parent ou un ami, sinon pour lui-même. Et puis, un autre matin, quelques semaines plus tard, je l'ai revu qui faisait la queue à nouveau.

– C'est curieux. Je n'ai pas entendu dire qu'il effectuait fréquemment des voyages hors de Shanghai.

– Cela ne me regarde pas, mais ce matin-là, *Aux Collines de l'ouest* était tellement bondé que j'ai été obligé d'attendre plus d'une heure et demie avant d'être servi. En ressortant, j'ai aperçu Wan, mais cette fois, il n'était pas dans la file, il vendait des billets à des provinciaux sur la place de la gare. Un moyen de gagner un peu d'argent en revendant des billets à des gens qui ne pouvaient pas faire la queue pendant des heures.

– Voilà exactement l'information dont j'avais besoin ! Au lieu d'aller faire du tai-chi, Wan sortait de bonne heure chaque matin pour acheter et revendre des billets de train. Je comprends, maintenant.

– Je n'ai jamais parlé de cela à personne. Wan est un homme qui ne peut pas se permettre de perdre la face. C'est extrêmement humiliant, pour un ex-membre de l'Équipe de propagande de la pensée de Mao, de finir en revendeur de billets à la sauvette.

Aussi, il a raconté à ses voisins qu'il pratiquait le tai-chi tous les matins.

Monsieur Ren ajouta avec gravité :

– Un membre de la propagande pouvait être aussi implacable qu'un garde rouge, à l'époque, mais je ne ressens aucune rancune envers eux. Personne ne doit être victime d'une injustice, que ce soit Wan ou n'importe qui d'autre.

– Merci infiniment, monsieur Ren. Il s'agit là d'une information précieuse.

Yu était maintenant totalement convaincu que Wan n'était pas le meurtrier. Mais cela ne signifiait pas qu'on pouvait rejeter en bloc ses aveux. Il fallait avoir une nouvelle discussion avec le secrétaire du Parti Li.

Ce petit déjeuner se révélait, en fin de compte, bien plus instructif que l'inspecteur Yu n'aurait pu s'y attendre.

19

Une fois de plus, la matinée de l'inspecteur principal Chen fut ponctuée d'appels téléphoniques.

Le premier venait de Yu, qui lui raconta sa « découverte du petit déjeuner » à *La Bonne Vieille Assiette*.

– Les arguments contre Wan comportent trop de trous, dit Yu. Je ne peux pas conclure mon enquête pour l'instant.

– Vous n'y êtes pas obligé. Nous n'y sommes pas obligés.

– Mais le secrétaire du Parti Li est très pressé.

– Ne vous inquiétez pas, je vais l'appeler.

– Que lui direz-vous ?

– Eh bien, le camarade Wan n'est-il pas lui-même un symbole politique ? Membre de l'Équipe de propagande de la pensée de Mao sous la Révolution culturelle, assassin dans les années quatre-vingt-dix. Le secrétaire du Parti Li ne va pas aimer cela.

– Vous retournez ses propres armes contre lui.

Chen perçut une nuance d'excitation dans la voix de Yu.

– Exactement.

Chen avait à peine raccroché que le téléphone sonna de nouveau. L'appel provenait d'une infirmière de l'hôpital Renji. Il avait fallu hospitaliser sa mère pour un examen en rapport avec ses problèmes d'estomac.

La nouvelle tombait à un mauvais moment. Il s'apprêtait à donner un dernier coup de collier pour finir la traduction. Il s'était engagé vis-à-vis de Gu. Le temps comptait pour le projet New World, il le savait. Un instant, il regretta d'avoir accepté ce travail qui empiétait sur ses responsabilités de policier et, maintenant, de fils.

La traduction avait pourtant du bon. L'hôpital réclamait un acompte avant d'admettre un patient. L'avance tombait à pic car elle couvrait largement la somme exigée.

Il n'aimait pas cet aspect des réformes économiques de la Chine. Comment se débrouillaient ceux qui n'avaient ni argent ni relations ? La direction d'un hôpital aurait dû manifester un peu d'humanité.

Mais tout le monde courait après l'argent, au milieu des années quatre-vingt-dix. *Xian Qian Kan, Regardons vers l'avenir.* Dans ce cruel jeu de mots d'un slogan politique, le même mot, *qian*, prononcé différemment, pouvait signifier l'avenir ou l'argent. En cette ère d'économie de marché, les hôpitaux ne faisaient pas exception. Les médecins et les infirmières étaient comme les autres: leurs revenus dépendaient des bénéfices de l'hôpital.

Pendant que Chen parlait au téléphone avec l'infirmière, Nuage Blanc arriva.

– Ma mère a dû être hospitalisée pour un examen médical, lui dit-il en reposant le combiné.

– Les hôpitaux pratiquent des examens à tour de bras, maintenant; ils ne sont peut-être pas nécessaires, mais ils rapportent de l'argent. Beaucoup d'argent. Ne vous inquiétez pas trop, inspecteur principal Chen.

– Vous avez peut-être raison.

Lui aussi se demandait si l'examen que devait subir sa mère nécessitait une hospitalisation. Elle se plaignait depuis des années de maux d'estomac, mais personne n'avait jamais considéré que c'était grave.

– Laissez-moi aller à l'hôpital à votre place ce matin, pour déposer l'acompte, m'occuper des formalités d'admission et tenir compagnie à votre mère. N'oubliez pas, je suis votre « petite secrétaire ». Appelez-moi si vous avez des questions. Vous avez mon numéro de portable.

Que penserait sa mère? Il ne l'avait pas informée qu'il avait une secrétaire à domicile. Pourtant, en ce moment précis, il ne pouvait pas se permettre d'hésiter.

– Très bien. Dites-lui que je passerai la voir dans l'après-midi ou dans la soirée. Merci beaucoup, Nuage Blanc.

– Je vous en prie, répondit la jeune fille en déposant un sac en papier kraft dans le réfrigérateur. Ah ! il y a du rosbif et des bouchées à la vapeur. Hier soir, vous n'avez même pas eu le temps de finir votre steak. Vous aimez le bœuf, je suppose. Il vous suffit de mettre le tout au micro-ondes.

Puis ce fut au tour du secrétaire du Parti Li d'appeler.

– L'inspecteur Yu m'a dit que vous désiriez me parler, camarade inspecteur principal Chen.

– L'inspecteur Yu m'a fait part des derniers développements de l'enquête et j'aimerais en discuter avec vous.

– Je vous écoute.

– Depuis notre dernière conversation, j'ai beaucoup réfléchi à l'affaire. Ainsi que vous l'avez souligné, nous devons tenir compte des répercussions politiques éventuelles. Comme vous l'avez expliqué, les autorités supérieures ont toutes les raisons de souhaiter que nous résolvions l'affaire sans complications politiques. Aussi, nous avons intérêt à la dépolitiser.

Chen marqua volontairement une pause avant de poursuivre :

– Si nous clôturons l'enquête précipitamment,

avec Wan comme assassin, cela risque d'aller à l'encontre des intérêts du Parti...

– Que voulez-vous dire, inspecteur principal Chen ?

– Eh bien, s'il s'avère, sans nul doute possible, que Wan est le meurtrier, il sera puni, bien entendu. Seulement, il subsiste des trous dans ses aveux, comme l'a fait remarquer l'inspecteur Yu, alors pourquoi ne pas attendre encore deux ou trois jours ?

– Je ne saisis toujours pas. Expliquez-vous.

– Après la conférence de presse, les gens apprendront qui est Wan. Un ex-membre de l'Équipe de propagande de la pensée de Mao Zedong, un ancien rouge, donc, mais quelle est sa situation aujourd'hui ? Hélas, Wan n'est pas le seul dans ce cas. De nombreux travailleurs retraités ont une vie difficile. Il risque de représenter, aux yeux du public, l'exemple du vieux travailleur qui dégringole la pente et court à sa perte. Si Wan a pu commettre un meurtre par désespoir, tant d'autres qui se retrouvent dans une situation similaire peuvent en faire autant. Le cas de Wan pourrait apparaître hautement symbolique.

– Vous n'avez pas tort, camarade inspecteur principal Chen, dit Li après un long silence. Mais les autorités municipales mettent la pression sur le service de la Police criminelle.

– C'est précisément ce que nous devons prendre en compte. Si certains détails étaient relevés par un journaliste, publiés, et déformés... Imaginez ce titre, par exemple : *L'hostilité entre un ancien membre de l'Équipe de propagande de la pensée de Mao Zedong et un écrivain dissident qui a dénoncé la Révolution culturelle.* Des allusions politiques de ce genre pourraient être désastreuses.

– Nous procéderons à un contrôle strict de l'information.

– Je doute que cela fonctionne. J'ai suivi votre suggestion et je me suis rendu au *shikumen* la semaine dernière. Les habitants sont si nombreux, là-bas, et vivent dans une telle promiscuité que nouvelles et rumeurs se répandent comme une traînée de poudre. Les journalistes risquent d'aller voir sur place. Aujourd'hui, certains journaux ne sont plus ce qu'ils étaient, ils n'ont plus guère de loyauté envers le Parti. Ils ont besoin de scoops pour accroître leur diffusion.

– Si l'inspecteur Yu veut prendre deux ou trois jours de plus pour son enquête, dit Li après une courte hésitation, je pense que ce sera possible. Mais il est capital que les gens sachent que le gouvernement n'est pas impliqué dans la mort de Yue. Et qu'ils le sachent le plus tôt possible.

– J'ai une question, secrétaire du Parti Li.

– Oui, inspecteur principal Chen.

– C'est au sujet de la Sécurité intérieure. Une chose m'intrigue. Ce n'est pas leur enquête, personne ne nous a informés de leur participation. Pourtant, ils ont fouillé la chambre de Yue avant même l'arrivée de l'inspecteur Yu. Ensuite, ils nous ont caché que Yue avait déposé une demande de renouvellement de son passeport. Pourquoi, secrétaire du Parti Li ?

– Eh bien, Yue était un écrivain dissident. Il est compréhensible que la Sécurité intérieure s'intéresse à l'affaire. Ils n'ont pas d'obligations vis-à-vis de nous, comme vous le savez.

– Mais si l'affaire présentait un aspect politique aussi délicat, ils auraient dû nous faire part de ce renseignement.

– S'ils avaient trouvé quelque chose d'important, je crois qu'ils nous en auraient informés. Avez-vous découvert des éléments susceptibles d'intéresser la Sécurité intérieure ?

– Non. (Même si cela avait été le cas, Chen n'en aurait rien dit.) C'est pourquoi je vous ai posé cette question.

– Le ministère, à Pékin, nous a également appelés. Le ministre Huang a vraiment une très haute opinion de vous. Puisque vous avez beaucoup réfléchi à l'affaire, pourquoi ne pas prendre le relais ?

– Non, secrétaire du Parti Li. Ma mère est à l'hôpital. Je viens juste d'être prévenu.

– Oh, je suis désolé. Le Service peut-il faire quelque chose pour vous ? Vos vacances ne sont pas terminées. Si nécessaire, prenez quelques jours supplémentaires. Nous pouvons aussi envoyer quelqu'un à l'hôpital pour aider votre mère. Avez-vous une requête particulière ?

– Non, pas pour le moment. Mais je vous remercie de votre proposition. Et j'assisterai l'inspecteur Yu dans toute la mesure du possible, je vous le promets, secrétaire du Parti Li.

Après cette conversation, Chen eut un peu de mal à se concentrer sur la traduction. Nuage Blanc téléphona pour l'informer que toutes les formalités étaient accomplies et que sa mère ne courait aucun danger. Le médecin avait expliqué qu'il valait mieux l'hospitaliser pour l'examen en raison de son âge. Voilà qui était plutôt rassurant. Chen continua donc la révision de sa traduction.

Avant le déjeuner, il composa le numéro de Yu, mais c'est Peiqin qui décrocha. Il tombait bien, elle avait une nouvelle extrêmement importante.

Au lieu de relire *Mort d'un professeur chinois* depuis le début, elle avait décidé de se concentrer sur les pages qu'elle avait déjà sélectionnées. Cette relecture mit en lumière une chose qu'elle avait vaguement remarquée auparavant: la qualité de l'écriture était inégale. Certains passages semblaient écrits par une débutante naïve, alors que d'autres frappaient par leur style très élaboré. C'était vrai en particulier pour le chapitre sur les causes de la Révolution culturelle, qui dénotait une force d'analyse étonnante. Difficile d'imaginer qu'une jeune garde rouge, pleine de fougue, puisse posséder un tel recul historique. En revanche, les chapitres suivants s'enlisaient dans des détails sur les associations régionales de gardes rouges, leurs conflits d'intérêts, leurs luttes pour le pouvoir et les revendications personnelles de leurs membres.

La qualité d'un livre peut varier selon les chapitres, Peiqin le savait, mais pas à ce point.

Après les habituelles formules de politesse, elle demanda:

– Que pensez-vous de Yue en tant qu'écrivain, inspecteur principal Chen?

– Je n'ai pas encore lu son roman, mais ces jours derniers, j'ai parlé au téléphone avec plusieurs personnes qui l'ont lu. Elles ne paraissent pas en avoir une très bonne opinion. Cela dit, leur jugement est peut-être biaisé à cause du passé de l'auteur.

– Je peux le comprendre. J'ai lu le livre plusieurs fois. Je suis perplexe sur un point. Certains passages me semblent écrits par un amateur, un peu comme le journal d'une collégienne. En revanche, d'autres parties sont excellentes, le début par exemple, qui témoigne d'une remarquable vision historique.

– Voilà des observations très perspicaces. En ce qui concerne la qualité inégale de l'écriture, un critique a fait la même remarque et a suggéré que Yue aurait employé un nègre. Après tout, elle n'avait jamais écrit, auparavant.

– Cela n'explique pas le manque de cohérence.

– Peut-être s'est-elle fait aider pour une partie du livre seulement.

– Ou alors, elle a pu copier des passages d'autres œuvres.

– C'est également une possibilité.

Chen poursuivit, avec un regain d'intérêt dans la voix :

– Voulez-vous dire qu'elle aurait plagié quelqu'un ?

– Oui, c'est ce que je soupçonne.

– Je pense que vous avez raison. Mais je ne vois pas le lien entre le roman et le meurtre. Si quelqu'un, soit l'auteur de l'ouvrage qu'elle a copié, soit un lecteur, a découvert le plagiat, il a pu la contacter ou avertir les médias. Dans un cas de ce genre, le plaignant réclame des dédommagements financiers. Mais il n'aurait rien gagné à l'assassiner. Avez-vous découvert autre chose, Peiqin ?

– Rien de nouveau, sauf un détail mineur. Comme Yu a dû vous le dire, j'ai lu beaucoup de traductions. Lycéenne, je dévorais les livres. Quand on les lit attentivement, les ouvrages traduits présentent des différences très nettes avec les livres écrits directement en chinois. D'un point de vue linguistique, je veux dire.

– Voilà qui est très intéressant…

– Certaines expressions et certaines structures de phrase diffèrent d'une langue à l'autre. Parfois même, un mot ne s'emploie pas du tout de la même façon. Les traducteurs expérimentés comme Yang le savent, mais pas les traducteurs médiocres. Des expressions étrangères émaillent les textes de ces derniers ; le sens y est peut-être, mais les tournures de phrase ne « sonnent » pas chinois.

– Vous avez raison. Certains paragraphes ne coulent pas très bien, c'est aussi mon impression, mais ma lecture n'a pas été aussi approfondie que la vôtre.

– Voici un exemple. Il y a dix ans, le mot *privacy*, intimité, n'existait pratiquement pas en chinois. Si on l'employait, c'était avec une connotation négative, dans le sens de quelque chose d'indécent, de sournois, contraire à l'honnêteté et à la franchise. Mais, dans *Mort d'un professeur chinois*, Yue l'utilise très souvent dans un sens positif, comme les jeunes d'aujourd'hui.

– Vous connaissez vraiment bien l'anglais, Peiqin !

– Ne vous moquez pas de moi, inspecteur principal Chen. J'aide Qinqin pour ses devoirs d'anglais et, il y a quinze jours à peine, il m'a demandé comment on traduit *privacy* en chinois.

– Vos remarques sont judicieuses, Peiqin.

– Oh, pardonnez-moi. J'ai vraiment l'air d'une apprentie qui donne des leçons à un maître! Mais certains passages du livre de Yue ont tout de la traduction littérale.

– Donc, vous supposez qu'elle a plagié un texte anglais?

– C'est possible, non?

C'était possible, en effet. Un grand nombre d'ouvrages sur la Révolution culturelle avaient été écrits dans cette langue. Yue en avait sûrement lu plusieurs. Mais *Mort d'un professeur chinois* avait été traduit en anglais. Yue avait sans doute envisagé la possibilité qu'on découvre le plagiat.

Peut-être que, comme lui, Peiqin était trop obnubilée par son désir de contribuer à l'enquête. La seule aide qu'elle pouvait apporter résidait dans ses lectures. Par conséquent, elle avait tendance à amplifier certains aspects. Mais elle le faisait pour son mari, obligé de se débrouiller seul dans une affaire compliquée.

– Yu m'a parlé de votre petit déjeuner en famille à *La Bonne Vieille Assiette* ce matin, dit Chen sur l'impulsion du moment. C'est bien. Il mérite de se détendre.

– Oui, il a été très stressé, ces derniers temps. Pour toutes sortes de raisons.

– Je comprends. L'inspecteur Yu et moi sommes dans le même bateau. Je lui fais entièrement confiance et, bien entendu, je l'aiderai de toutes les manières possibles. C'est un policier hors pair. Je considère que j'ai de la chance de travailler avec lui.

– Merci. C'est gentil à vous de dire cela, inspecteur principal Chen.

Après coup, Chen regretta ses propos paternalistes, qui pouvaient ressembler aux vaines promesses du secrétaire du Parti Li.

Il mit le rosbif et les bouchées à la vapeur dans le micro-ondes. La combinaison des deux aliments était intéressante. Le rosbif était préparé à l'occidentale car, dans la cuisine traditionnelle chinoise, il n'existait qu'une façon d'accommoder le bœuf: mijoté à la sauce de soja. Le mélange des opposés, rosbif et bouchées à la vapeur, tels le yin et le yang... Chen s'arrêta net. Le réveil digital indiquait 13:00 en chiffres verts et fit entendre un bip sonore. Une sorte d'étrange correspondance se produisit entre ce son et la pensée qui vint à l'esprit de l'inspecteur principal.

Se pouvait-il que les passages plagiés par Yue proviennent d'un manuscrit non publié, et que l'auteur ne soit pas en situation de se plaindre?

Chen n'avait pas réellement envisagé cette possibilité. Et le manuscrit anglais manquant, mentionné par Zhuang, était l'histoire d'un docteur Jivago chinois racontée par Yang.

Naturellement, si Yang lui avait confié son manuscrit, Yue ne l'aurait jamais dit à personne, car cela lui aurait attiré d'innombrables ennuis. Si les autorités du Parti avaient eu vent de cette affaire, elles auraient exigé que Yue leur remette le manuscrit. Jamais elles n'auraient laissé entre de telles mains un texte qui risquait de nuire à la glorieuse image de la

Chine socialiste. Surtout un texte écrit en anglais, destiné au marché étranger.

Yang n'aurait pas pu poursuivre Yue, ni la tuer, évidemment.

Mais qui d'autre aurait pu connaître l'existence du manuscrit? D'après les recherches de Chen, Yue avait depuis longtemps rompu tous liens avec sa famille. Quant à ses amis et à ses collègues, elle ne leur aurait jamais fait confiance pour une affaire de ce genre.

Et du côté de Yang? Il avait commencé le livre avant la Révolution culturelle, au début des années soixante peut-être. Même s'il n'en avait parlé à personne, quelqu'un de sa famille aurait pu lui rendre visite et tomber par hasard sur le manuscrit, comme Zhuang dans le dortoir.

L'autre éventualité, bien sûr, était la Sécurité intérieure. Peut-être avait-elle appris, d'une manière ou d'une autre, l'existence du manuscrit, et décidé de prendre les choses en main. Ce n'était pas impossible, surtout si Yue avait commencé à contacter des gens à l'étranger.

Cela expliquerait que la Sécurité intérieure ait gardé pour elle l'information concernant la demande de renouvellement de son passeport. Yu n'était pas censé chercher dans cette direction. Cela expliquerait aussi que la Sécurité ait fouillé la chambre de Yue avant l'arrivée de Yu. Même l'insistance du secrétaire du Parti Li sur le fait que l'affaire n'était pas politique confirmait cette hypothèse.

Avant de discuter de tout cela avec Yu, Chen décida d'agir.

Tout d'abord, il prit contact avec le camarade Ding, un fonctionnaire chargé de mettre sur écoute les gens figurant sur la liste noire. Il aurait pu le faire plus tôt, mais avec le secrétaire du Parti Li et la Sécurité intérieure dans les parages, il ne voulait alerter personne. De plus, Ding était un contact à ne pas utiliser trop fréquemment.

Ding se révéla plus prompt à coopérer que Chen ne l'aurait cru. Il rappela au bout de trois quarts d'heure.

La ligne téléphonique de Yue à l'université était sur écoute.

D'après les enregistrements, ses conversations des derniers mois ne présentaient rien d'inhabituel. Mais cela ne prouvait rien. Yue n'aurait pas passé des coups de fil importants depuis un bureau qu'elle partageait avec ses collègues. Quant à la cabine publique du passage du Jardin au trésor, elle ne l'utilisait presque jamais. Sans doute était-elle trop solitaire, ou trop prudente, pour téléphoner à quiconque, ou alors elle téléphonait d'ailleurs, loin de son quartier. Chen penchait plutôt pour la seconde hypothèse.

Ding promit de vérifier tous les enregistrements concernant Yue au cours des dernières années, mais cela prendrait du temps.

Chen appela ensuite le service des Archives de Shanghai et demanda qu'on lui fournisse une liste détaillée des membres de la famille de Yang.

20

L'inspecteur Yu ne pouvait pas faire grand-chose. Le secrétaire du Parti Li avait accepté qu'il pousse l'enquête un peu plus loin, mais il avait insisté pour que l'affaire ne traîne pas indéfiniment.

Même si les aveux de Wan n'étaient pas fiables, l'homme s'était livré à la police de son propre gré. Qu'il ait commis le crime sur une impulsion restait toujours possible. Yu disposait de quelques jours de plus, mais s'il ne se passait rien rapidement, l'affaire se conclurait par l'inculpation de Wan pour meurtre.

Yu ne savait de quel côté se tourner, maintenant.

Il en discuta avec Peiqin au petit déjeuner – composé, ce matin-là, simplement, de riz bouilli deux fois à l'eau, de tofu fermenté et d'un œuf de cent ans trempé dans la sauce de soja. Qinqin était déjà parti pour le collège.

Peiqin était déçue, elle aussi, de constater que ses heures de lecture et de recherches n'avaient abouti à rien.

– Comme dit le proverbe : *Les découvertes miraculeuses se font souvent sans effort*, soupira-t-elle en découpant l'œuf en rondelles. Mais il faut du temps et de la chance.

– C'est vrai en ce qui concerne le travail de la police. Une enquête peut prendre des semaines ou des mois. Elle ne se résout pas parce que le chef du Parti a fixé une date limite.

– Il n'y a aucun élément nouveau ?

– Eh bien, j'ai déjeuné gratis chez Lei. Il a insisté, à cause de Yue. Franchement, je n'ai pas l'habitude d'être traité en homme d'affaires, comme l'inspecteur principal Chen. Yue ne s'entendait pas avec la plupart de ses voisins, mais elle pouvait se montrer secourable pour certains.

– C'est toujours difficile de juger les gens. Elle vivait peut-être trop dans le passé et le souvenir de Yang pour bien s'entendre avec ses voisins, et pour sortir de l'ombre de la Révolution culturelle.

– Quelle existence! J'ai lu quelques pages de son roman, au bureau du comité de quartier. Elle dit que sa vie a commencé avec Yang, à l'école des cadres, mais combien de temps sont-ils restés ensemble, en réalité? Leur histoire d'amour a duré moins d'un an. Et maintenant, peut-être qu'elle est morte à cause de lui.

– N'empêche qu'elle a obtenu la célébrité, et l'argent, grâce à lui.

– Je te trouve un peu dure avec elle. Après tout, c'était son livre, et les droits d'auteur lui revenaient.

– Je n'ai rien contre elle. Mais le fait est que, si son roman s'est bien vendu, c'est grâce à lui, grâce à la relation qu'elle avait eue avec lui. Et combien a-t-elle gagné avec les poèmes de Yang?

– La poésie ne rapporte pas d'argent, comme dit toujours l'inspecteur principal Chen.

– Pourtant, le recueil de Yang a été tiré à un grand nombre d'exemplaires, et tous se sont vendus. Je m'en étais procuré un, moi aussi. À l'époque, beaucoup de gens lisaient de la poésie.

Plus tard, au bureau du comité de quartier, Yu rapporta les propos de Peiqin dans une conversation téléphonique avec l'inspecteur principal Chen.

– Les choses ont bien changé, dit ce dernier. Il y a quelques années, l'éditeur aurait simplement payé une quinzaine de yuans par feuillet de mille caractères, ou dix vers de poésie. Donc, l'un dans l'autre, elle n'aura pas touché une grosse somme.

– C'est ce que je pensais.

– Mais, si son contrat prévoyait le paiement de droits d'auteur en fonction des ventes, c'est une autre histoire. En avez-vous discuté avec l'éditeur ?

– Non. Pourquoi ?

– Eh bien, il pourrait vous dire combien elle a reçu. Cela vaudrait peut-être la peine de lui passer un coup de fil.

Une importante somme d'argent pouvait constituer un mobile pour tuer, mais Yu avait l'impression que dans la mesure où Chen était un écrivain passionné et Peiqin une lectrice acharnée, tous deux exagéraient peut-être les aspects littéraires de l'enquête. Il téléphona cependant à l'éditeur de *Mort d'un professeur chinois*, aux Éditions littéraires de Shanghai.

– Au sujet de Yue, encore ? s'impatienta Wei au bout du fil.

– Désolé, mais nous avons d'autres questions à vous poser.

Yu comprenait l'agacement de Wei. L'éditeur avait eu assez de problèmes à cause du roman de Yue. En cas de publication de propos « non politiquement justes », l'auteur, mais aussi l'éditeur étaient tenus pour responsables. Pour peu que l'auteur soit connu, il s'en sortait parfois avec une peine légère, tandis que l'éditeur payait les pots cassés. Wei s'était vu reprocher de ne pas avoir prévu les répercussions politiques de *Mort d'un professeur chinois*.

– Je vous ai dit tout ce que je sais à propos de Yue, camarade inspecteur Yu. Quelle fauteuse de troubles, même après sa mort!

– Bon. La dernière fois, nous avons évoqué son roman à elle. Mais Yang aussi a publié un livre chez vous. Un recueil de poèmes.

– En effet. Toutefois, ce n'est pas moi le responsable du secteur poésie, mais Jia Zijian.

– Vous a-t-il parlé de ce recueil?

– Non, nous n'en avons pas discuté. Un ouvrage de poésie, vous savez, ne rencontre pas beaucoup de lecteurs, et ne rapporte pas beaucoup d'argent. Yue était concernée par l'édition de ce recueil, bien entendu, puisque c'est elle qui en avait assuré la préparation. C'était une femme spéciale, *qui n'aurait pas laissé une seule goutte d'engrais tomber dans le champ d'autrui.*

– Puis-je parler à Jia?

– Il n'est pas au bureau ce matin. Rappelez dans l'après-midi.

Apparemment, cela ne menait nulle part. Wei, lui aussi, affirmait qu'un recueil de poésie ne rapportait guère d'argent. Pourtant, après cette conversation, Yu ne put se débarrasser d'un sentiment de malaise, comme si quelque chose lui avait échappé.

Vieux Liang ne se montra pas au bureau du comité de quartier, ce matin-là. Une forme de protestation silencieuse, peut-être. Pour lui, l'affaire était close avec les aveux de Wan, et la poursuite de l'enquête constituait une remise en cause de sa perspicacité.

À force de tourner et retourner les propos de Wei dans sa tête, Yu finit par appeler Peiqin.

– Wei émet juste des suppositions, dit celle-ci, peu disposée à croire que la somme concernée soit si faible que cela. Il faut que tu parles avec l'éditeur de poésie.

– Je ne sais pas pourquoi Wei a été si critique envers elle.

– Moi non plus. Pourquoi éprouverait-il du ressentiment?

Peiqin dit soudain:

– À qui faisait-il allusion en disant qu'*elle n'aurait pas laissé une seule goutte d'engrais tomber dans le champ d'autrui*?

– Quelqu'un qui aurait voulu se charger de la préparation du recueil pour la publication?

– Mais personne n'était mieux placé qu'elle. Elle seule était en possession de la plupart des poèmes de Yang.

– En effet. Mais cet « autrui » réclamait peut-être de l'argent...

Le proverbe utilisé par Wei décrivait en général une personne avide, ou une personne qui, dans une transaction d'affaires, demandait trop.

– Tu as touché juste, Peiqin. Je te rappelle plus tard.

Yu raccrocha, puis composa aussitôt un autre numéro.

– Camarade Wei, excusez-moi, encore une question. Tout à l'heure, vous avez cité un proverbe à propos de Yue : *ne pas laisser une seule goutte d'engrais tomber dans le champ d'autrui.* Que vouliez-vous dire ?

– C'est Jia qui a employé cette expression, en rapport avec un parent de Yang, je crois. Et alors ?

Wei avait du mal à contenir son irritation.

– Merci beaucoup, camarade Wei. Cela peut être très important pour notre enquête. Je vous suis reconnaissant de votre aide.

– Je n'en sais pas plus. Mieux vaut vous adresser à Jia. Oh, encore une chose. Il y a un an environ, quelqu'un a téléphoné pour connaître la date de publication du recueil de poésie, c'est-à-dire la seconde édition. On m'a passé la communication, mais je n'ai pas pu renseigner cette personne. C'était peut-être un lecteur féru de poésie, mais j'ai eu vaguement l'impression qu'il appelait pour une autre raison.

L'inspecteur Yu décida de se rendre aux Éditions littéraires de Shanghai. Pour la première fois, il se sentit poussé à explorer cette piste. La maison d'édition était située rue de Shaoxing, dans une ancienne villa des années trente. Un café avait été aménagé au rez-de-chaussée. C'est là que Yu attendit Jia.

Celui-ci, un homme d'une cinquantaine d'années, arriva d'un pas décidé. Quand Yu amorça le sujet, Jia le dévisagea avec surprise.

– Mais la seconde édition n'est pas sortie.

– Comment cela ?

– Pourquoi me posez-vous la question, camarade inspecteur Yu ?

Jia semblait aussi décontenancé que Yu. Apparemment, il ignorait tout de l'enquête.

– Je ne sais rien ni de la première ni de la seconde édition, camarade Jia. Pouvez-vous essayer de me dire ce que vous savez, depuis le début ?

– Eh bien, il y a plus de deux ans, commença Jia d'une voix lente, Yue m'a demandé d'organiser un rendez-vous ici, afin d'expliquer les termes du contrat pour l'édition du recueil de poèmes de Yang au petit-neveu de Yang.

– Au petit-neveu de Yang ?

– Oui, un garçon nommé Bao, de la province du Jiangxi.

– Attendez... un garçon... de la province du Jiangxi...

Cela coïncidait avec les éléments fournis par la femme aux crevettes. La date aussi concordait. Et l'on pouvait comprendre que Yue ait parlé de lui comme de son neveu.

– Je vous en prie, continuez, camarade Jia.

– La mère de ce garçon est une ex-jeune instruite, qui a épousé un agriculteur et s'est établie dans le Jiangxi. Bao est venu sans doute à Shanghai pour réclamer de l'argent, en tant qu'héritier de Yang. Après tout, Yue n'avait pas été mariée avec Yang.

– Exact. Comment s'est passé le rendez-vous ?

– Pas très bien. Bao ne comprenait pas pourquoi Yue avait touché une part aussi importante. Trop importante, selon lui.

– Je ne comprends pas bien. Pouvez-vous m'expliquer ?

– Quand nous publions un ouvrage d'un auteur décédé, nous engageons parfois un rédacteur dont la tâche consiste à rassembler les diverses publications de l'auteur, à comparer les différentes versions, à annoter certains textes et, si nécessaire, à rédiger une préface. En tant que rédactrice chargée des poèmes de Yang, Yue a effectué un énorme travail; elle a recherché les textes dans de vieux magazines et elle en a retrouvé plusieurs dans les carnets de Yang ou sur des bouts de papier. Il n'est pas exagéré de dire que le recueil n'aurait pas pu voir le jour sans le labeur acharné de Yue. Pour ce genre de collaboration, nous payons habituellement environ cinquante pour cent des droits.

– Cinquante pour cent de ce que vous donnez normalement à l'auteur?

– Dans le cas, bien entendu, où l'auteur a disparu et où personne d'autre ne réclame de droits d'auteur. À l'époque, le tarif était de quinze yuans pour dix vers, je me rappelle, indépendamment du tirage. S'il y avait quelque chose d'inhabituel dans notre accord avec Yue, c'étaient les vingt pour cent supplémentaires qu'elle a réclamés pour les frais de reproduction. Nous avons accepté parce que c'était moins que ce que nous aurions versé à Yang. L'apparition soudaine du petit-neveu de Yang nous a ébranlés. Jamais jusque-là un membre de la famille d'un auteur ne nous avait rien demandé, surtout si longtemps après la publication. Yue a soutenu que l'argent qu'elle avait gagné lui appartenait légitimement, ce en quoi elle n'avait pas totalement tort, et elle a refusé de payer Bao. J'ai parlé avec mon patron. La somme en jeu n'était pas très importante et nous ne voulions pas provoquer de scandale. Nous avons donc réglé à Bao un montant équivalant aux trente pour cent restants.

– En d'autres termes, vous avez payé le tarif normal, cent pour cent, pour l'ouvrage.

– C'est exact.

– Bao a accepté cet arrangement ?

– Oui, mais de mauvais gré.

– Il a protesté ?

– Il ne connaissait rien au monde de l'édition, mais il n'avait pas confiance en Yue. Manifestement, il trouvait que ce n'était pas juste. C'est pour cela que Yue voulait que nous lui expliquions. C'était une femme très rusée. Le garçon ne pouvait rien faire. À l'époque, les gens ne s'intentaient pas des procès pour ce genre de choses.

– Pensez-vous qu'il lui en voulait ?

– J'aurais du mal à le dire. Personne n'était satisfait. Yue a même demandé que nous rédigions un accord spécifiant que Bao ne l'importunerait plus jamais. Il a signé avant de prendre l'argent.

– Donc, en définitive, elle ne lui a pas donné un sou ?

– Pas un sou n'est sorti de sa poche.

– Bao est-il revenu vous voir ?

– Non. Il n'habite pas à Shanghai. Il a compris qu'il n'y aurait plus d'argent, sauf dans le cas d'une seconde édition.

– Et cette seconde édition aura-t-elle lieu ?

– Eh bien, nous avons effectué un gros tirage de la première édition, qui est épuisée. Nous envisagions un retirage. Puis le roman de Yue est sorti.

Son nom est apparu sur la liste noire. Nous avons donc décidé de ne pas effectuer de seconde édition.

– Je ne comprends pas, camarade Jia. Le recueil de poésie n'est pas l'œuvre de Yue.

– Mais son nom figure à côté de celui de Yang sur la couverture, en tant que rédactrice. Quand les gens liront les poèmes, ils feront le lien avec le roman. Mon patron a dit que cela ne valait pas la peine.

– Avez-vous d'autres renseignements sur lui ? Je veux dire, sur le jeune Bao ?

– Non, aucun.

Jia se leva.

– Oh, il a habité chez elle quelques jours, je me souviens. Il ne connaissait personne d'autre à Shanghai. C'est elle qui me l'a dit. Mais, après le rendez-vous ici, il est sans doute rentré directement au Jiangxi.

– Je vois. Merci beaucoup, camarade Jia. Les informations que vous m'avez fournies seront sûrement d'une importance considérable pour notre enquête.

C'était comme la pièce manquante d'un puzzle qui surgissait de manière inattendue, à la dernière minute, se dit l'inspecteur Yu en quittant la maison d'édition.

Dehors il faisait beau mais froid. Un peu plus loin, un vieil idiot pauvrement vêtu fouillait dans une poubelle en chantonnant un refrain satirique :

Quand le rouge vire au noir
Le passé on va revoir

Oh oh oh oh
Range vite dans ton sac
Un Big Mac, un Big Mac!

D'un café voisin venaient quelques notes d'un opéra de Pékin révolutionnaire: *L'enseignement du président Mao fait fondre la glace du rude hiver.* Le contraste des deux chansons créait une belle cacophonie.

Maintenant, il fallait retrouver ce garçon, ou plutôt ce jeune homme, Bao, décida Yu en froissant son paquet de cigarettes vide dans sa poche. D'une cabine téléphonique située au coin de la rue de Shaoxing, il appela l'inspecteur principal Chen pour l'informer de cette nouvelle piste.

– J'ai contacté le service des Archives, dit Chen. Ils m'ont faxé un document qui comporte un certain nombre de renseignements sur Hong et Bao, ainsi que plusieurs photos. Je vous l'envoie par fax, il pourra vous être utile.

La tâche risquait néanmoins d'être très difficile, d'autant plus que l'inspecteur Yu ne disposait que de deux ou trois jours pour trouver ces personnes. Il commença par prendre contact avec le collège de Hong. Selon le directeur, une réunion d'anciens élèves avait eu lieu l'année précédente. Hong n'y avait pas assisté, mais une de ses anciennes camarades de classe avait encore ses coordonnées. Après avoir obtenu cette adresse, Yu téléphona au service de la Police du Jiangxi.

La réponse lui parvint dans l'après-midi. Hong vivait toujours dans le village où elle avait déjà passé plus de vingt ans. Épouse d'un homme de la classe des « paysans pauvres et moyen-pauvres », elle illustrait parfaitement la théorie du président Mao sur la rééducation des jeunes instruits. Mais cette thèse s'appliquait-elle toujours au monde actuel ? Hong ne voulait pas revenir à Shanghai, non pas parce qu'elle croyait encore en Mao, mais parce que sa rééducation avait réussi. Une femme de la classe des paysans pauvres et moyen-pauvres serait un objet de moquerie à Shanghai aujourd'hui.

Bao, en revanche, avait quitté le village environ un an plus tôt. Dans les années quatre-vingt-dix, des millions de paysans jugeaient impossible de rester dans leurs villages reculés, quand ils découvraient à la télévision le mode de vie des gens de la classe montante dans les villes de la côte. Malgré les efforts du gouvernement pour équilibrer le développement des villes et des campagnes, un clivage inquiétant s'était formé entre riches et pauvres, urbains et ruraux, habitants de la côte et habitants de l'intérieur des terres – conséquence des réformes économiques lancées par Deng Xiaoping dix ans plus tôt.

Comme bien d'autres, Bao était parti de chez lui pour aller chercher fortune à Shanghai. Les premiers mois, il écrivait de temps en temps et, une fois, il avait même envoyé cinquante yuans à sa mère, mais ensuite les courriers s'étaient espacés, jusqu'à cesser complètement. D'après quelqu'un du village, Bao n'avait pas vraiment réussi à la ville. Selon les dernières informations de Hong, six mois plus tôt Bao avait partagé un appartement avec plusieurs autres personnes du Jiangxi. Puis il avait déménagé sans laisser d'adresse.

Le défi consistait donc à retrouver Bao dans une ville où des millions de gens ne cessaient d'affluer de toutes les provinces de Chine. Ces provinciaux fournissaient une main-d'œuvre mobile et inépuisable pour l'industrie du bâtiment, extrêmement active. Naturellement, ils ne prenaient pas la peine de faire enregistrer leur lieu de résidence et habitaient là où ils trouvaient un logement bon marché.

Yu se rendit à l'ancienne adresse. Seul un des jeunes gens avec qui Bao avait partagé l'unique pièce vivait encore là. Il ignorait où se trouvait Bao.

Un avis fut envoyé aux comités de quartier, en particulier à ceux des secteurs de la ville où les provinciaux avaient l'habitude de se regrouper.

En temps normal, il fallait compter un délai de trois ou quatre jours avant d'obtenir des résultats, mais Yu craignait de ne pouvoir attendre aussi longtemps.

21

Il restait encore à Chen quelques jours de vacances, mais il passa au bureau car il avait rendu la traduction du projet New World plus tôt que prévu. Naturellement, il s'attendait à devoir effectuer quelques changements mineurs, quand l'associé américain de Gu lui enverrait par fax ses corrections et ses suggestions. Mais la première réaction, de l'autre côté de l'océan Pacifique, était positive, selon Gu. Lui-même était très satisfait du texte anglais, qui présentait un argumentaire complet et convaincant en faveur du futur complexe.

Ce serait bien agréable d'avoir une secrétaire au bureau, songea Chen, mais il savait qu'il valait mieux attendre d'être monté un peu plus haut dans la hiérarchie avant de formuler une telle demande.

Il entendit un bruit à l'extérieur et regarda par la fenêtre. Tout près, un autre immeuble prétendument postmoderne, pareil à une boîte d'allumettes, semblait le contempler d'un air morne. Tous les immeubles alentour paraissaient identiques.

Finalement, le complexe New World serait peut-être un apport bénéfique pour la ville, une solution nouvelle dans le paysage urbain.

Parmi les divers documents qui jonchaient le bureau, Chen dénicha le dernier bulletin du comité de logement de la ville. Il se mit en devoir d'éplucher la liste des appartements récupérés par les autorités municipales.

L'attribution d'un appartement était une procédure très compliquée. En raison de la grave pénurie, certains bénéficiaires d'un nouvel appartement étaient obligés de donner l'ancien en échange. Il s'agissait, en général, de logements d'une seule pièce, plus petits ou plus délabrés que ceux nouvellement attribués. Le comité les récupérait et les attribuait ensuite à d'autres personnes. Des gens comme Yu, en tête de liste au sein de leurs unités de travail respectives, risquaient de ne pas être intéressés par ces logements de seconde main, sans salle de bains ni cuisine.

Chen voulait vérifier s'il y avait un appartement

dans le quartier du futur New World. Il eut l'agréable surprise d'en trouver un, composé d'une pièce et demie, aménagé dans une aile d'un *shikumen*, face à la cour. L'occupant précédent avait, en fait, séparé l'aile en deux, mais la petite pièce du fond ne pouvait contenir qu'un lit à une place. Ce logement présentait un avantage. Les maisons des années trente ne possédaient pas de toilettes, ce qui rendait le pot de chambre un inconvénient nécessaire. Là, le précédent locataire avait installé une sorte de broyeur électrique, ce qui évitait la corvée matinale de nettoyage du pot de chambre.

Chen passa un coup de téléphone au comité de logement. Le codirecteur lui répondit que cet appartement était disponible.

– Nous *vous* le réservons, camarade inspecteur Chen.

Un logement ancien de ce type ne remplacerait peut-être pas, aux yeux de Yu, l'appartement neuf du Nouveau Village de Tianling qui lui était passé sous le nez, mais il offrait une possibilité que Chen était seul à connaître: il était situé dans la rue où serait construit le complexe New World. La valeur des biens situés dans cette zone augmenterait considérablement quand la construction débuterait. Et puisque Gu en était l'acquéreur potentiel, Chen pourrait certainement lui glisser quelques mots en faveur de Yu. Selon les directives les plus récentes, les compensations versées aux résidents seraient négociables en fonction de la valeur du bien et, mieux encore, le résident pourrait exiger un nouveau logement de même superficie, dans le même quartier, une fois achevée la construction du complexe.

Chen se demanda s'il n'achèterait pas lui-même une chambre dans ce quartier. Pour la première fois depuis 1949, les citoyens de Shanghai avaient le droit d'acheter et de vendre des appartements, même si de telles transactions restaient soumises à des règles compliquées. Peut-être pourrait-il acquérir une pièce pour sa mère, qui refusait de venir habiter avec lui. Ce serait toujours mieux que la mansarde où elle vivait depuis trente ans. Avec l'argent de la traduction, c'était envisageable.

Pour le moment, il fallait trouver un moyen de convaincre Yu, sans lui dire un seul mot au sujet du New World.

Une allusion suffirait peut-être.

Chen alluma une cigarette et imagina qu'il rendait visite à Yu dans son nouvel appartement, prenait part à un jeu de go dans une cour pittoresque, buvait une tasse de thé Puits du Dragon. Il y aurait peut-être quelques voisins, mais juste pour compléter le décor. Cette image formait un contraste plaisant avec son propre immeuble, où les gens se croisaient – s'ils se croisaient – brièvement, de manière impersonnelle, dans l'ascenseur ou dans le hall. On les désignait simplement par le numéro de leur appartement.

Serait-il influencé par le projet qu'il venait de traduire ? C'était possible. On pouvait être influencé par un livre, un film, une chanson, un proverbe, à plus forte raison par un projet lié à l'histoire culturelle de la ville. Il ne faisait pas exception.

C'est à cet instant que, telle une apparition, le secrétaire du Parti Li surgit dans le bureau.

– Parfait ! Vous voilà déjà de retour au travail, inspecteur principal Chen.

Les parents de Chen aussi l'emmenaient souvent dans cet établissement, quand il était enfant.

– Bœuf à la sauce d'huître, lait sauté, poisson frit à l'ail servi dans un panier en bambou, porc *gulao*, voilà les plats que nous commandions presque chaque fois, dit Gu. C'était un rituel pour mon grand-père.

Un serveur en uniforme jaune vif nota leur commande sur un petit carnet, après avoir suggéré toutes sortes de plats exotiques et coûteux.

Gu choisit les mets rituels de son grand-père. Chen se décida pour des pousses de bambou d'hiver frites aux champignons séchés, l'un des plats préférés de ses parents.

– Je regrette, nous n'avons pas de pousses de bambou.

– Comment cela?

– Le bambou ne pousse pas à Canton. Le *Xinya* est connu pour sa cuisine cantonaise authentique. Tous nos légumes viennent de là-bas. Ils sont acheminés chaque nuit par avion.

– C'est ridicule, dit Chen en secouant la tête, tandis que le serveur s'éloignait. Pourquoi ne pas acheter des pousses de bambou au marché du coin ?

– Bah, c'est cela, un restaurant d'État, dit Gu. Bénéfices ou pas, les gens qui travaillent ici reçoivent le même salaire. Ils se fichent des désirs des clients. Mais bientôt, vous viendrez dîner au New World. Là, tous les restaurants seront privés, et vous pourrez manger ce que vous voudrez.

– Franchement, je ne suis pas si exigeant sur la nourriture. Je souhaitais vous rencontrer ici pour vous parler de quelque chose.

En effet, l'inspecteur principal Chen voulait éviter les discussions téléphoniques au bureau, où des personnes comme le secrétaire du Parti Li entraient sans frapper – en voilà un qui n'avait pas encore inclus le mot *privacy* dans son vocabulaire.

– Je vous en prie, allez-y.

– L'inspecteur Yu, qui travaille avec moi depuis longtemps, recherche un jeune homme du nom de Bao.

Chen sortit une photo de sa mallette.

– Elle a été prise il y a un an environ, dans la province du Jiangxi. Comme d'autres provinciaux, Bao n'a pas déclaré son lieu de résidence à Shanghai. L'inspecteur Yu a beaucoup de mal à retrouver sa trace. Je ne pense pas que Bao ait des liens avec les triades, mais ces associations en savent sans doute plus sur les provinciaux que les services officiels. La police n'a aucun contrôle direct sur eux.

– Je vais me renseigner. Ce que je sais à propos de ces provinciaux qui viennent du Jiangxi, c'est qu'ils se regroupent dans certaines zones nouvelles où la police n'est pas encore implantée, mais où la Triade bleue a des contacts.

– Bien. Cette affaire est importante pour mon collègue. Si vous pouviez trouver des informations d'ici à vendredi, je vous en serais très reconnaissant.

– Je ferai de mon mieux, inspecteur principal Chen.

– Merci beaucoup, Gu. J'apprécie vraiment votre aide.

– Les amis sont faits pour ça. Vous aussi, vous aidez votre ami.

L'arrivée de leurs plats les empêcha d'en dire

davantage, et Chen pensait être resté suffisamment discret.

Le repas, en revanche, fut décevant. Le porc *gulao* ressemblait à du porc aigre-doux préparé en hâte chez soi. Le bœuf à la sauce d'huître n'était pas aussi succulent que dans le souvenir de Gu. Quant au poisson frit à l'ail, cela ne valait même pas la peine d'en parler.

Et ce fut Gu qui paya, une fois de plus. Le serveur prit la carte de crédit qu'il lui tendait, signe incontestable de sa richesse, et ignora l'argent liquide de Chen.

Dans l'après-midi, Chen se rendit à l'hôpital avec une barquette de fruits. À l'accueil, on l'informa que sa mère avait été transférée dans une nouvelle chambre. Inquiet, il monta l'escalier quatre à quatre et découvrit qu'on l'avait installée dans une chambre plus confortable, semi-privée, équipée d'un matériel moderne. Sa mère était contente de le voir. Elle inclina le lit. Il la trouva plus détendue que ces dernières semaines.

– Je vais bien, dit-elle. On m'a fait passer examen sur examen. Ce n'est pas la peine que tu viennes tous les jours. Et ne m'apporte plus rien, j'ai déjà reçu tant de cadeaux.

En effet, la table de nuit ressemblait à une vitrine de magasin d'alimentation de luxe : saumon fumé, rosbif, nids d'hirondelle, ginseng, poudre d'huître, champignons noirs, et même une bouteille de vodka russe…

Chen devina la provenance de ces produits.

– Non, tout ne vient pas de Lu le Chinois d'outremer, dit sa mère, comme si elle lisait dans ses pensées. Mais aussi d'un certain monsieur Gu. C'était la première fois que je le voyais. Je suppose que c'est un nouvel ami à toi. Il a insisté pour m'appeler Tante Chen, comme Lu. Il a convoqué dans ma chambre le directeur de l'hôpital et, devant moi, il lui a remis une grosse enveloppe rouge.

– Il est totalement incorrigible, ce monsieur Gu.

Chen n'était pourtant pas surpris. Nuage Blanc avait dû rapporter à son vrai patron tout ce qui le concernait. Gu aurait quand même pu, lors du déjeuner, lui parler de cette visite à sa mère.

– Depuis, les médecins et les infirmières sont adorables avec moi. On m'a transférée ici. Cette chambre est bien plus agréable, normalement elle est réservée aux cadres supérieurs. Tu dois vraiment être quelqu'un, aujourd'hui, mon fils.

– Non, pas moi, mais monsieur Gu. J'ai fait une traduction pour lui.

– Vraiment !

Sa mère semblait avoir meilleur moral et il y avait de l'amusement dans sa voix quand elle dit :

– Je suis peut-être trop vieille pour comprendre comment les choses se passent dans le monde d'aujourd'hui, mais depuis quand as-tu une secrétaire à domicile ?

– Ce n'est pas une secrétaire.

Il avait prévu qu'elle aborderait ce sujet. Aux yeux de sa mère, il s'était déjà beaucoup écarté du chemin de son père ; savoir qu'il avait maintenant une « petite secrétaire » ne ferait que la conforter dans son opinion.

– C'est juste une assistante temporaire pour ce travail de traduction.

– Elle est jeune, intelligente. Et elle sait très bien faire le potage au poulet.

– Oui, elle est très compétente.

Chen doutait que Nuage Blanc ait préparé elle-même le potage au poulet. Elle l'avait sans doute acheté tout prêt, avec l'argent de Gu. Mais il ne chercha pas à détromper sa mère.

– Elle étudie à l'université, aussi. Elle aime ce que tu écris, elle me l'a dit.

Chen se rendit compte que sa mère était partie dans une autre direction.

– Oui, elle est étudiante à l'université Fudan.

Heureusement, elle était encore trop fatiguée pour continuer sur ce sujet. Il renonça à discuter. Après tout, si elle voulait nourrir des espérances, surtout dans son état de santé actuel, pourquoi l'en empêcher ?

Chen n'était pas un adepte du confucianisme, malgré l'influence de son père. Comme la plupart des gens de sa génération, il pensait que l'idéologie confucéenne avait causé plus de problèmes qu'elle n'en avait résolus au cours de l'histoire de la civilisation chinoise. Malgré cela, il considérait que c'était tout simplement dans la nature humaine d'être un bon fils. Le moins qu'un homme puisse faire, c'était de subvenir aux besoins de ses parents âgés et, autant que possible, de les rendre heureux.

Il frémit en pensant à ceux qui refusaient de payer les frais d'hôpital pour leurs parents. Et à ceux qui n'en avaient pas les moyens. S'il pouvait le faire, lui, en fin de compte, c'était grâce à son statut de cadre du Parti.

Un jour, peut-être, il serait en mesure de combler les espérances de sa mère, mais sa priorité restait de bien faire son métier. Dans le système éthique confucéen, la responsabilité envers son pays primait sur la responsabilité envers sa famille.

Quant à Nuage Blanc, elle n'était qu'une assistante temporaire, comme il l'avait dit à sa mère. Il ignorait si leurs chemins se croiseraient à nouveau. On ne pouvait pas prévoir avec Gu, évidemment. Deux vers de Xu Zhimo lui revinrent en mémoire :

J'agite doucement la main et je pars,
Je pars sans même emporter un nuage avec moi.

22

Yu fut réveillé par la sonnerie du téléphone. C'était Chen.

– Voici l'adresse de Bao : 361 rue de Jungong, deuxième étage. Dans le quartier de Yangpu.

– Comment avez-vous obtenu cette information ?

– Par une de mes relations.

Yu sentit que son patron n'avait pas envie de s'étendre.

– Je suis en route, reprit Chen. Pas un mot à Vieux Liang ni à qui que ce soit. On se retrouve là-bas.

Cela surprit Yu. Jusqu'à présent, Chen avait tenu à rester en retrait. Quand il arriva au coin de la rue de Jungong, l'inspecteur principal l'attendait déjà, en fumant une cigarette.

Le quartier, pauvre avant 1949, avait été réhabilité au début des années cinquante, quand on y avait construit des logements pour les travailleurs, afin de prouver la supériorité du système socialiste. Depuis, avec les changements politiques qui s'étaient succédé, rien n'avait été entrepris. Aujourd'hui, dans cette « zone en déclin », le niveau de vie était nettement inférieur à celui des autres quartiers de la ville. On l'appelait « le coin oublié ».

Depuis quelques années, c'était un endroit où affluaient les provinciaux dès leur arrivée à Shanghai, à cause des faibles loyers demandés pour des sous-locations illégales. Cinq ou six personnes s'entassaient généralement dans une seule pièce. Quand leur situation s'améliorait, elles déménageaient dans d'autres quartiers.

– D'après mes renseignements, Bao vit seul dans une petite chambre, dit Chen. Il y habite depuis deux mois environ. Il n'a pas d'emploi régulier, il survit en travaillant par intermittence pour une entreprise de bâtiment.

– S'il a une chambre pour lui seul, il est plus riche que d'autres, commenta Yu.

Au 361 de la rue de Jungong s'élevait un de ces anciens pavillons d'ouvriers à un étage, qui ne possédaient ni le style élégant d'un *shikumen*, ni le confort moderne des appartements récents. Il était divisé en parcelles plutôt qu'en appartements, chaque parcelle étant occupée par plusieurs familles qui disposaient chacune d'une pièce et partageaient la cuisine commune. La chambre de Bao était à l'origine un balcon auquel on accédait par la cuisine. Au-dessous, au rez-de-chaussée, un petit restaurant avait été aménagé dans une ancienne salle de séjour, apparemment.

Chen et Yu montèrent l'escalier et frappèrent à la porte. Un grand jeune homme mince de seize ou dix-sept ans leur ouvrit. Bao ressemblait à une pousse de pois vert insuffisamment développée. Ses petits yeux se dilatèrent de frayeur devant l'inspecteur Yu en uniforme.

Yu avait rarement vu une pièce aussi dépouillée. Une planche posée sur deux sièges en bambou servait de lit, et des boîtes en carton s'entassaient au-dessous. Une chaise cassée et une sorte de bureau d'écolier complétaient le mobilier, manifestement du matériel de récupération.

– On va le faire parler ici avant de l'emmener, murmura Chen.

Cela ne ressemblait pas à Chen, qui d'habitude respectait scrupuleusement la procédure. Mais le temps pressait. S'ils amenaient Bao au bureau, le secrétaire du Parti Li et d'autres participeraient sans doute à l'interrogatoire. D'une manière ou d'une autre, ils risquaient de ralentir les choses.

On était jeudi. Il fallait obtenir que Bao passe aux aveux avant la conférence de presse du vendredi.

– Tu as intérêt à cracher le morceau, dit Chen au garçon. Si tu avoues ce que tu as fait le matin du 7 février, l'inspecteur Yu trouvera peut-être un arrangement pour toi.

– Nous savons tout, jeune homme, renchérit Yu. Si tu te montres coopératif, nous demanderons la clémence.

Yu s'avançait peut-être, mais il fallait qu'il soutienne Chen.

Ils n'avaient nulle part où s'asseoir, sauf sur la chaise cassée. Bao s'accroupit contre le mur et se recroquevilla, telle une pousse de pois vert desséchée.

– Je ne sais pas de quoi vous parlez, messieurs les agents, dit-il sans les regarder.

– Interrogez-le, inspecteur Yu, dit Chen. Je vais fouiller la pièce.

Cela non plus n'était pas dans les habitudes de Chen. Ils n'avaient même pas de mandat de perquisition.

Yu joua le jeu.

– D'accord, patron, dit-il avant de s'adresser à Bao. Où étais-tu le matin du 7 février ? Nous savons tout, alors inutile de mentir.

Peut-être Bao était-il trop jeune pour savoir que les policiers devaient avoir un mandat de perquisition pour fouiller sa chambre ou peut-être était-il trop effrayé pour protester. En tout cas, il éluda les questions de Yu, répétant machinalement qu'il était innocent et n'avait rien fait de mal.

Chen sortit de sous le lit deux ou trois boîtes en carton. À l'intérieur d'une boîte à chaussures, il trouva une liasse de feuillets attachés avec un élastique.

– C'est le manuscrit que tu as pris chez Yue le matin du 7 février, dit-il d'une voix posée, comme si cette découverte était prévisible. Voici le manuscrit du roman que Yang a écrit en anglais, ajouta-t-il à l'intention de Yu.

Ce dernier s'efforça de cacher sa surprise.

– Le jeu est terminé. Autant avouer tout de suite.

Bao se ratatinait de plus en plus.

– Maintenant j'ai la preuve, dit Chen. Tu as pris ça chez Yue. Inutile de nier. C'est ta dernière chance de coopérer.

– Fais fonctionner ta cervelle, Bao, dit Yu.

– Je ne voulais pas... commença Bao, très nerveux. Je ne voulais vraiment pas faire ce que j'ai fait.

– Attends, dit Chen en sortant un petit magnétophone de sa poche.

– Oui, nous pouvons l'enregistrer, dit Yu.

– C'est votre enquête, inspecteur Yu. À vous de l'interroger. Je vais jeter un œil sur le manuscrit devant un bol de nouilles au restaurant d'en bas.

– Vous avez sûrement des questions à lui poser, patron. Et vous pouvez tout aussi bien lire ici.

– Je n'ai pas encore pris mon petit déjeuner. Je reviendrai dès que j'aurai mangé un morceau.

La tête dans les mains, accroupi dans une position que l'inspecteur Yu avait vue dans un film sur les agriculteurs du nord-ouest de la Chine, le magnétophone posé au sol devant lui, Bao débuta sa confession, face à Yu assis sur le lit.

Tout avait commencé avec le premier séjour de Bao à Shanghai, deux ans et demi plus tôt, à l'occasion de la mort de sa grand-mère. Mourante, la vieille femme avait demandé à voir son petit-fils pour la première et dernière fois. L'histoire de cette famille illustrait l'une des innombrables tragédies causées par la Révolution culturelle. Adolescente, la mère de Bao, Hong, avait voulu rejoindre les gardes rouges mais elle avait été rejetée à cause de ses origines familiales. Pensant qu'il ne lui restait pas d'autre solution que de prouver son ardeur révolutionnaire, elle coupa tous les liens avec sa famille et dénonça ses parents, ainsi que Yang, cet oncle droitier qu'elle n'avait jamais vu. Hong fit partie du premier groupe de jeunes instruits envoyés à la campagne, dans la province du Jiangxi. Elle franchit un pas de plus en épousant un fermier de la région, marquant ainsi une rupture définitive avec son passé.

À la fin de la Révolution culturelle, Hong regretta peut-être ses « décisions révolutionnaires », mais elle ne pouvait plus faire grand-chose. Son père était mort et sa mère ne lui pardonnait pas sa trahison. Au bout de deux ans de mariage, elle n'avait pratiquement plus aucun sujet de discussion avec son mari. Tous ses espoirs reposaient sur son fils Bao à qui elle racontait des histoires qui évoquaient, pour la plupart, la ville merveilleuse où elle avait grandi. Certains de ses récits parlaient également de Yang. Avec le temps, Yang ne lui paraissait plus aussi « noir », ni contre-révolutionnaire ; désormais, c'était un intellectuel brillant.

Quand lui parvint la requête de sa mère mourante, il fallut à Hong plusieurs jours pour réunir la somme nécessaire à l'achat d'un billet de train. La vieille femme ne lui avait toujours pas pardonné. Bao prit seul le train. Quand il arriva à Shanghai, Jie était morte et le gouvernement avait déjà récupéré sa chambre. Tout ce qu'elle possédait avait été partagé entre ses voisins et voisines. L'une prétendait que Jie lui avait laissé tous ses meubles, l'autre s'était approprié ses vieux vêtements. Tout cela n'avait pas une grande valeur, mais ce fut une immense déception pour Bao. En effet, Hong l'avait envoyé espérant qu'il recevrait un héritage.

Bao n'avait nulle part où aller. Néanmoins, il apprit quelque chose auprès du comité de quartier. Parmi ceux qui avaient assisté à la cérémonie funèbre figurait Yue Lige. Elle avait emporté un vieil album de photos et quelques lettres anciennes dont personne ne voulait. L'un des membres du comité de quartier suggéra à Bao de demander de l'aide à Yue. Hong avait, elle aussi, parfois mentionné le nom de Yue. Quelques-unes des premières traductions de Yang avaient déjà été réimprimées, pensait-on. Yue avait peut-être touché de l'argent pour ces rééditions.

Voilà pourquoi Bao s'était rendu pour la première fois chez Yue, dans le passage du Jardin au trésor.

Yue lui fit un accueil chaleureux. Après tout, Bao était un parent proche de Yang. Elle l'exhorta à rester quelques jours. Le quartier était bien situé, et elle suggéra au jeune homme de visiter la ville pendant qu'elle donnait ses cours. Quand elle avait le temps, elle sortait avec lui. Elle l'invita même au restaurant *Xinya*, rue de Nankin. Tout se passa à merveille jusqu'au moment où Bao révéla la raison de sa venue à Shanghai.

L'attitude de Yue changea radicalement. Elle n'avait rien touché sur les premières traductions de Yang, mais en ce qui concernait le recueil de poésie, c'était une autre histoire. Elle lui montra le document que lui avait envoyé l'éditeur. Comme ce papier ne précisait pas ce qui lui était dû en tant que rédactrice, elle organisa un rendez-vous avec le responsable de collection. Elle insista sur la clause selon laquelle, en échange d'une petite somme d'argent versée par l'éditeur, Bao promettait de ne plus jamais importuner Yue.

Mais Bao estimait que ce n'était pas équitable. Il croyait que ces gens de la ville, en particulier Yue, avaient profité d'un péquenaud comme lui.

Il retourna dans son village avec moins de mille yuans. Ce n'était pas une si petite somme, pour des provinciaux, mais Bao ne pouvait plus se contenter de trimer dans les rizières, les jambes couvertes de boue, à l'exemple de son père et de ses ancêtres. Son séjour à Shanghai lui avait ouvert les yeux sur un autre monde. Il déclara à sa mère qu'il retournerait chercher fortune là-bas.

Il n'était pas le seul. Plusieurs garçons du village étaient déjà partis pour les grandes villes. L'écart croissant entre urbains et ruraux, la prise de conscience de cet écart, par le biais des médias qui atteignaient même les régions les plus lointaines, rendaient l'exode des jeunes presque inéluctable.

Shanghai ne répondit pourtant pas aux espérances de Bao. Le jeune homme n'avait ni capital ni compétences à mettre sur le marché. Il ne put trouver que des emplois temporaires, pénibles, mal payés, sur des chantiers de construction. En même temps, il voyait, de ses propres yeux, les riches se vautrer dans le luxe tandis que son salaire mensuel ne lui permettait même pas de s'offrir un logement décent. En travaillant dur, comme d'autres provinciaux, il aurait pu survivre. Mais Bao en avait assez.

Né d'une famille de Shanghai, il se considérait comme différent. Il ne pouvait renoncer à ses rêves ni à l'espoir qu'un bon paquet d'argent l'attendait, en sa qualité de petit-neveu de Yang.

Il se mit à lire des articles sur son oncle et découvrit le roman *Mort d'un professeur chinois.* Comme d'autres, il estima que le succès de ce livre reposait sur la liaison que Yue avait entretenue avec Yang. Il en conclut que ses revendications, en tant qu'héritier légal de Yang, étaient justifiées.

Et, se disait-il, si Yang avait laissé à Yue un recueil de poèmes, peut-être y en avait-il d'autres, ou alors des traductions, ou bien des romans. Sa mère avait mentionné un jour que Yang écrivait une histoire, avant la Révolution culturelle. Puis il apprit que sans la contre-publicité de *Mort d'un professeur chinois*, le recueil de poésie aurait été réimprimé une deuxième, voire une troisième fois, ce qui aurait pu lui rapporter de l'argent.

Bao tentait de faire fortune par tous les moyens à sa disposition. Il commença par jouer au mahjong, ce qui ne lui réussit guère. Il ne perdit pas de grosses sommes, mais ces longues nuits sans sommeil à la table de jeu lui coûtèrent plusieurs emplois occasionnels. Puis il se lança dans des opérations de Bourse, avec de l'argent emprunté. S'il gagna deux ou trois cents yuans au début, il accumula bientôt les pertes, engloutissant des sommes considérables. Ses créanciers le harcelaient.

Désespéré, il envisagea d'avoir recours à Yue, une fois de plus. Elle avait beaucoup d'argent, du moins le croyait-il. Il estimait qu'elle devait l'aider. Yue n'aurait rien été sans Yang. Le livre, l'argent, la notoriété, tout cela elle le devait à sa relation avec Yang. Or, ils n'avaient jamais été mariés. Elle ne possédait donc même pas de certificat de mariage.

Lui, Bao, était l'unique héritier légal de Yang.

Il hésitait à reprendre contact avec elle, à cause de l'accord qu'il avait signé. De plus, cette démarche risquait d'être inutile. Toutefois, quand il entendit parler du voyage de Yue à Hong Kong, il eut une idée. À l'époque, les gens qui revenaient de l'étranger, y compris de Hong Kong, avaient droit à un bon pour des biens importés, par exemple un téléviseur japonais ou une chaîne stéréo américaine. S'ils ne désiraient pas utiliser cet avantage pour eux-mêmes, ils pouvaient vendre ce coupon au marché noir pour une somme d'argent appréciable. Bao pensait que Yue n'avait pas la place pour ce genre d'appareil dans la *tingzijian*, et qu'elle n'aurait pas le culot de faire du profit au marché noir. Ce qu'il lui demanderait, c'est qu'elle lui abandonne une chose qui n'avait probablement aucune valeur pour elle.

Il lui téléphona, mais avant même qu'il puisse formuler sa requête, elle entra dans une rage folle et menaça d'appeler la police s'il remettait les pieds chez elle. Il alla donc la voir sur son lieu de travail, jugeant qu'un professeur d'université comme elle éviterait de faire une scène en public à propos d'une affaire privée. Il réussit à franchir la porte de l'établissement en se faisant passer pour un ancien étudiant de Yue.

Il la trouva seule dans son bureau.

– Si vous n'utilisez pas votre bon, vous ne perdez rien à me le céder, expliqua-t-il d'un ton qu'il pensait raisonnable. En tant qu'unique petit-neveu de Yang, je vous demande de m'aider, s'il vous plaît.

– Eh bien, répondit-elle après l'avoir longuement dévisagé, j'essaie d'économiser de l'argent pour m'acheter un téléviseur en couleur, mais le coupon est valable huit mois. Appelle-moi dans deux mois. Si je n'ai toujours pas assez d'argent à ce moment-là, alors je te le céderai.

Ce n'était pas un refus catégorique.

– Il faut que tu partes, maintenant, dit-elle en se levant. Je donne un cours dans dix minutes. Je te raccompagne.

Au moment où Yue et lui sortaient du bureau, deux étudiantes s'approchèrent d'elle, leurs cahiers à la main.

– Tu connais le chemin, dit alors Yue à Bao.

Alors qu'il s'éloignait, il surprit des propos qui l'obligèrent à s'arrêter et à se cacher derrière un pilier.

– Professeur Yue, dit l'une des jeunes filles d'une voix suave, vous vous souvenez sans doute de moi. J'ai suivi votre cours il y a deux ans. Vous m'avez dit que j'étais votre élève préférée. J'aurais besoin de votre aide quand vous irez aux États-Unis. Il me faut une lettre de recommandation.

Dans deux mois Yue serait partie pour les États-Unis. Sa promesse était donc sans valeur.

Plus il y réfléchissait, plus il se sentait floué. Il fallait qu'il agisse avant qu'il ne soit trop tard.

Il se rappela qu'elle avait laissé la clé sur le tiroir de son bureau quand elle l'avait, pour ainsi dire, mis dehors, mais qu'elle n'avait pas fermé le tiroir à clé. Bao revint sur ses pas. Personne ne le vit se faufiler dans la pièce, mais c'est en vain qu'il fouilla le tiroir.

Il ne trouva que quelques pièces de monnaie dans une petite boîte en plastique. Quelque chose, pourtant, retint son attention. Il reconnut, accrochées à un porte-clés avec plusieurs autres, les clés de la porte arrière du *shikumen* et de la chambre de Yue. Lors de son séjour chez elle, Yue lui avait demandé de faire des doubles pour lui. Soit parce que Bao avait un accent, soit à cause de son allure de paysan, le serrurier lui avait remis et fait payer deux doubles de chaque clé. Par peur de perdre la face, Bao n'avait pas osé avouer à Yue que le serrurier l'avait roulé, et il avait réglé de sa poche le double supplémentaire. Plus tard, il rendit un seul jeu de clés à Yue et garda l'autre, avec le porte-clés qui représentait la Femme Soldat Rouge dansant, en souvenir. En revenant à Shanghai, il avait emporté le trousseau avec lui.

Il se mit à échafauder des plans. Il se souvenait que Yue avait coutume de se lever tôt le matin pour aller faire du tai-chi. Normalement, elle quittait la maison vers cinq heures et quart, et ne revenait pas avant huit heures. Pendant ce temps, il pouvait s'introduire chez elle, prendre ce qu'il voulait et repartir, soit par la porte arrière, soit par la porte de devant. Autant opérer très tôt, car la plupart des résidents ne se levaient pas avant six heures. Pourvu qu'on ne le voie pas sortir de la chambre de Yue, il ne courrait aucun danger.

Le seul risque était que l'un des voisins le reconnaisse. Mais depuis le temps, il avait changé et le risque était faible. Même si la police l'identifiait comme étant le voleur, elle ne déploierait sans doute pas beaucoup d'efforts pour rechercher un simple cambrioleur, et ce ne serait pas facile de le retrouver dans Shanghai.

Pour peaufiner son plan, il se livra à un travail de surveillance. Après avoir observé l'activité du passage pendant une semaine, il décida de passer à l'action. Le matin du 7 février, il se faufila discrètement par la petite porte, peu après que Yue fut sortie.

Mais il lui fallut plus de temps qu'il ne le pensait pour trouver quelque chose d'intéressant à dérober. Il n'y avait quasiment pas d'argent liquide, pas de chéquier, encore moins de carte de crédit. Il tomba enfin sur le manuscrit en anglais, enfermé dans une boîte en carton sous le lit. Il était incapable de le déchiffrer, mais il devina de quoi il s'agissait.

Quand il entendit des pas monter l'escalier, il n'y prêta pas attention. Tant de gens habitaient dans cette maison, et certaines femmes se rendaient au marché de bonne heure. Mais le bruit de la clé dans la serrure l'affola. Il courut se cacher derrière la porte, dans l'espoir de pouvoir, d'une manière ou d'une autre, sortir sans être vu. Yue eut une expression horrifiée en voyant sa chambre sens dessus dessous, les tiroirs renversés, les boîtes à chaussures au milieu de la pièce. Au moment où elle se tourna vers lui, Bao bondit, saisit l'oreiller sur le lit, le lui plaqua sur le visage tout en la poussant contre le mur. Il voulait l'empêcher de crier, mais il appuya trop fort. Quand il relâcha l'oreiller, elle s'écroula au sol, tel un sac. Elle ne respirait plus.

Impossible de rester dans cette pièce minuscule avec le cadavre.

Il savait qu'il ne pouvait prendre le moindre risque qu'un voisin ou une voisine l'aperçoive ou le reconnaisse, après ce qui venait de se passer. Il s'agissait d'un meurtre, maintenant. Il prit le manuscrit et les quelques objets de valeur qu'il avait trouvés et sortit sur le palier. Il ne pouvait pas quitter la maison en passant par la grande porte, car à tout instant des gens risquaient de sortir des pièces situées dans les ailes de la maison. Il descendit l'escalier, se dirigea vers la petite porte et aperçut, dehors, la femme aux crevettes. Ne pouvant revenir sur ses pas, il n'avait pas d'autre solution que de se cacher dans le réduit sous l'escalier. Il n'avait aucun plan. Il était pareil à une mouche affolée qui se cogne aux vitres. Au bout de deux ou trois minutes, les plus longues de sa vie, il entendit du brouhaha dans le passage. Il jeta un coup d'œil et vit que la femme aux crevettes n'était plus là.

Il saisit l'occasion pour s'enfuir.

Le récit de Bao dura près de deux heures. Yu utilisa presque la totalité de la bande. Quelques minutes avant la fin de la confession du jeune homme, Chen revint, sa mallette à la main et le manuscrit sous le bras.

Yu n'avait posé aucune question à Bao. Dans l'ensemble, ses aveux confirmaient les hypothèses de Yu, même si certains détails le surprenaient.

– C'est lui le coupable, dit-il avec un signe de tête à Chen.

Ce dernier posa le manuscrit sur le lit, devant Bao.

– Tu savais que Yue était en possession de ce texte ?

– Non, je n'en avais aucune idée.

– On l'embarque, maintenant ? dit Yu.

– Oui. J'ai appelé Petit Zhou du restaurant. Il a dit qu'il serait ici à une heure avec une voiture de fonction. Peut-être attend-il déjà en bas.

Ils descendirent avec Bao. En effet, Petit Zhou les attendait dans une Mercedes.

– Inspecteur principal Chen, nous vous réserverons toujours le meilleur véhicule du service.

Chen posa sa mallette sur le siège à côté de lui et se mit à la tapoter. Il semblait perdu dans ses pensées.

– J'ai une question, inspecteur principal Chen, dit Yu. Le manuscrit aurait dû se trouver dans un coffre à la banque. Pourquoi Yue le gardait-elle chez elle ?

– Elle était bien trop maligne. Pensez-vous qu'un coffre à la banque aurait été assez sûr pour quelqu'un comme elle ? Elle en a sans doute loué un exprès, pour faire croire que ses objets de valeur y étaient enfermés, et pour qu'on ne soupçonne pas qu'elle gardait quoi que ce soit d'important dans sa chambre.

23

Chen pouvait se rassurer, l'enquête sur l'affaire Yue Lige s'était conclue de manière satisfaisante, et la traduction du projet New World était terminée. Pourtant, le téléphone se mit à sonner chez lui de bon matin, comme un réveil dont la sonnerie aurait été réglée sur la mauvaise heure. C'était Gu.

En écoutant son interlocuteur, Chen pensa à une devise : *Ce qui doit arriver finit par arriver.*

Cette phrase figurait au bas d'une peinture traditionnelle chinoise représentant une oie sauvage blanche avec un soleil orange sur les ailes, une œuvre délicate qu'il avait vue des années plus tôt à Pékin chez une amie.

Cet aphorisme lui venait souvent à l'esprit de façon impromptue. Aujourd'hui, s'il s'imposait à lui, c'était à cause d'une requête pour un garage à plusieurs niveaux ou, pour être plus précis, pour un terrain supplémentaire, proche du complexe New World, sur lequel construire ce garage. Gu avait plusieurs bonnes raisons de formuler cette requête, qu'il avait présentée à la municipalité, et il les exposait maintenant à Chen.

– Beaucoup de gens se rendront au New World, non seulement en taxi mais aussi avec leurs propres véhicules. En effet, la plupart de nos clients trouveront normal de posséder une voiture. Faire du shopping dans la rue de Nankin n'intéresse plus la classe montante. Pourquoi ? Il n'existe ni parking ni garage. C'est en tout cas une raison majeure. La General Motors a déjà signé un accord pour plusieurs années avec les autorités de Shanghai. Outre les Volkswagen, vous verrez bientôt autant de Buick à Shanghai qu'à New York. Le New World sera l'une des réalisations marquantes de ce siècle, et du suivant. Nous devons avoir une vision à long terme, sinon le quartier sera complètement engorgé par la circulation automobile.

– C'est un risque, en effet.

– Ce problème concerne l'image de notre ville et intéresse en priorité le bureau de contrôle de la circulation métropolitaine. Je crois qu'il est important de prendre des mesures préventives. Vous avez été directeur de ce bureau, je me souviens, ajouta Gu.

– Directeur par intérim. Je n'ai dirigé ce service que pendant une courte période.

– Au fait, comment s'appelait votre secrétaire ? Meiling, non ? Elle vous adore littéralement. « Le temple est trop petit pour un dieu comme l'inspecteur principal Chen » : voilà ce que je l'ai entendue dire à votre sujet. Le bureau de contrôle de la circulation fera sûrement tout ce que vous leur suggérerez.

Ainsi, Gu lui demandait de parler en sa faveur au bureau de contrôle de la circulation métropolitaine.

– Il ne faut pas vous fier à ce que dit Meiling, monsieur Gu. Pourquoi n'avez-vous pas inclus cette requête dans votre proposition initiale auprès de la municipalité ?

– Il s'agit d'un projet d'une telle envergure que certains détails risquaient de leur échapper.

Mais la nécessité de ces « détails » n'avait pas échappé à Gu, manifestement. Il avait sûrement en tête le précédent poste de Chen quand il lui avait proposé cette traduction très lucrative et qu'il lui avait envoyé Nuage Blanc comme « petite secrétaire », sans compter le chauffe-eau électrique, les cadeaux à sa mère malade, et l'adresse de Bao en prime.

Rien n'est gratuit. Il aurait dû le savoir.

Toutefois, il estimait que la requête de Gu était raisonnable. En fait, il se sentait attiré par la conception de ce projet, et cela, pas uniquement parce qu'il avait été bien payé. Il pensait maintenant que la réalisation du complexe New World rehausserait l'image culturelle de la ville. Pour une métropole à croissance rapide comme Shanghai, la préservation de la culture pouvait s'avérer essentielle, même si le centre ne répondait qu'à l'aspect extérieur, superficiel, de ce besoin de retour au passé.

Pour un complexe aussi gigantesque, un garage à plusieurs niveaux serait nécessaire, en effet. Ce serait une catastrophe si la rue de Huaihai et les rues avoisinantes se trouvaient encombrées par les voitures des clients du New World, garées partout au hasard. Il faudrait donc que le bureau de contrôle de la circulation suggère une solution à la mairie.

L'attribution d'un terrain au cœur de la ville, au nom de la préservation de la culture, pouvait faire économiser beaucoup d'argent à Gu. Les hommes d'affaires s'adressaient à la mairie pour obtenir des terrains et la municipalité les taxait en fonction de l'usage qu'ils en faisaient. Pour un complexe haut de gamme comme le New World, Gu aurait eu à payer des sommes colossales. Voilà pourquoi il avait mis l'accent sur l'aspect culturel. Évidemment, il n'avait pas évoqué le projet de garage dans sa proposition, car cela aurait éveillé les soupçons. En revanche, sa demande, présentée comme un ajout et appuyée par le bureau de contrôle de la circulation, avait des chances de connaître rapidement une suite favorable. La somme que Gu avait payée à Chen pour la traduction n'était rien en comparaison du gain escompté. Une goutte d'eau dans l'océan.

Vue sous un autre angle, une réponse positive à la demande de Gu signifierait une perte de revenus pour le bureau de contrôle de la circulation. Un grand garage moderne désengorgerait le trafic, mais enlèverait du travail aux agents de la circulation et éliminerait les contraventions. Par conséquent, ce ne serait pas facile d'appuyer une telle requête, Chen en avait conscience, et Gu aussi.

– Eh bien, quand l'occasion se présentera, glissez un mot pour le New World, suggéra Gu d'un ton égal.

Chen pourrait toujours dire qu'il attendait le moment favorable, mais il ne le ferait sans doute pas. Le fond du problème, c'est qu'il était l'obligé de Gu.

– Je vais passer deux ou trois coups de fil, promit-il à la fin de la conversation, et je vous rappellerai.

Il décida, avant toute chose, de se rendre à l'hôpital. Il fallait qu'il règle la note. Sa mère devait sortir le soir même. Elle se faisait tant de souci à propos de cette dépense qu'il valait mieux ne pas lui en révéler le montant.

Il eut la surprise d'apprendre que l'entreprise de sa mère avait déjà réglé la facture.

– C'est payé, lui dit le caissier avec un grand sourire. Le camarade Zhou Dexing, le directeur de l'usine, désire que vous lui passiez un coup de téléphone, quand vous aurez le temps. Voici son numéro.

Chen appela d'une cabine située dans le hall.

Le discours chaleureux du camarade Zhou Dexing ne l'étonna pas outre mesure.

– Notre usine connaît des moments difficiles, camarade inspecteur principal Chen. L'économie nationale est dans une période de transition, et les entreprises d'État rencontrent une multitude de problèmes. Pour une ancienne travailleuse comme votre mère, cependant, nous prenons en charge les frais médicaux. Elle a travaillé toute sa vie pour l'usine avec un dévouement total. Nous savons que c'est une *bonne camarade.*

– Merci beaucoup, camarade Zhou.

Quel bon camarade est son fils, avait dû lui souffler quelqu'un. Quel que soit le motif du camarade Zhou, ce qu'il avait dit et fait était politiquement juste, et digne de figurer dans un éditorial du *Quotidien du Peuple.*

– J'espère que pour notre travail, dans le futur, nous continuerons à bénéficier de son appui, et du vôtre aussi, camarade inspecteur principal. J'ai entendu parler de tout ce que vous faites pour notre ville.

Ces amabilités officielles étaient un vernis de politesse. Mais Chen n'était pas inquiet. *Il y a des choses qu'un homme peut faire, et des choses qu'il ne peut pas faire.* Ce précepte confucéen pouvait également signifier qu'il agirait en accord avec ses principes, quoi qu'on lui demande.

Un nouveau type de relations sociales semblait s'être développé, une sorte de toile d'araignée dont les fils reliaient les personnes en fonction de leurs intérêts. Chaque fil était dépendant des autres.

Qu'il le veuille ou non, l'inspecteur principal Chen faisait inévitablement partie de ce réseau.

– Vraiment, vous me flattez, camarade Zhou. Nous travaillons tous pour la Chine socialiste. Bien entendu, nous nous aiderons mutuellement.

Ce n'était pas là un idéal de société qu'aurait envisagé son père, intellectuel néoconfucéen de la vieille génération. Et pourtant, songea Chen avec ironie, il n'était pas complètement éloigné du confucianisme. Le *yiqi*, principe confucéen qui mettait l'accent sur l'obligation morale et la loyauté envers les amis, avait en quelque sorte évolué vers l'obligation de satisfaire l'intérêt de chacun.

Mais ce n'était pas le moment de se perdre dans des spéculations philosophiques.

Chen entra dans la chambre de sa mère. Elle dormait. Même si les examens n'avaient révélé aucun problème grave, ses forces déclinaient depuis plusieurs années. Il décida de rester quelque temps auprès d'elle. Depuis le début de la traduction, qui avait presque coïncidé avec le meurtre de Yue Lige, c'était la première fois qu'il pouvait passer un moment tranquille avec elle, sans penser à rien d'autre. Elle bougea dans son sommeil, mais resta endormie. C'était peut-être mieux ainsi. Une fois réveillée, elle ne manquerait sans doute pas d'amener la conversation sur la question numéro un pour elle : « Maintenant que tu as une situation, vas-tu penser à fonder une famille ? »

Dans la culture traditionnelle chinoise, la « situation » et la « famille » venaient en tête des priorités de chacun, mais pour la vieille dame, apparemment, fonder une famille venait au premier plan. Malgré sa carrière, son statut, sa place au sein du Parti, Chen savait qu'aux yeux de sa mère, sa vie personnelle était semblable à une page blanche.

Il pensa une fois de plus à la phrase inscrite au bas de la peinture. *Ce qui doit arriver finit par arriver.* Peut-être n'était-ce pas encore le moment.

Il se mit à peler une pomme pour la malade. C'était une chose que Nuage Blanc avait faite pour lui, il s'en souvenait. Ensuite, il plaça la pomme épluchée dans un sac en plastique qu'il posa sur la table de chevet. Il ouvrit le tiroir. Autant commencer à rassembler les affaires de sa mère. Il serait peut-être obligé de partir avant qu'elle se réveille.

À sa surprise, il trouva une petite photographie de Nuage Blanc, glissée dans un exemplaire de textes sacrés bouddhiques. Debout, dans son uniforme d'étudiante, devant l'entrée imposante de l'université Fudan, Nuage Blanc avait l'air énergique et enthousiaste. Chen comprit pourquoi sa mère gardait la photo de la jeune fille. Pour elle, comme l'avait dit un jour Lu le Chinois d'outremer, tout ce qui venait alimenter son obsession était bon à prendre.

Nuage Blanc était une fille bien, sans aucun doute. Elle avait été d'une aide précieuse, pour la traduction, pour la mère de Chen hospitalisée, pour l'enquête aussi. Il ne pouvait que lui en être reconnaissant. Sans Gu, leurs chemins ne se seraient jamais croisés. Maintenant que la traduction était terminée, il était content qu'elle retourne à sa vie et à ses activités, quelles qu'elles soient. Il n'avait aucune raison de se montrer sentimental. Elle était payée pour son travail d'assistante. « Payée royalement », avait-elle dit. Comme lui, toutes proportions gardées.

Mais les choses étaient-elles aussi simples que cela ?

Le fils respectueux assis au chevet de sa mère était-il le même homme que le Monsieur Gros-Sous qui buvait en compagnie d'une « petite secrétaire » au bar du *Retour à l'âge d'or*?

– Vous êtes l'inspecteur principal Chen ?

Une jeune infirmière entra dans la chambre, une petite boîte de médicaments à la main.

– Quelqu'un vous attend en bas.

Chen descendit rapidement l'escalier. Il eut la surprise de voir dans le hall le secrétaire du Parti Li, un gros bouquet de fleurs dans les bras. Le tableau formait un contraste saisissant avec l'image habituelle du cadre supérieur du Parti, dans sa sévère veste Mao boutonnée jusqu'au cou. Une Mercedes du service était garée dans l'allée.

– On m'a dit que votre mère dormait encore. Je vous dirai donc quelques mots ici. J'ai une réunion à la mairie ce matin.

– Merci, secrétaire du Parti Li. Vous êtes tellement occupé. Vous n'auriez pas dû vous déranger.

– J'aurais dû venir plus tôt. Votre mère est une vieille dame si charmante. J'ai eu l'occasion de parler avec elle deux ou trois fois, vous savez. Je voulais aussi vous remercier de la part du service de la Police criminelle de Shanghai pour votre excellent travail.

– C'est l'inspecteur Yu qui a accompli tout cela. Je l'ai seulement aidé un peu.

– Ne soyez pas modeste, inspecteur principal Chen. C'était du très bon travail. Pas de complications politiques. Tout simplement formidable. C'est ce que nous allons dire, lors de la conférence de presse. Le mobile du crime était une querelle d'argent entre Yue et un membre de sa famille. Rien à voir avec la politique.

– Non, rien à voir avec la politique, répéta Chen machinalement.

– En fait, il y a déjà eu quelques réactions. Un journaliste du *Wenhui* a écrit que Yue n'aurait pas dû se montrer si mesquine avec le petit-neveu de Yang. Et *Libération* dit que c'était une femme vraiment très rusée, exagérément calculatrice...

– La conférence de presse n'a pourtant pas encore eu lieu.

– Eh bien, ces journalistes ont eu vent de nos conclusions, d'une manière ou d'une autre. Ce qu'ils racontent ne sera peut-être pas très bon pour la réputation posthume de Yue, mais je ne pense pas que cela doive nous préoccuper.

– *Qui peut contrôler les histoires, les histoires après sa vie ? / Tout le village bondit à l'histoire d'amour du général Cai.* Sauf qu'en l'occurrence, l'histoire d'amour est quelque peu égratignée.

– Toujours poète, camarade inspecteur principal Chen. À propos, inutile de mentionner le manuscrit. Mieux vaut ne pas en parler. La Sécurité intérieure a insisté sur ce point. Il est dans l'intérêt du Parti de garder le silence à ce sujet.

Voilà la raison réelle de la visite du secrétaire du Parti Li, songea Chen. Li était chargé de tenir la conférence de presse et il avait besoin de s'assurer de ce que diraient ou pas les flics chargés de l'affaire.

Après le départ de Li, Chen remarqua les pétales de fleurs du bouquet tombés au sol. Pas plus que Nuage Blanc, il ne voulait juger Yue. Malgré les affirmations de Bao, qui avait cherché à se justifier, ou les commentaires des journalistes, qui écrivaient selon la tendance de leurs journaux respectifs, Chen préférait voir en Yue une femme qui s'était trouvée confrontée, malgré elle, à une situation compliquée.

C'était vrai que la publication du recueil de poésie de Yang représentait pour elle une source de revenus. Mais il fallait reconnaître qu'elle avait effectué un important travail éditorial. Un travail fait par amour, en mémoire de Yang. Elle aurait pu gagner davantage en donnant des cours particuliers, comme beaucoup de professeurs d'anglais dans les années quatre-vingt-dix. En définitive, elle aussi devait survivre dans une société de plus en plus matérialiste.

Il était vrai aussi que Yue avait gardé le secret sur le manuscrit du roman de Yang, secret qu'elle n'avait nullement l'intention de partager avec Bao, lequel pensait en être l'héritier légitime.

Mais qu'est-ce qui était légal, dans cette situation?

Un bout de papier, nommé certificat de mariage, avait été refusé aux amants à l'époque de la Révolution culturelle.

Que serait devenu le manuscrit si elle l'avait remis à Bao? Le garçon n'avait aucune idée de son contenu ni de sa valeur. Il aurait essayé de le monnayer auprès d'un éditeur, sans y parvenir. Il se serait fait confisquer le manuscrit par la Sécurité intérieure, en fin de compte. Yue avait donc eu raison d'en cacher l'existence à Bao et à quiconque. Elle avait sans doute attendu une occasion favorable puis, lors de son voyage à Hong Kong, elle avait pris contact avec une agence littéraire, avait obtenu un accord, et elle s'apprêtait à emporter le manuscrit avec elle aux États-Unis.

Concernant l'utilisation de l'avance sur les droits du roman de Yang, versée par l'éditeur américain pour financer le séjour de Yue aux États-Unis, Chen n'y voyait rien de répréhensible. En cas de publication de ce roman aux États-Unis, Yue aurait sans doute eu les pires ennuis en Chine. Elle n'avait donc pas d'autre solution que de se rendre là-bas. Pour elle, cette publication était plus importante que tout au monde.

Chen était également tout à fait enclin à passer sur l'accusation de « plagiat ». Si Yue avait été dans l'incapacité de publier le livre de Yang, au moins elle en aurait rendu certains passages accessibles aux lecteurs. De plus, elle considérait sûrement que Yang et elle ne faisaient qu'un, comme dans le fameux poème *Toi et Moi*, cité dans *Mort d'un professeur chinois*. Il n'y avait pas lieu de les dissocier, alors que tous deux étaient déjà fondus en un seul être.

Naturellement, bien d'autres choses avaient pu entrer en jeu, plus qu'il ne le saurait jamais, ou qu'il n'avait envie de le savoir. Ce à quoi il choisissait de croire n'était peut-être qu'une version de l'histoire, un point de vue parmi d'autres. Comme dit le proverbe : *Si l'eau est trop claire, il n'y aura pas de poisson.* Tant que l'eau n'était pas trop bourbeuse, ce n'était pas à lui d'investiguer.

Pour l'instant, il voulait croire qu'il s'agissait d'une tragique histoire d'amour, qui avait éclairé les moments les plus sombres de la vie de Yue et de Yang. Après la mort de Yang, Yue s'était acharnée à continuer de vivre dans cette histoire d'amour, à travers ses propres écrits et ceux de Yang mais, au bout du compte, elle avait échoué.

Chen sortit une photocopie de sa poche. C'était un poème qui, pour une raison inconnue, ne figurait pas dans le recueil de Yang. Il s'intitulait *Hamlet en Chine.*

Un bruissement des synapses me précipite
Sur la scène, vers une mer de visages
Noyés dans l'obscurité et qui se raccrochent
À une lueur de sens, tandis que j'avance
Vers la lumière. Il faut jouer un rôle,
Un rôle comme tous les autres, dans
Cette [in]différence, fou ou pas
Fou. Belette, blaireau, baleine,
Construire et déconstruire,
Quand la réalité est un signifiant
Toujours changeant. Quel est le sens ? Une entrée
De dictionnaire qui me définit avec une épée
Tuant un rat ou un bruit de rat.
Ô père, quoi que ce soit, dites-le-moi.

Dans son roman, Yang s'était efforcé d'imiter la structure narrative de Pasternak, en regroupant en fin d'ouvrage douze poèmes soi-disant écrits par le protagoniste de l'histoire, et qui formaient une série de réflexions sur sa vie, une vie brisée par les années de révolution socialiste sous le président

Mao. Chen se demandait à quelle date Yang avait écrit *Hamlet en Chine*. À en juger d'après sa place dans la série, ce poème avait pu être composé durant la Révolution culturelle. Dans ce cas, la « scène » était peut-être une allusion à l'estrade sur laquelle Yang avait dû monter, la liste de ses « crimes » inscrite sur une pancarte suspendue à son cou, pour se soumettre à la « critique de masse révolutionnaire ». Mais il avait exprimé cette expérience personnelle à l'aide d'une image si universelle qu'un lecteur ignorant les circonstances réelles de sa vie aurait pu interpréter ces vers d'une manière totalement différente. Il fallait cette distance impersonnelle – qui rappelait à Chen un autre grand poète, T. S. Eliot – pour représenter Hamlet dans la « terre vaine ».

Même aujourd'hui, Chen ne pouvait que se sentir concerné par ce poème. Finalement, « il faut jouer un rôle », quel que soit le sens ou l'interprétation qu'on en donne. Le rôle de l'inspecteur principal Chen, par exemple.

Chose surprenante, le manuscrit ne portait pas de titre. Chen l'intitulerait *Le Docteur Jivago en Chine*. Il trouverait un moyen de le faire publier, il s'en fit la promesse. Selon lui, ce n'était pas contradictoire avec son allégeance au Parti. À l'instar de Boris Pasternak, Yang avait aimé passionnément son pays. Autant que Chen pouvait en juger, le roman ne constituait pas une attaque contre la Chine. Il illustrait plutôt la quête inlassable d'un idéal par un intellectuel honnête, patriote, à une époque où tout dans son pays était sens dessus dessous. Ce roman était écrit avec une passion inégalable et une technique magistrale. La Chine pouvait être fière qu'une œuvre littéraire de cette qualité ait vu le jour dans les moments les plus sombres de son histoire.

Pas besoin, cependant, d'agir dans la précipitation ni de prendre des risques inutiles. Écrit depuis plusieurs années, le manuscrit conservait toute sa force. La littérature de haut niveau ne souffre pas du passage du temps. Ce ne serait sans doute pas trop grave si le texte de Yang n'était pas publié avant un an ou deux.

La Sécurité intérieure risquait de rester sur le qui-vive. Elle avait enquêté sur la façon dont l'inspecteur principal et son adjoint avaient découvert le manuscrit. Chen s'était contenté de dire que l'inspecteur Yu avait eu beaucoup de mal à retrouver Bao et à obtenir ses aveux, et qu'ils avaient aussitôt conduit le jeune homme au service de la Police avec le manuscrit. La conférence de presse était prévue pour le lendemain, ils ne pouvaient pas se permettre de tarder davantage.

Il n'avait pas précisé qu'il avait eu le texte entre les mains pendant deux heures environ, et qu'il l'avait photocopié en entier dans une boutique du coin de la rue avant de remonter dans la chambre de Bao. Le mensonge était plausible, mais la Sécurité intérieure et lui n'entretenaient pas de très bons rapports.

Par ailleurs, à l'allure où tout changeait en Chine, dans cinq ou dix ans, la publication d'un roman relatant le sort tragique d'un intellectuel sous le régime du président Mao n'était pas totalement inimaginable…

– Inspecteur principal Chen, dit la jeune infirmière en s'approchant de lui.

– Ah, oui, comment va-t-elle ?

– Bien, elle dort toujours. Mais quand elle sera sortie, il faudra qu'elle fasse attention à ce qu'elle mange.

– J'y veillerai.

– Son taux de cholestérol est encore trop élevé. Les produits de luxe, sur sa table de nuit, ne sont peut-être pas très indiqués pour elle.

– Je comprends. Certains de mes amis sont incorrigibles.

Avant de remonter dans la chambre de sa mère, il eut la surprise d'apercevoir Nuage Blanc qui téléphonait dans la cabine du hall. Elle était de dos, mais il la reconnut à la veste qu'elle portait le jour où elle s'était présentée chez lui pour la première fois.

Il se souvenait qu'elle avait un téléphone portable, mais peut-être Gu le lui avait-il repris, maintenant que son travail était terminé. De toute façon, cela ne le regardait pas.

Elle semblait absorbée dans une longue conversation. Chen allait s'éloigner quand il l'entendit mentionner son titre. L'attention en éveil, il se dissimula derrière un pilier.

– Oh, cet inspecteur principal... Un vrai petit saint... Impossible... Tellement imbu de sa personne...

Sa décision d'espionner les propos de la jeune fille ne pouvait en aucun cas se justifier. Il resta pourtant derrière le pilier, incapable toutefois de se convaincre qu'il espérait glaner des informations sur Gu.

– Au moins, ces Messieurs Gros-Sous savent comment s'y prendre avec les femmes... Pas toujours le nez dans les bouquins, toujours soucieux de ne pas se mouiller. Il ne prendra jamais le moindre risque pour obtenir ce qu'il désire.

De l'endroit où il se tenait, Chen ne saisissait pas tous les mots. Il avait beau se dire qu'elle parlait probablement de quelqu'un d'autre, il savait bien que ce n'était pas le cas.

– Il n'aime que lui-même...

L'avait-il exaspérée à ce point, avec son attitude « politiquement juste » ou sa « morale confucéenne » ?

Peut-être était-il trop plongé dans les livres pour comprendre cela. Peut-être était-elle si moderne qu'il paraissait désespérément vieux jeu, en sa compagnie. D'où le conflit, inévitable. Peut-être qu'il ne la comprenait pas du tout.

Dans une histoire zen qu'il avait lue des années plus tôt, un choc pouvait s'avérer salutaire. *Quand un coup vous projette hors de votre moi habituel, vous voyez les choses d'un point de vue totalement différent.*

Nuage Blanc parlait peut-être seulement sur le plan professionnel. Dans une relation d'affaires, chaque geste peut revêtir une signification particulière. Elle avait sans doute recherché l'approbation de Chen et, plus encore, celle de Gu. En effet, ce n'était pas tous les jours qu'elle tombait sur un job pareil. Maintenant, sa mission accomplie, elle exprimait objectivement ses commentaires.

N'empêche que ses commentaires faisaient mal.

Je suis un nuage dans le ciel, qui jette un reflet,
Au hasard, au cœur de ton âme.
Ne sois pas trop surpris,
Ni trop fasciné,
Dans un instant j'aurai disparu sans une trace.

Ces vers venaient d'un autre poème de Xu Zhimo, dont l'image centrale était également celle d'un nuage. Il l'imagina, lu par elle. Mais le poème ne s'adressait pas à lui. En tout cas, que leurs relations aient été purement professionnelles ou non, il lui était reconnaissant. Dans cette période mouvementée, son aide avait été vraiment précieuse. Il lui souhaitait tout le bien possible, maintenant que tout était terminé.

Chen décida de ne pas retourner dans la chambre de sa mère. Nuage Blanc, elle, s'y rendrait. Il était temps qu'il retrouve la routine de son travail à la police, routine à laquelle il s'était habitué comme un escargot s'habitue à sa coquille.

Plus de « petite secrétaire », rien. Il repensa à l'image de la page blanche, symbole de sa vie personnelle.

Plus tard, sur le chemin des locaux de la Police criminelle de Shanghai, il s'arrêta dans une agence de voyages et réserva pour sa mère une place pour un voyage en groupe à Suzhou et Hangzhou. Elle n'avait pas pris de vacances depuis des années. Depuis le début des années soixante, quand elle l'avait emmené passer une journée à Suzhou. Il la revoyait vêtue d'une blouse en soie rouge, debout près de lui, alors jeune pionnier, au Xuanmiao

Guan, le Temple du Mystère. Un voyage l'aiderait à se rétablir. Dommage qu'il ne puisse pas l'accompagner. En effet, il ne fallait pas qu'il espère prendre d'autres vacances, après le coup de téléphone qu'il avait reçu du Comité central de discipline du Parti de Pékin, l'exhortant à se préparer à de plus grandes responsabilités. Voilà un sujet dont il ne discuterait pas avec sa mère.

Il prit une autre décision. Au lieu d'attendre qu'une occasion se présente dans un avenir lointain, il s'efforcerait dès maintenant de s'occuper du manuscrit de Yang. L'inspecteur principal Chen était prêt à prendre un risque pour quelque chose qu'il désirait vraiment.

24

Yu était satisfait de la conclusion de l'affaire Yue Lige. Il s'était installé dans la cour pendant que Peiqin préparait un repas spécial dans la cuisine commune, « pour célébrer l'heureuse conclusion de l'affaire », avait-elle déclaré.

Qinqin devait absolument réviser car il avait un contrôle important la semaine suivante. « Extrêmement important », avait souligné Peiqin. L'unique table de la pièce lui était donc réservée jusqu'à l'heure du dîner.

Si Yu recevait des appels téléphoniques, cela empêcherait Qinqin de se concentrer. Et il ne voulait pas non plus fumer comme un pompier dans la pièce où son fils étudiait. Voilà pourquoi il était obligé de rester dans la cour malgré le froid. Assis sur un tabouret de bambou, une théière de thé chaud, un téléphone sans fil et un bloc-notes posés devant lui sur une chaise un peu branlante, il aurait presque pu passer pour un marchand ambulant. Il s'apprêtait à rédiger le rapport sur l'affaire Yue. C'était son enquête, après tout.

Il fallait reconnaître que l'inspecteur principal Chen, même en vacances, avait joué un rôle crucial dans la découverte finale, mais Yu estimait avoir pleinement assumé son rôle de policier seul en charge de l'affaire. Un flic ressemblait parfois à un chat aveugle sautant sur un rat mort. La chance comptait pour beaucoup. N'empêche qu'il fallait que le chat soit prêt à bondir énergiquement au bon moment. Les autres pouvaient penser ce qu'ils voulaient, Chen et lui avaient dépassé le stade où l'on ergote pour savoir à qui revient le mérite de chaque avancée vers la résolution d'une enquête.

Il fallait admettre aussi que Peiqin avait fourni une aide précieuse. L'inspecteur principal Chen avait vanté sa perspicacité et sa compréhension des problèmes linguistiques de *Mort d'un professeur chinois*, qui s'étaient avérés essentiels dans la conduite de l'enquête.

Même Vieux Liang avait apporté sa contribution, à sa manière, mettant en avant une théorie, puis une autre, *selon le jeu ironique des déplacements du yin et du yang* – expression que Yu avait apprise récemment de Chen.

Comme l'avait déclaré le secrétaire du Parti Li, « cette affaire d'homicide n'aurait pas été élucidée sans le travail acharné de l'inspecteur Yu ». Ce que le patron du Parti ne reconnaissait pas, c'est que, sans le travail acharné de Yu, l'affaire aurait été « résolue » avec l'arrestation et la condamnation d'un innocent. De cela, Li ne soufflerait mot lors de la conférence de presse, évidemment, et il s'était arrangé pour que Yu se repose chez lui pendant qu'elle aurait lieu. L'inspecteur principal Chen étant encore en congé, il était logique que ce soit le cadre supérieur du Parti qui évoque l'importance de leur travail devant les médias. Yu le comprenait aisément.

C'était quand même un moment de triomphe pour lui, un moment de rédemption aussi, malgré son salaire ridiculement bas, son grade peu élevé, et le fiasco de l'appartement promis puis repris. Plus encore, cette réussite pouvait lui réinsuffler le désir de s'accrocher à son métier de policier.

Les appels téléphoniques se succédèrent. Il n'eut plus le temps de penser à lui. Il y avait encore beaucoup à faire pour clore définitivement l'enquête.

Quelle que soit la défense de Bao, tout était fini pour lui. Non seulement la mairie de Shanghai mais aussi le gouvernement central s'étaient montrés concernés par la mort tragique de la camarade Yue Lige. L'assassin devait être puni. L'issue était prévisible.

Il revenait à Yu de prévenir Hong, cette malheureuse mère qui avait placé tous ses espoirs dans son fils. Ce ne serait pas une partie de plaisir, et il n'était pas pressé de s'acquitter de cette tâche.

Un élément restait en suspens dans cette affaire : le manuscrit du roman volé par Bao. La Sécurité intérieure s'en était aussitôt emparée. À la consternation de Yu, Chen n'avait pas émis la moindre protestation. Il faudrait qu'il en discute plus tard avec lui.

Selon les termes du testament de Yue, ce qui subsistait de l'argent de Yue et de Yang irait, sous forme de bourse, à des étudiants de l'université écrivant en anglais. La somme n'était pas considérable et cela ne regardait pas la police, mais Yu s'était proposé pour régler cette question et, à sa surprise, le secrétaire du Parti Li n'avait pas opposé d'objection.

Le comité de quartier était si heureux des louanges spéciales de la mairie qu'il avait voulu honorer Yu en lui demandant de faire un discours à l'entrée du passage du Jardin au trésor.

Lei, le propriétaire de la boutique de traiteur, téléphona à Yu pour le remercier de son travail d'investigation.

– Je vous remercie du fond du cœur, camarade inspecteur Yu. Enfin Yue peut reposer en paix. Du ciel où elle se trouve maintenant, j'en suis sûr, elle regarde en souriant le passage et mon petit restaurant. Et vous savez quoi? Mon entreprise s'agrandit. Je vais donc lui donner un vrai nom: *Yue & Yang*. Ce sera ma façon de rendre hommage à cette femme remarquable, et cela peut aussi m'amener des clients. Un magazine m'a déjà contacté pour que je leur raconte comment elle m'a aidé alors que j'étais au creux de la vague. Elle est ma *guiren* – mon sauveur, la personne qui a changé le cours de mon destin.

– Le cours du destin est parfois très mystérieux, dit Yu. En tout cas, le nouveau nom du restaurant est accrocheur et il devrait attirer même ceux qui ignorent tout de cette histoire.

– Exactement. *Yue & Yang*. Inutile de dire, inspecteur Yu, que chaque fois que vous viendrez dans le passage, vous serez mon invité, l'invité du Restaurant *Yue & Yang*.

En revanche, le problème des deux hommes placés en garde à vue, Cai et Wan, lui avait donné du fil à retordre.

Cai aurait dû être relâché depuis plusieurs jours, en fait depuis le jour où Wan s'était dénoncé. Vieux Liang s'y était opposé, sous prétexte qu'il demeurait suspect car il n'avait pas fourni d'alibi pour la nuit du 6 février et pour le matin du 7 février.

Yu avait finalement été obligé de faire acte d'autorité.

– Si Cai est détenu en tant que suspect, maintenant que l'enquête est close, il doit être relâché. C'est moi qui suis chargé de cette affaire, et c'est ma décision.

Tout en maugréant, Vieux Liang s'était rendu compte qu'il n'avait pas d'autre solution que d'optempérer.

Concernant Wan, la situation apparaissait nettement plus compliquée. D'abord, personne n'avait compris pourquoi il s'était livré à la police. Il n'avait rien dit quand on l'avait informé de l'arrestation de Bao. Assis, tête baissée, immobile comme une statue, il n'avait donné aucune explication au fait qu'il s'était accusé d'un crime qu'il n'avait pas commis.

Selon l'un des membres du comité de quartier, Wan était sans doute plus ou moins atteint de démence : la maladie d'Alzheimer ou une affection de ce genre expliquait probablement sa confession. Un autre pensait qu'il avait voulu se retrouver sous le feu des projecteurs car cela lui manquait depuis trop longtemps. D'après un troisième, il s'était peut-être pris pour le dernier soldat de la Révolution culturelle. Enfin, selon la rumeur, Wan était secrètement amoureux et il s'était dénoncé pour impressionner l'objet de sa flamme. Peut-être était-ce un ensemble de plusieurs motifs qui l'avait poussé aux aveux. Car, ainsi que l'avait souligné Chen, Wan était comme un poisson hors de l'eau, dans la Chine d'aujourd'hui, et ce facteur avait sûrement joué un rôle.

Vieux Liang, furieux contre Wan, avait insisté pour qu'on engage des poursuites contre lui.

– Il faudrait l'envoyer en prison pendant trois ou quatre ans au moins. Il le mérite. Faux témoignage délibéré ! Cet ex-membre de l'Équipe de propagande de la pensée de Mao est fou. Il croit sans doute qu'il peut faire ce qui lui chante et s'en sortir indemne, comme du temps de la Révolution culturelle. Il vit complètement dans ses rêves ! Aujourd'hui notre société est une société de droit.

En fin de compte, c'est le secrétaire du Parti Li qui avait pris la décision de ne pas poursuivre Wan.

– Cela suffit, maintenant, avec les refrains sur la Révolution culturelle. Inutile d'attirer des ennuis à Wan. Les gens doivent aller de l'avant. Laissez ce vieil homme tranquille.

Mieux valait ne pas revenir sans cesse sur les conséquences désastreuses de la Révolution culturelle, ni même les rappeler aux citoyens. Chen avait d'ailleurs utilisé cet argument, même si Li ne le disait pas. De toute façon, le cas de Wan n'avait pas à être interprété d'un point de vue politique.

Le mystère non résolu des aveux de Wan n'en continuait pas moins de trotter dans l'esprit de Yu.

Il écrasa sa cigarette, se leva et emporta son téléphone dans la cuisine commune.

Peiqin s'affairait au milieu des casseroles et des plats. Il y avait à peine assez de place pour deux. Elle était sincèrement ravie de l'issue de l'enquête et du rôle qu'elle y avait joué. Elle se tourna vers Yu avec un sourire radieux.

– Alors, tout est fini, dit-elle en farcissant du tofu avec du porc haché.

– Il reste encore pas mal de détails à régler pour clore complètement l'affaire.

– Imagine que j'ai... que nous avons, tous les deux, fait quelque chose pour Yang. Yue a été sa seule consolation à la fin de sa vie. Maintenant on a attrapé l'assassin de Yue. Au Ciel, si le Ciel existe, Yang doit être satisfait.

– Oui, la conclusion...

Yu ne put achever sa phrase: *la conclusion, c'est que son petit-neveu a tué la femme qu'il aimait.*

– Tu veux bien aller chercher le recueil de poèmes de Yang? Il est dans le deuxième tiroir de la commode.

– Bien sûr, mais pourquoi?

– Je crois que je viens de comprendre quelque chose, tout en cuisinant. Quelque chose qui a un rapport avec l'affaire.

Quand Yu revint avec le recueil, elle lui dit:

– S'il te plaît, trouve le poème intitulé *Un chat de la Révolution culturelle.* Peux-tu me le lire?

Totalement dérouté, il commença à lire à voix basse.

Parfois, Peiqin vivait un peu trop dans les livres, comme l'inspecteur principal Chen. Heureusement qu'elle ne vouait pas à beaucoup d'écrivains la même admiration qu'à Yang. Et heureusement qu'il n'y avait personne dans la cuisine pour l'instant.

Mon fantasme est devenu réalité,
Avec la Révolution culturelle,
D'être un chat qui bondit
Par la fenêtre de la mansarde, rôde
Sur le toit obscur, regarde
À l'intérieur des pièces maintenant peuplées
D'étrangers qui portent
Les brassards des « gardes rouges ».
Ils m'ont dit: « Va-t'en, bâtard, tu entends! » J'ai entendu,
Trop content de venir
Sur le toit, où j'ai découvert,
Pour la première fois, que la lumière des étoiles
Pouvait briller si longtemps dans la solitude,
Et que Mère avait changé
Auprès des gardes rouges, son cou
Ployé par une pancarte semblable à
Une étiquette zoologique. Je ne pouvais prononcer
Les mots écrits dessus, mais je savais
Qu'elle n'est pas en mesure de m'empêcher
De bondir dans la nuit sombre.
Au matin je suis revenu,
Brandissant une ardoise. Mère a reculé d'un bond
À cette vue, comme si cette ardoise aussi
Était destinée à son cou gonflé.
Je n'ai pu m'empêcher de crier

D'une voix que j'avais apprise dans la nuit :
« Va chercher un bol de riz
Pour moi, tu entends ! » Elle a
Détalé. Une souris a déguerpi
Dans les débris de la « Révolution culturelle » d'une nuit.
Et j'ai décidé, n'étant pas suffisamment humain,
D'être un garde rouge, d'être d'une férocité féline. De retour
D'une visite chez le dentiste,
Un jour, je l'ai surprise qui hurlait : « Non,
Tes dents sont pointues. » « Hélas,
Elle est née sous l'étoile de la souris », a dit
Un devin aveugle, soupirant
Auprès de son lit de mort. « Cela devait
Arriver, d'après
L'horoscope chinois. »
J'ai filé. Il y avait
Neuf vies à perdre, et j'ai sauté
Dans la jungle.
Je vois une empreinte de patte
Sur ce papier blanc.

– Oui, ça parle de la Révolution culturelle, dit Yu, après avoir terminé la lecture de ce long poème.

– Maintenant que j'en sais davantage sur la vie de Yang, dit Peiqin, je suis certaine que le personnage du narrateur est basé sur Hong, l'enfant d'une famille figurant sur la liste noire. Ces enfants-là ont subi une discrimination atroce. On les jugeait « politiquement indignes de confiance » et ils n'avaient aucun avenir dans la Chine socialiste. Certains d'entre eux se considéraient eux-mêmes comme moins qu'humains parce qu'ils ne pouvaient en aucun cas devenir des gardes rouges.

– Oui, c'est pour cela que Hong a dénoncé ses parents, d'après ce que j'ai entendu dire.

– Je peux vraiment imaginer ça, parce que j'ai vécu une expérience similaire et j'ai éprouvé un secret ressentiment contre mes parents, dit Peiqin d'une voix tremblante. (Puis elle se reprit.) Quel poème ! Il exprime, du point de vue d'un enfant, la déshumanisation engendrée par la Révolution culturelle.

– Oui, la Révolution culturelle a provoqué d'innombrables tragédies. Aujourd'hui encore, certaines personnes n'ont pas réussi à prendre du recul : Hong, entre autres, et peut-être aussi Bao.

– Yang a laissé un manuscrit, n'est-ce pas ?

– Oui, en anglais. D'après l'inspecteur principal Chen, il s'agit d'un roman dans le genre du *Docteur Jivago*, qui raconte la vie d'un intellectuel chinois à l'époque de Mao. Mais la Sécurité intérieure a déjà mis la main dessus.

– Vous auriez dû le photocopier.

– Nous n'en avons pas eu le temps. Les agents de la Sécurité intérieure se trouvaient dans le bureau quand nous sommes arrivés. Apparemment, ils étaient déjà au courant. Et le secrétaire du Parti Li s'est rangé de leur côté, évidemment. Chen n'a lu que quelques pages, dans le restaurant en bas de...

– Quoi ?

– Il a insisté pour que je mène seul l'interrogatoire de Bao, puisque c'était mon enquête, pendant qu'il lisait le manuscrit dans un petit restaurant situé au rez-de-chaussée. Il n'est revenu qu'après la fin de l'interrogatoire. Il a pu photocopier le texte sans que je le sache.

– A-t-il mentionné quelque chose à propos de ce texte ?

– Non, rien.

– Il a sans doute ses raisons. Je ne suis pas sûre que tu doives le questionner à ce sujet, dit Peiqin d'un ton songeur. Chen est un homme intelligent. Il tente peut-être une démarche risquée.

– Tu veux dire qu'il ne souhaite pas m'impliquer dans une histoire dangereuse, avec la Sécurité intérieure dans les parages.

– C'est possible. Je ne saurais dire. (Peiqin changea brusquement de sujet.) Nous allons nous régaler, ce soir.

– Tu n'es pas obligée de préparer tant de plats. Nous n'avons pas d'invités, aujourd'hui.

– Tu as prouvé tes compétences au service de la Police. C'est l'occasion de faire la fête.

– Tu sais, Peiqin, j'envisageais d'abandonner le métier, le jour où nous sommes allés à *La Bonne Vieille Assiette.* Depuis tant d'années, j'ai rapporté si peu d'argent au foyer. Et tu as dû travailler dur, à la fois au restaurant et à la maison. Je me disais que je gagnerais davantage si je montais une petite entreprise, comme Geng ou Long.

– Allons, mon cher mari. Tu as accompli un travail formidable en tant que policier. Je suis fière de toi. L'argent compte, mais ce n'est pas tout dans la vie. Quelle idée !

– Je te remercie, dit Yu, qui s'abstint d'ajouter : *cette idée, c'est toi qui me l'as suggérée un jour.*

– Je vais faire frire les travers de porc, maintenant. L'huile risque d'éclabousser partout. Retourne dans la cour, je t'appellerai quand le dîner sera prêt.

Une autre surprise attendait Yu. Un visiteur imprévu.

C'était Cai, l'organisateur de combats de grillons, libéré grâce à l'intervention de Yu. Il se tenait sur le seuil, une bouteille de Maotai dans une main, et dans l'autre une tortue à carapace molle, vivante. En apprenant que Qinqin avait un contrôle à préparer, il insista pour accompagner Yu dans la cour.

– Votre fils étudie. C'est merveilleux. Voilà bien la chose la plus importante sous le soleil. Si j'avais fait de bonnes études, mon entreprise ne se serait pas effondrée. Allons discuter dehors.

Cai laissa les cadeaux à Peiqin et joignit les mains en un geste de profonde gratitude à l'adresse de Yu.

– Camarade inspecteur Yu, je vous remercie.

– Je n'ai fait que mon travail. Vous n'avez pas à me remercier, et vous n'auriez pas dû apporter ces présents.

– Pour une si grande faveur, jamais je ne vous remercierai assez, affirma Cai avec sincérité. Longtemps, longtemps demeureront la montagne bleue et la verte rivière, et ma dette envers vous sera éternelle.

– Ne m'accablez pas sous votre jargon des triades. Je suis le policier en charge de l'affaire Yue. Vous n'avez rien à voir avec le crime, alors pourquoi vous garderais-je en détention ?

– S'il y avait plus de policiers comme vous, et moins comme Vieux Liang, le monde tournerait plus rond.

– Maintenant que vous êtes sorti, employez votre vie à quelque chose d'utile, Cai. Vous ne pouvez pas organiser des combats de grillons jusqu'à la fin de vos jours. Vous devez penser à votre famille. Votre femme, Xiuzhen, n'a jamais cessé de proclamer votre innocence.

– Je vais changer aussi radicalement que si j'avais lavé mon cœur et remplacé mes os. Oui, Xiuzhen est bonne pour moi. Elle aurait pu me laisser tomber, mais elle ne l'a pas fait. Elle est venue me rendre visite tous les jours, et elle m'a apporté des plats spécialement cuisinés pour moi. J'ai eu tort de croire qu'elle m'avait épousé pour mon argent.

– Oui, c'est dans l'adversité qu'on reconnaît ceux qui nous aiment vraiment.

– J'ai encore quelques amis fidèles et je suis bien décidé à repartir de zéro.

– J'aimerais vous poser une question, Cai. Quand on vous a emmené en garde à vue, pourquoi n'avez-vous pas dit à Vieux Liang ce que vous faisiez le matin du 7 février ? Ainsi que je vous l'ai expliqué, je ne m'intéresse qu'au meurtre de Yue. Soyez tranquille, cela restera entre nous.

– Je vous fais confiance, camarade inspecteur. Je jouais au mah-jong dans un établissement de bains. J'y suis resté toute la nuit. Le mah-jong n'est pas un jeu d'argent, tout le monde sait cela. Mais c'est plus amusant si l'on mise de petites sommes. Seulement, j'ai été condamné au début des années soixante-dix pour avoir participé à des jeux d'argent. Par conséquent, si j'avais avoué à Vieux Liang ce à quoi j'étais occupé cette nuit-là, il en aurait fait toute une histoire. À vrai dire, il a menacé de me renvoyer en prison si jamais il me surprenait à organiser des paris dans le passage.

– Je vois. Mah-jong ou combats de grillons, rien de tout cela ne vous réussit réellement.

– Je vous donne ma parole, camarade inspecteur Yu, que je ne gaspillerai pas cette seconde chance. Si ma main retouche un jour des grillons ou des pièces de mah-jong, je le jure devant le ciel, que mes doigts soient rongés par les chancres.

– Une dernière question. Pendant que vous étiez en garde à vue, Wan s'est soudain dénoncé et a endossé la responsabilité d'un crime qu'il n'avait pas commis. Pourquoi, à votre avis ?

– Voilà qui me dépasse. Il a peut-être perdu la tête, je n'en sais rien et cela m'est égal. En fait, nous nous sommes disputés, il n'y a pas très longtemps.

– Au sujet de votre famille ?

– Wan ignore combien je donne chaque mois à la famille de Xiuzhen. Et de toute façon cela ne le regarde pas. Ce vieux crapaud rêve simplement de dévorer le cygne blanc.

– Que voulez-vous dire par là, Cai ?

– La manière dont il regarde Lingdi en dit long. Il cherche à lui plaire, mais il a complètement perdu l'esprit. Il ferait mieux de pisser par terre et de contempler son reflet dans la flaque.

– Eh bien...

L'inspecteur Yu se souvenait d'avoir vu Wan, assis dans la cour sur un tabouret de bambou, sans rien faire sinon regarder Lingdi ouvrir des coquillages.

– Mais je ne comprends toujours pas pourquoi il a déclaré que c'était lui le meurtrier.

– Je n'en ai aucune idée.

– Monsieur Cai, je viens juste de mettre la tortue dans la marmite à vapeur, cria Peiqin depuis la cuisine. Cela m'a pris du temps de nettoyer une bête aussi grosse, mais elle sera cuite dans un moment. Restez dîner avec nous, je vous prie.

– Je vous remercie, Peiqin, mais je crains de devoir partir. Xiuzhen sera contrariée si je ne rentre pas dîner. Camarade inspecteur Yu, si je peux faire quoi que ce soit pour vous, n'hésitez pas à faire appel à moi. Je me mettrai en quatre pour vous.

Yu et Peiqin raccompagnèrent Cai jusqu'au bout de la rue.

La tortue n'étant pas encore cuite, Yu en profita pour passer un coup de fil à monsieur Ren. Il le remercia tout d'abord pour le renseignement qu'il lui avait fourni au sujet de Wan, puis mentionna le commentaire de Cai sur l'ex-membre de l'Équipe de propagande de la pensée de Mao.

– Je n'ai rien entendu dire à propos de Wan et de Lingdi, mais il n'y a pas de fumée sans feu. Un soir, il y a quelques mois, j'ai vu Wan remettre une grosse enveloppe à Lingdi.

– Pensez-vous que Wan se soit dénoncé pour elle ?

– Cai est le principal soutien de la famille. S'il était condamné et exécuté, ce serait une catastrophe pour tous les membres de la famille. Wan s'est peut-être sacrifié par romantisme, bien que ce soit une vision un peu tordue du romantisme. Mais je n'en suis pas sûr. Wan est un vieil homme amer et déçu. Tous ces changements dans la société d'aujourd'hui le dépassent peut-être complètement. Je peux le comprendre. Au début des années cinquante, quand on m'a confisqué mon entreprise et ma maison, j'ai cru que c'était la fin du monde. J'ai tenu bon à cause de mes enfants. Wan est tout seul, ici. Pour lui, c'était peut-être l'occasion de mettre fin à sa souffrance d'une manière politiquement digne et, en même temps, de faire un geste noble envers Lingdi.

– Oui, cela paraît logique, maintenant.

– Je me réjouis de l'issue de votre enquête, camarade inspecteur Yu. Le vrai criminel a été arrêté. C'est cela la justice. À propos, le porc au riz gluant du restaurant de Peiqin est excellent. J'y suis allé hier. Vous savez, je crois bien que j'ai connu son père, autrefois. Il existe parfois d'étranges coïncidences, dans ce bas monde.

– Je suis très heureux que nous vous ayons rencontré.

– La prochaine fois, j'apporterai une demi-livre de porc *xiao* au restaurant de votre femme. Gardez-le au réfrigérateur. Inutile d'aller à *La Bonne Vieille Assiette.* En revanche, il faudra vous procurer des nouilles de bonne qualité.

– La prochaine fois, je vous présenterai mon patron, l'inspecteur principal Chen. Un gourmet, lui aussi. Vous aurez beaucoup de choses à vous dire, tous les deux.

Il y a parfois d'étranges coïncidences dans ce bas monde, comme l'avait dit monsieur Ren. Yu avait encore le téléphone en main quand Chen appela.

– J'ai parlé avec le comité de logement de la

mairie, dit ce dernier d'une voix pressante. Il y a un appartement de seconde main disponible dans le quartier de Luwan. Vingt-quatre mètres carrés, déjà divisé en deux pièces. Évidemment, ce n'est pas un immeuble moderne, mais un *shikumen*, et il est situé pratiquement en centre-ville.

– Vraiment ?

Yu était confondu de ce que Chen lui parle de cet appartement plutôt que de l'affaire Yue. Mais, en réalité, il avait cessé depuis longtemps d'être surpris de ce que disait ou faisait l'inspecteur principal Chen.

– J'ai passé plusieurs coups de téléphone et, d'après ce que j'ai compris, il n'est pas si mal que cela.

– Dans un *shikumen*...

Yu se demandait si cela valait la peine de sauter sur l'occasion. Il fallait reconnaître que c'était mieux que son logement actuel : dix mètres carrés de plus, et séparé en deux pièces. Qinqin pourrait avoir un coin à lui. Et Yu ne serait plus obligé de partager l'entrée avec son père. Mais il n'y aurait ni salle de bains ni cuisine. Et s'il le prenait, le service de la Police ne lui proposerait plus jamais un appartement neuf.

– Si vous préférez attendre, inspecteur Yu, libre à vous. Tant que je serai membre du comité de logement, soyez certain que je ferai tout mon possible pour vous. La prochaine fois que le bureau disposera d'un quota d'appartements neufs, vous serez en tête de liste, mais...

Yu avait déjà entendu maintes fois ce discours, en particulier l'expression « en tête de liste », et il savait que Chen mettait l'accent surtout sur le dernier mot, « mais », et sur ce qui n'était pas dit. Personne n'était sûr de « la prochaine fois », ni de la tournure « imprévisible » de la situation, comme les événements qui s'étaient soi-disant produits récemment. Qinqin était déjà un adolescent. Combien de temps Yu pouvait-il se permettre d'attendre encore ? Après tout, c'était une offre concrète, un appartement réel, contrairement aux vaines promesses du secrétaire du Parti Li.

– Qui sait s'il y aura une prochaine fois ? dit Yu.

– En effet, répondit Chen. Les réformes en matière de logement sont inévitables en Chine. (Il cita un proverbe.) Mais, *une fois passé ce village, vous risquez de ne pas trouver d'autre hôtel.*

– Je vais y réfléchir. Il faut que j'en parle à Peiqin.

– Oui, discutez-en avec elle. J'envisage d'acheter une petite chambre dans le même secteur. À mon avis, c'est un quartier épatant, avec un fort potentiel. Je destine la chambre à ma mère. Nous serions voisins, en quelque sorte.

– Ce serait formidable.

Yu connaissait bien son patron. Chen avait sûrement une raison de dire ou de ne pas dire telle ou telle chose, ou encore de la dire d'une façon détournée. Avec les relations qu'il avait, l'inspecteur principal Chen réservait parfois des surprises.

– Faites-moi connaître votre décision le plus tôt possible.

– Je vous appelle demain. Merci, patron.

Debout dans la cour, Yu alluma une autre cigarette et froissa le paquet vide dans le creux de sa main. Il se mit à songer sérieusement à la proposition de Chen.

En fin de compte, il y avait un avantage à vivre dans un *shikumen*. La cour. S'ils avaient emménagé dans l'appartement du Nouveau Village de Tianling, où aurait-il pu fumer comme en ce moment ?

– Le dîner est prêt, annonça Peiqin.

– J'arrive.

Après le repas, il lui parlerait de ce logement de seconde main. Peut-être lui répéterait-il les commentaires de Chen, mot pour mot. Parfois, Peiqin était plus rapide que lui pour déchiffrer les messages cachés, comme dans l'enquête sur la mort de Yue. Il pouvait être fier d'elle, se répéta-t-il en entrant dans la pièce. Mais, pour commencer, il allait se régaler. Un plat fumant trônait sur la table.

– La tortue est un mets particulièrement recommandé aux hommes d'un certain âge, fatigués de surcroît, chuchota Peiqin à l'oreille de Yu.

C'était une tortue énorme, monstrueuse. Avec sa tête coupée et sa carapace parsemée de tranches de gingembre et d'oignons hachés, elle répandait dans la pièce un arôme enchanteur.

DU MÊME AUTEUR

Mort d'une héroïne rouge
Liana Levi, 2001
et « Points Policier », n° P1060

Visa pour Shanghai
Liana Levi, 2003
et « Points Policier », n° P1162

Le Très Corruptible Mandarin
Liana Levi, 2006
et « Points Policier », n° P1703

De soie et de sang
Liana Levi, 2007
et « Points Policier », n° P1939

Cité de la poussière rouge
Liana Levi, 2008
et « Piccolo », n° 69

La Danseuse de Mao
Liana Levi, 2008
et « Points Policier », n° P2139

Les Courants fourbes du lac Tai
Liana Levi, 2010
et « Points Policier », n° P2607

La Bonne Fortune de monsieur Ma
Liana Levi, « Piccolo », n° 78, 2011

Cyber China
Liana Levi, 2012
et « Points Policier », n° P3053

Des nouvelles de la poussière rouge
Liana Levi, « Piccolo », n° 95, 2013

Dragon bleu, tigre blanc
Liana Levi, 2014
et « Points Policier », n° P4102

Il était une fois l'inspecteur Chen
Liana Levi, 2016

RÉALISATION : PAO ÉDITIONS DU SEUIL
IMPRESSION : CPI FRANCE
DÉPÔT LÉGAL : MARS 2006. N° 79563-10 (2024722)
IMPRIMÉ EN FRANCE